U0090914

古典文獻研究輯刊

二八編

第 16 冊

中國美學縱橫新論
（第三冊）

周錫山 著

國家圖書館出版品預行編目資料

中國美學縱橫新論（第三冊）／周錫山 著 -- 初版 -- 新北市：
花木蘭文化事業有限公司，2023〔民 112〕
目 4+180 面；19×26 公分
（古典文學研究輯刊　二八編；第 16 冊）
ISBN 978-626-344-460-7（精裝）

1.CST：中國美學史 2.CST：中國文學 3.CST：文學評論
820.8　　　　　　　　　　　　　　　　　112010498

ISBN-978-626-344-460-7

9 786263 444607

古典文學研究輯刊
二八編　第十六冊　　　　　　ISBN：978-626-344-460-7

中國美學縱橫新論（第三冊）

作　　者　周錫山
總 編 輯　杜潔祥
副總編輯　楊嘉樂
編輯主任　許郁翎
編　　輯　張雅淋、潘玟靜　美術編輯　陳逸婷
出　　版　花木蘭文化事業有限公司
發 行 人　高小娟
聯絡地址　235 新北市中和區中安街七二號十三樓
　　　　　電話：02-2923-1455／傳真：02-2923-1452
網　　址　http://www.huamulan.tw 信箱 service@huamulans.com
印　　刷　普羅文化出版廣告事業
初　　版　2023 年 9 月
定　　價　二八編 18 冊（精裝）新台幣 47,000 元　　版權所有・請勿翻印

中國美學縱橫新論
（第三冊）

周錫山　著

目次

錢鍾書的金聖歎評論述評
——贊成和讚賞金聖歎的重要觀點

錢鍾書在其著作中多次談及金聖歎，並都作肯定性的評論。

金聖歎從事的文學評點，是體系性極強的理論著作。但也有人未做深究就貶之為零碎、片段，此前一般的文學評點，大多比較零碎，更被眾多的「正統」理論家所藐視。

對於包括文學評點在內，顯得零碎瑣屑的言論，錢鍾書給予獨到的高度評價。在《讀〈拉奧孔〉》這篇名文的一開首，錢先生即說：「在考究中國古代美學的過程裏，我們的注意力常給名牌的理論著作壟斷去了。」「大量這類文獻的探討並無相應的大量收穫。」名人的「言論常常無實質」。但在小說、戲曲及其評點文學此類不引人注目的地方——

> 倒是詩、詞、隨筆裏、小說、戲曲裏，乃至謠諺和訓詁裏，往往無意中三言兩語說出了精闢的見解，益人神智；把它們演繹出來，對文藝理論很有貢獻。也許有人說，這些雞零狗碎的東西不成氣候，值不得搜採和表彰，充其量是孤立的、自發的偶見，夠不上系統的、自覺的理論。不過，正因為零星瑣屑的東西易被忽視和遺忘，就愈需要收拾和愛惜；自發的孤單見解是自覺的周密理論的根苗。再說，我們孜孜閱讀的詩話、文論之類，未必都說得上有什麼理論系統。更不妨回顧一下思想史罷。許多嚴密周全的思想和哲學系統經不起時間的推排銷蝕，在整體上都垮塌了，但是它們的一些個別見解還

為後世所採取而未失去時效。好比龐大的建築物已遭破壞，住不得人、也唬不得人了，而構成它的一些木石磚瓦仍然不失為可資利用的好材料。往往整個理論系統剩下來的有價值的東西只是一些片段思想。脫離了系統而遺留的片段思想和萌發而未構成系統的片斷思想，兩者同樣是零碎的。眼裏只有長篇大論，瞧不起片言隻語，甚至陶醉於數量，重視廢話一噸，輕視微言一克，那是淺薄庸俗的看法──假使不是懶惰粗浮的藉口〔註1〕。

正因有此精當認識，錢鍾書先生在《讀〈拉奧孔〉》的第四節，論述「富於包孕的時刻」時，先談西方的有關論述，接著談中國古代的有關論述，第一個就舉金聖歎的例子，又舉了《金批水滸》的例子：

我所見古代中國文評，似乎金聖歎的評點裏最著重這種敘事法。《貫華堂第六才子書》卷二《讀法》第一六則：「文章最妙，是目注此處，卻不便寫，卻去遠遠處發來。迤邐寫到將至時，便又且住。如是更端數番，皆去遠遠處發來，迤邐寫到將至時，即便住，更不複寫目所注處，使人自於文外瞥然親見。《西廂記》純是此一方法，《左傳》、《史記》亦純是此一方法」；卷八：「此《續西廂記》四篇不知出何人之手。……嘗有狂生題《半身美人圖》，其末句云：『妙處不傳』。此不直無賴惡薄語，彼殆亦不解此語為云何也，夫所謂妙處不傳云者，正是獨傳妙處之言也。……蓋言費卻無數筆墨，止為妙處；乃既至妙處，即筆墨卻停。夫筆墨都停處，此正是我得意處。然則後人欲尋我得意處，則必須於我筆墨都停處也。今相續之四篇，便似意欲獨傳妙處去，……則是只畫下半截美人也。」（注）他的評點使我們瞭解「富於包孕的片刻」不僅適用於短篇小說的終結，而且適用於長篇小說的過接。章回小說的公式：「欲知後事如何，且聽下回分解。」是要保持讀者的興趣，不讓他注意力鬆懈。填滿這公式有各種手法，此地只講一種。《水滸》第七回林沖充軍，一路受盡磨折，進了野豬林，薛霸把他捆在樹上，舉起水火棍劈將來，「畢竟林沖性命如何，且聽下回分解」。這符合「富於包孕的片刻」的道理。野豬林的場面構成了一幅絕好的故事畫：一人縛在樹

〔註 1〕錢鍾書《讀〈拉奧孔〉》，《七綴集》，上海古籍出版社，1985 年第 1 版，第 29～30 頁。

上，一人舉棍欲打，一人旁立助威，而樹後一個雄偉的和尚揮杖衝出。一些「繡像」本《水滸》裏也正是那樣畫的，恰和《秦王獨獵圖》、《四足動物通史》插圖一脈相通，描摹了頂點前危機即發的剎那，「寫到將至時，便又且住」，「既至妙處，筆墨卻停」。清代章回小說家不諱言利用「欲知後事，且聽下回」的慣套，以博取藝術效果。例如《兒女英雄傳》第五回結尾：「要知那安公子性命如何，下回交代」；第六回開首：「……請放心，倒的不是安公子，……是和尚。和尚倒了，就直捷痛快的說和尚倒了，就完了事了，何必鬧這許累贅呢？這可就是說書的一點兒鼓譟。」《野叟曝言》第五、第一〇六、第一二五、第一二九、第一三九回《總評》都講「回末陡起奇波」，「以振全篇之勢，而隔下回之影」，乃是「累贅呆板家起死回生丹藥」。「富於包孕的片刻」正是「回末起波」、「鼓譟」的好時機。章學誠《文史通義》外篇一《史篇別錄例議》：「委巷小說、流俗傳奇每於篇之將終，必曰：『要知後事如何，且聽下回分解』，此誠搢紳先生鄙棄勿道者矣。而推原所受，何莫非『事具某篇』作俑歟？」這位史學家作了門面之談。「事具某篇」，是提到了某一事而不去講它，只聲明已經或將要在另一場合詳講。例如《史記·留侯世家》：「……及見項羽後解，語在項羽事中」，指相隔四十七卷以前的《項羽本紀》；《袁盎·晁錯列傳》：「……吳兵乃可罷，其語具在吳事中」，指相隔五卷以後的《吳王濞列傳》。「欲知後事如何，且聽下回分解」有三種情形：一、講完了某事，準備緊接著講另一事；二、某事講到臨了，忽然不講完，截下了尾巴；三、某事講個開頭，忽然不講下去，割斷了脖子。第一種像《水滸》第三回長老教魯智深下山「投一個去處安身」，贈他「四句偈言」：「畢竟真長老與智深說出甚言語來，且聽下回分解。」第二種像上面所舉野豬林的情景。第三種像第二回魯達在人叢中聽榜文，背後一人攔腰抱住叫「張大哥！」，扯離了十字街口，「畢竟扯住魯提轄的是甚人，且聽下回分解」。第二、三種都製造緊張局勢（cliffhanger），第一種是搭橋擺渡。「事具某篇」的「某篇」距離很遠，不發生過渡或緊張的問題；那句話只是交代或許諾一下，彷彿說：「改日再談吧」，或「從前談過了」，好比吉卜林（Kipling）所謂「那是另一樁故事」（but that is another story）。「且

聽後回」和「事具某篇」兩者不能相提並論的。〔註2〕

錢鍾書的注解說：

> 金聖歎所謂「狂生」，大約指唐寅。唐仲冕輯本《六如居士集》卷三有《題半身美人圖》七絕兩首，說什麼「動人情處未曾描」，「寫到風流處便休」。參看李漁《奈何天》第一九折吳氏題半截美人扇詩眉批「可並唐伯虎而更勝」，又《一家言》卷七《西子半身像》。〔註3〕

錢鍾書特地注出金聖歎所用典故的出處，對讀者和學者都很有用。

錢鍾書先生帶著非常贊同和讚賞的語氣，引述金聖歎的論點，並進而肯定：「他的評點使我們瞭解『富於包孕的片刻』不僅適用於短篇小說的終結，而且適用於長篇小說的過接。」認為金聖歎的論述提出了比西方經典名家萊辛、黑格爾、契訶夫的論述和創作實踐更為全面的觀點。

錢鍾書在進一步說明這個這個理論問題時，繼續舉例做說明。他舉了《金批水滸》和《史記》做例子，說明《金批水滸》和《史記》一樣精彩。

在《管錐篇》第一冊《史記會注考證五八則》之《五　項羽本紀》「用字重而非贅」一節，錢先生說：

> 「諸將皆從壁上觀，楚戰士無不一當以十，楚兵呼聲動天，諸侯軍無不人人惴恐。於是已破秦軍項羽召見諸侯將，入轅門，無不膝行而前」；《考證》：「陳仁錫曰：『迭用三無不字，有精神；《漢書》去其二，遂乏氣魄。』」按陳氏評是，數語有如火如荼之觀。貫華堂本《水滸》第四四回裴闍黎見石秀出來，「連忙放茶」，「連忙問道」，「連忙道：『不敢！不敢！』」，「連忙出門去了」，「連忙走」；殆得法於此而踵事增華者歟。馬遷行文，深得累疊之妙，如本篇末寫項羽「自度不能脫」，一則曰：「此天之亡我，非戰之罪也」，再則曰：「令諸君知天亡我，非戰之罪也」，三則曰：「天之亡我，我何渡為！」心已死而意猶未平，認輸而不服氣，故言之不足，再三言之也。又如《袁盎、鼂錯傳》記錯父曰：「劉氏安矣！而鼂氏危矣！吾去公歸矣！」疊三「矣」字，紙上如聞太息，斷為三句，刪去銜接之詞，頓

〔註2〕錢鍾書《讀〈拉奧孔〉》，《七綴集》，上海古籍出版社，1985年第1版，第44～45頁。
〔註3〕《七綴集》，第52頁注50。

挫而兼急迅錯落之致。《漢書》卻作:「劉氏安矣而呂氏危,吾去公歸矣!」索然有底情味?〔註4〕

這一段引文和評論,更是將《金批水滸》和《史記》名篇的精彩描寫直接比較,用《水滸傳》的精彩片段,以證《史記》文字,不僅「用字重而非贅」,而且還「深得累疊之妙」。

錢鍾書的這些比較和論述,又為金聖歎在《金批水滸》的《讀法》中提出的「《水滸傳》方法,都從《史記》出來,卻有許多勝似《史記》處。若《史記》妙處,《水滸》已是件件有」這個重要觀點提供了例證。

金聖歎又在《金批西廂》「讀法九」說:

聖歎本有「才子書」六部,《西廂記》乃是其一。然其實六部書,聖歎只是用一副手眼讀得。如讀《西廂記》,實是用讀《莊子》、《史記》手眼讀得;便讀《莊子》、《史記》,亦只用讀《西廂記》手眼讀得。如信僕此語時,便可將《西廂記》與子弟作《莊子》、《史記》讀。

錢鍾書以上論述和舉例,也充分肯定了金聖歎的這個重要論點,並提供了新的例證。

錢鍾書學貫中西,這篇中西比較的重要文藝論文,充分顯示了他的驚人的學識、才華,並充分顯示了他重視和讚賞金聖歎及其文學評點作品的態度,他熟悉金聖歎著作的深度。

錢鍾書總結文學發展規律時,言及:

新風氣代興也常有一個相輔相成的表現。它一方面強調自己是嶄新的東西,和不相容的原有傳統立異;而另一方面更要表達自己大有來頭,非同小可,向古代也找一個傳統作為淵源所自。例如西方十七、八世紀批評家要把新興的長篇散文小說遙承古希臘、羅馬的史詩;⋯⋯中國也常有兩類的努力。明、清批評家把《水滸》、《儒林外史》等白話小說和《史記》掛鉤⋯⋯〔註5〕

這是從後起形式和品種為提高自己身價,一面強調一空依傍,標新立異,是巨大的創新;一面尋找光彩的祖宗,表示大有來歷這個角度論述。錢鍾書先生於論述《左傳》時更言及:

〔註4〕錢鍾書《管錐篇》第一冊,中華書局,1986年第二版,第272~273頁。
〔註5〕《中國詩和中國畫》,《七綴集》,第2頁。

明、清評點章回小說者，動以盲左、腐遷筆法相許，學士哂之。哂之誠是也，因其欲增稗史聲價而攀援正史也。然其頗悟正史稗史之意匠經營，同貫共規，泯町畦而通騎驛，則亦何可厚非哉。史家追敘真人真事，每須遙體人情，懸想事勢，設身局中，潛心腔內，忖之度之，以揣以摩，庶幾入情合理。蓋與小說、院本之臆造人物、虛構境地，不盡同而可相通；記言特其一端。〔註6〕

他儘管認為小說與史書相類比的這個觀點是小說家為提高聲價而提出的，同時也認識到小說與史書的寫作頗有相通之處。提出這個小說與史書相通觀點並作比較分析的評點家，以金聖歎的論述最多、最詳盡，也最著名，其論點可參閱本書《金批水滸藝術論》。錢鍾書顯然是認同金聖歎的觀點的，並在此後論述《史記》時認可《金批水滸》與《史記》取得同樣的高度藝術成就。

當然作為學貫古今、博聞強記的文化崑崙，錢鍾書先生在肯定金聖歎評批的高明的同時，有時也會指出他在運用資料上的不足。例如：

《西廂記》第二本《楔子》惠明唱語，金聖歎竄易三字，作：「你與我助神威，擂三通鼓，仗佛力，吶一聲喊，秀簾開，遙見英雄俺！」評曰：「斫山云：『美人於鏡中照影，雖云看自，實是看他。細思千載以來，只有離魂倩女一人，曾看自也。他日讀杜子美詩，有句云：遙憐小兒女，未解憶長安；卻將自己腸肚，移置兒女分中，此真是自憶自。又他日讀王摩詰詩，有句云：『遙知遠林際，不見些簷端；亦將自己眼光，移置遠林分中，此真是自望自。蓋二先生皆用倩女離魂法作持也。』聖歎今日讀《西廂》，不覺失笑；（因寄語斫山：「卿前謂我言王、杜俱用」）『倩女離魂法』（作詩，）原來只（是用）得一『遙』字也。」（錫山按，括號內字，被刪去。）小知間間，頗可節取。王維《山中寄諸弟》、《九月九日憶山東兄弟》均有類似之句，亦用「遙」字；然「不見此簷端」乃自望而不自見，若包融《送國子張主簿》：「遙見舟中人，時時一回顧」，則自望而並能自見矣。且「遙」字有無，勿須拘泥，金氏蓋未省「倩女離魂法」之早著於《三百篇》及六朝樂府也〔註7〕。

錢先生指出金聖歎資料失檢，也並非苛責他，任何大家都難免有失，博

〔註6〕錢鍾書《管錐篇》第一冊，第166頁。
〔註7〕錢鍾書《管錐篇》第一冊，中華書局，1986年，第114頁。

學如錢先生，他自己有時也難免的。以上引文中，括號中的小字，即錢先生在引用時抄漏的。

錢鍾書先生眼光高而尖銳、毒辣，要入他的法眼，極不容易。金聖歎受到胡適、魯迅的貶低，金批著作尤其是流播人間的《金批水滸》遭到鄙棄、不再出版，建國後金聖歎三次大受批判的情況，錢先生是心知肚明的。但是他在著作中多次談及金聖歎，給金聖歎的重要觀點、《金批水滸》的重要篇章，給以高度的肯定，顯示了錢先生獨立、自由的文學觀、美學觀，和他高度的文學鑒賞力。而錢先生對金聖歎評批著作的極度熟稔，使他需要為自己的觀點服務時，即可信手拈來；反過來也說明金批著作的確是學術泰斗重視的經典文獻。

錢鍾書《管錐篇》、《談藝錄》等名著，皆以筆記形式將零碎的、零星的資料串聯成篇，並結合這些資料發表自己片段的想法、讀後感和零星觀點。有些專家對此抱不屑態度，認為他的著作缺乏系統性，不是嚴謹的有體系的專著。錢先生對這種觀點是不以為然的。他感到明清的評點文學的評批文字，實與他的著作有相似之處，因此對「三言兩語說出了精闢的見解」的此類瑣屑文字給以高度評價，也有自擬的成分。

另有錢鍾書抄錄周作人《談金聖歎》資料一則，此亦可見錢鍾書對金聖歎的注意和重視。

錢鍾書（筆記雜錄）《碎金》冊裏有《中和月刊》八葉摘錄，不記姓名題目，其中關於金聖歎的內容為：

「金聖歎見廖燕《二十七松堂集》卷十四《金聖歎傳》又《辛丑紀聞》及計六奇所記。廖傳曰：或問聖歎二字何義，先生曰：《論語》有喟然歎曰：在顏淵為歎聖，在與點為聖歎，予其為點之流亞歟？（此本《貫華堂評選杜詩》前趙時揖聲伯序）見第三卷第二期謝剛主《記清初通海案》。

范旭侖先生指出：於「流亞歟」後補注的「此本《貫華堂評選杜詩》前趙時揖聲伯序」，本周作人《苦竹雜記·談金聖歎》:「閒步庵得《第四才子書》，有西泠趙時揖聲伯序，又《貫華堂評選杜詩》總識十餘則……廖柴舟著傳中說及《古詩十九首》與『聖歎』釋義，蓋即取諸此也。」《穢乘》論《心史叢刊》亦道及「廖語本《貫華堂評選杜詩》趙時揖總識。」〔註8〕其意為錢鍾書先生

〔註8〕范旭侖《「搶了古人的東西來大家分贓呀」》，《東方早報·上海書評》，2014年5月18日。

引用了周作人文章，卻不注明出處。我想，博學如錢鍾書，完全可能是他自己直接從廖燕、趙時揖的文章中引來的。

上所引《管錐篇》中批評金聖歎的一則中，「小知間間，頗可節取」一語，則依舊讚譽金批對《西廂記》原作，對小處也能明察細辨，其精細入微的評批，頗能啟發、有益於讀者。

錢鍾書對金聖歎的批評還有：

> 李肇《國史補》卷下云：「沈既濟《枕中記》，莊生寓言之類。韓愈撰《毛穎傳》，其文尤高，不下史遷。二篇真良史才也。」評小說而比於《史記》，許以「史才」，前似未見。《山谷外集》卷十《廖袁州次韻見答》云：「史筆縱橫窺寶鉉，詩才清壯近陰何」，自注：「干寶作《搜神記》，徐鉉作《稽神錄》」，用意亦同。李卓吾、金聖歎輩評《水滸》「比於馬班」，「都從《史記》出來」等議論，阿堵中已引而不發矣。〔註9〕

錢鍾書批評李卓吾、金聖歎不知中唐李肇《國史補》（又稱《唐國史補》）已經將韓愈的小說比擬為「史遷」即《史記》這樣的良史之作，他們關於《水滸》這樣的小說與《史記》相比擬的提法已非首創了。

> 貫華堂本《水滸》第五回：「那和尚便道：『師兄請坐，聽小僧──』智深睜著眼道：『你說！你說！』『──說，在先敝寺』」云云：金聖歎批：「『說』字與上『聽小僧』本是接著成句，智深自氣忿忿在一邊夾著『你說、你說』耳。章法奇絕，從古未有！」不知此「章法」開於《左傳》，足徵批尾家雖動言「《水遊》奄有邱明，太史之長」，而於眼前經史未嘗細讀也。〔註10〕

此指《左傳·襄公四年》的記載即有「記言中斷」的手法，而聖歎在評論智深打斷和尚語言造成語氣中斷時，讚譽此是「從古未有」的奇絕章法，批評聖歎一再稱頌《左傳》卻「未嘗細讀」，竟然不知《左傳》的這個首創性的貢獻。

以上兩則，都是揭示金聖歎自以為前無古人的首創性觀點，前人都已有過了。

錢鍾書《管錐篇·全上古三代秦漢三國六朝文 七七 全三國文卷一六》「古選本每削改篇什」，批評陳王植《楊德祖書》「世人之著述，不能無病；僕

〔註 9〕《談藝錄》，第385頁。
〔註10〕《管錐篇》第一冊，第212頁。

常好人譏彈其文，有不善者，應時改定」的現象。列舉《文選》和明、清名選如沈德潛《別裁》三種、劉大櫆《歷朝詩約選》、王闓運《湘綺樓詞選》之類，以及朱彝尊之《詩綜》、《詞綜》，「胥奮筆無所顧忌。且往往一集之內，或注明刪易，或又刪易而不注明，其淆惑也滋甚。」也明知故犯。吾鄉丁紹儀《國朝詞綜補·例言》有云：「前人選詞，遇有白璧微瑕，輒為點竄，俾臻完善。如蘭泉司寇所綠，……李笠翁《浪淘沙》詞後闋，竟易其半。……僕自揣無能為役，曾以初本就正陳叔安大令宇，……似此較善原本處，不勝僂計，皆大令筆也」；言之坦然，足微選事風習。院本小說底下之書，更同自鄶，人人得以悍然筆削，視原作為草創而隨意潤色之。減懋循《負苞堂文選》卷三《〈元曲選〉序》、《〈玉茗堂傳奇〉引》、卷四《寄黃貞夫書》皆沾沾自誇「以己意」刪抹改竄之工。

接著批評金聖歎——

> 金聖歎評點《西廂》、《水滸》之分「古本」、「俗本」，尤成口實。當時毀者如董含《三岡識略》卷九：「是聖歎文字，不是《西廂》文字；直欲竊為己有，可謂迂而愚矣！」；謂其移花接木，喧賓奪主也。譽者如韓程愈《白松樓集》卷一〇《論聖歎〈六才子書〉》之二：「聖歎之批此二書也，皆作此二書者之自批之也。……其最有識，無如刪去《水滸》後三十回與《西廂》後四折」；謂其點鐵成金、與古為新也。毛奇齡《西河詩話》卷八論王維詩，因曰：「近人改前人文，動曰『原本』，此亦學古之不可不察者」；是則聖歎所為，特沿時弊而愈猖狂耳。古人之於小說院本，愛而不敬，親而不尊，非若於經史之肅對，詩文之重視；翻刻傳抄時隻字片語之加點攻錯，出以輕心易念，未必在意而藉口「古本」、「原本」，一一標明。〔註11〕

金聖歎冒稱自己修改的《水滸傳》是古本，將《西廂記》原作稱為「俗本」而隨己意修改，比別人公開承認自己的改動更其大膽和自專，所以指斥他「特沿時弊而愈猖狂耳」。

錢鍾書還曾批評《金批西廂》的批語不正確：

> 王實甫《西廂記》第四本第一折：「鈕扣兒鬆，衣帶兒解……柳腰款擺，花心輕拆，露滴牡丹開」一節，金聖歎逐句注之，有所謂「初動之」、「玩其忍之」、「更復連動之」、「知其稍已安之」、「遂大

〔註11〕 《管錐篇》第三冊，第 1068～1069 頁。

動之」。或人批曰：「『柳腰款擺』才是動，『露滴』句太早了。才破瓜女郎，說他擺腰，亦太過。」按或人言是也。〔註12〕

除了金批著作，錢鍾書也數次評論金聖歎的詩歌創作。

《管錐篇・毛詩正義　七　卷耳》「話分兩頭」說：

> 男女兩人處兩地而情事一時，批尾家謂之「雙管齊下」，章回小說謂之「話分兩頭」，《紅樓夢》第五四回王鳳姐仿「說書」所謂：「一張口難說兩家話，『花開兩朵，各表一枝』」。……金人瑞《塞北今朝》：「塞北今朝下教場，孤兒百萬出長楊。三通金鼓搖城腳，一色鐵衣沉日光。壯士並心同日死，名王卷席一時藏。江南士女卻無賴，正封落花春晝長」（劉獻廷選《沉吟樓詩選》）；均此手眼。〔註13〕

這是讚譽金聖歎此詩的創作另具「手眼」，手法頗為高明。

《管錐篇・全上古三代秦漢三國六朝文　一○六　全晉文卷二六》「昭明不取《蘭亭序》各說」說：

> 昭明不選《蘭亭序》，宋人臆度，或謂由於耳目未周，掛漏難免；或謂由於誤以「絲竹管絃」、「天朗氣清」為語病，……以無稽之談，定無辜之罪，真「夢中說夢兩重虛」（白居易《讀禪經》）也。金聖歎《沉吟樓詩選》（劉繼莊選本）《上巳日天暢晴甚，覺《蘭亭》「天朗氣清」句，為右軍入化之筆，昭明忽然出手，豈謂年年有印板上巳耶？詩以記之》：「三春卻是暮秋天，逸少臨文寫現前；上巳若還如印板，至今何不永和年。逸少臨文總是愁，暮春寫得似清秋。少年太子無傷感，卻把奇文一筆勾！」語甚快利，然亦偏信不察，於義之句固為昭雪，而於昭明則枉誣矣。〔註14〕

評批金聖歎「偏信」前人的一種意見，固然為王羲之昭雪其文句有病之冤案，但冤枉了昭明太子。

又曾指出金聖歎詩歌有時因襲前人名句：

> 《東溪》：「野鳧眠岸有閒意，老樹著花無醜枝。」按宛陵佳聯，名不虛傳。惜全詩甚不相稱，只宜入摘句圖。金聖歎《沉吟樓詩選・

〔註12〕《容安館箚記》六百七十二。
〔註13〕《管錐篇》第一冊，第 68 頁。
〔註14〕《管錐篇》第三冊，第 1113～1114 頁。

寄常徵君擬杜》:「野鳧眠岸夢何事,老樹著花思媚人」;名託「擬」

杜,實為襲宛陵,行事何殊羊質虎皮、牛首馬脯哉?〔註15〕

綜上所述,錢鍾書在整體上對金聖歎的理論成就是肯定的,讚賞其重要觀點和理論創造;又能以其無與倫比的廣闊閱讀成果,指出金聖歎的少量的一些不足。對金聖歎的詩歌創作也是如此。

另有《容安館日札》第七百九十七則,評論《三國演義》毛宗崗評批本,因此書有託名金聖歎的序,首段即論及金聖歎。此段開首說:

> 閱《三國演義》。《歸莊集》卷十《誅邪鬼》謂金聖歎以《左傳》、《史記》、《莊子》、《離騷》、杜詩與《水滸傳》、《西廂記》並列為「七才子」,廖燕《二十七松堂文集》卷十四《金聖歎先生傳》則謂評定《離騷》、《莊子》、《史記》、杜詩、《西廂》、《水滸》為「六才子書」。聖歎子金昌作聖歎《杜詩解》序,亦祇言「六才子」,而以《莊子》居首、《西廂》為殿。

分析清人的三種說法,準確判斷金昌所說的「六才子」及其排列是正確的。接著說:

> 《三國演義》有聖歎序,云:「忽於友人案頭見毛子所評《三國志》之稿,而今而後知第一才子書之目又果在《三國》也。」語意圓滑,大似名次已定,相見恨晚,以榜外狀頭歸之者,而其「六才子之書」固自若也。豈聖歎之妙於措詞歟,抑毛序始之工於撒謊耶?蓋才子書中有《左傳》者,出於道路之傳聞;有《三國》者,出於壇坫之攀附。此序平淡乏風致,必出序始託名(《堅瓠三集》有毛宗崗序),聖歎文筆較新警肆譎也。劉廷璣《在園雜志》卷二謂「杭永年於《三國演義》一仿聖歎筆意批之,似屬效顰,然亦有開生面處。張竹坡批點《金瓶梅》,可以繼武聖歎」。廖柴舟《聖歎傳》云:「先生沒後,效先生所評書,如長洲毛序始、徐而菴、武進吳見思、許庶菴為最著。」曾燦《六松堂集》卷三《贈俞陳芳》云:「古人眼光大如斗,不肯依傍他人走。割裂詩書今者誰?聖歎君前子能後」,自注謂徐子能。余未睹杭、俞、吳、徐四家之書,而菴著作僅見《詩話》。毛批《三國》則大勝張批《金瓶》。觀《讀三國志法》及每回《總評》,於聖歎不啻具體而微,視後來大某山人、護花主人之批

〔註15〕《談藝錄》,第 513 頁。

《石頭記》，靈蠢相去何止三十里！至馮鎮鑾、但明倫之批《聊齋》，更如鈍根參禪、傖夫學雅，比諸自鄶以下矣。齊省堂本《儒林外史》批語時鞭闢入裏，天目山樵增評亦饒機趣，而規模隘小，著語無多。惟《野叟曝言》批語頗欲與《水滸》、《三國》諸評抗衡，似即出作者之手。

錢鍾書分析《毛批三國》「此序平淡乏風致，必出序始託名（《堅瓠三集》有毛宗崗序），聖歎文筆較新警肆譎也」。不僅注出此序另有出處，可以證明是毛宗崗託名，而且從文筆看，此序文筆平庸，而聖歎文筆「較新警肆譎」，讚賞聖歎文筆的新穎、精闢、正大、變化多端和奇幻莫測。

最後說：

> 金聖歎以前論《水滸》文法最精詳者，莫如陳忱《水滸後傳》卷首之《論畧》，世尠稱引者；忱自撰雖刻意經營，而較前《傳》則平鈍無生氣。「行之惟艱」，信哉！竊謂聖歎指目《水滸》、《西廂》古本之妙，序始提唱《三國》古本之妙，所謂「古本」，實即己之改本，毋異乎自作自評，分身而二任，談藝中之山雞舞鏡、倩女離魂也，詳見第六一一則論《誠齋集》卷九《登多稼亭》第二首。

這裡指出聖歎所說的《水滸》、《西廂》和毛宗崗所說的《三國》「古本」，都是他們自己的「改本」；而他們讚譽的「古本之妙」，「毋異乎自作自評，分身而二任，談藝中之山雞舞鏡、倩女離魂也」。這裡他僅用調侃的語氣指出事實而不予褒貶，口氣平和，不似前引《管錐篇》「特沿時弊而愈猖狂耳」，嚴加指斥。

錢鍾書從美學和文學角度評論金聖歎，給金批以極高評價，兼及其詩歌，而且於具體細微之處論證，功力非凡。

王元化美學研究的重要觀點述論

摘要：

　　王元化文藝理論研究的重要觀點，是在充分肯定和繼承五四精神的基礎上，針對五四弊病的反撥，對後學有很大的指導意義。他反對以西學座標衡量中國文化和中國文藝理論，但必須以其為參照；舉例指出中國文藝理論體系性的名著《文賦》《文心雕龍》和詩話詞話都有超越西方的重大成就，論述了中國寫意藝術體系的獨特創造性及其在繪畫、戲曲中的成功體現；並肯定道家與佛學對文藝理論的貢獻。王元化對王國維的獨到評論糾正了學術界的錯誤觀點。他對莎士比亞和西方經典作家的重要評論總結了重要的創作規律，對黑格爾和巴爾扎克的批評則糾正了崇洋迷外的偏頗。

關鍵詞：寫意；神韻；程序；虛擬；風格；氣

　　王元化在改革開放之後成為人文學術界標誌性的人物，尤以思想研究見長。王元化在思想領域推進理論建設的同時反思五四，取得了很多重要成果。王元化最早的學問根柢是文藝學，其文藝理論的重要觀點，是在充分肯定和繼承五四精神的基礎上，針對五四弊病的反撥，對後學有很大的指導意義。今列舉其最重要的觀點，聯繫學界其他大家的闡發，略作評述與闡發。

一、文藝理論總論

　　王元化在文藝理論研究的總體觀察、一般原理和研究方法等方面，結合我國當前的情況，發表了相當全面的意見，至今很有指導意義。

　　關於文藝理論的範疇，針對新時期學界在擺脫過去僵化地將文藝學做狹隘的規範，片面強調政治的錯誤傾向的同時，產生了過於寬泛化的傾向，王

元化提出:「我覺得文藝學似不應包括生活美學的內容(如服飾烹調園林之類)。」〔註1〕

　　文藝理論屬於文化範疇,因此王元化宏觀歸納文化傳統的觀點也適用於文藝理論研究。王元化指出:構成我們民族文化傳統的因素大概有以下四個方面:(一)在創造力上表現的特點。每個民族在創造力上都具有不同的特點。(二)民族心理素質。(三)一個民族所特有的思維方式;抒情方式和行為方式。(四)這個民族的價值觀念〔註2〕。

　　文藝理論研究是理論研究的一個分支,王元化關於嚴格規範地從事理論研究的觀點,也適用於文藝理論。王元化歸納了三種方式:第一種是闡釋性的,即對某一問題的某種觀點加以說明、引申和發揮。第二種是整理性的,即根據某一課題,搜集有關資料,辨別真偽,進行考辨,以闡明某時代某一現象或某一問題。第三種是探索性的,即對前人所未涉及的領域進行創造性的研討,或對前人已有的結論進行突破性的再認識和再評論〔註3〕。

　　王元化還論述了創作的基本要求和偉大作品的鑒別標準,他強調:「藝術最不能作假,作品無法掩飾作家的靈魂。一個人被脅以刀鋸鼎鑊也不肯吐露的內心隱秘,有時也會不知不覺地在作品中經過折射露出或隱或顯的痕跡。」「把藝術視為活的有機體並不是什麼新的見解,古代文藝理論家早已認識了這一點。亞里士多德曾在這方面作過充分的闡發。劉勰說『義脈不流則遍枯文體』,也是把作家的思想感情看作是血液在布滿全身的脈管中流動不息,灌注藝術以生氣和生命。」「只有偉大的性格才能寫出偉大的作品。」〔註4〕

　　在治學態度上,主張懷疑精神,他讚揚:宋代學者開始萌發了懷疑精神,至清代這種懷疑精神則發揚光大。我們往往把清人的考據學斥為繁瑣,但清人的考據學中的懷疑精神使籠罩在經典上的神聖光圈變得黯然失色了〔註5〕。

　　尤其是針對我國學術界習慣地以唯物主義和唯心主義作為評判前人和當今理論成果的重要價值標準,王元化強調:「過去我們常常談到整部哲學史就是唯物主義和唯心主義兩條路線的鬥爭史。這一點馬克思恩格斯並沒有提到過。而是列寧在《唯物主義與經驗批判主義》中提出來的。」這是列寧針對

〔註1〕 王元化《關於文藝學問題的一封信》,《王元化集》第 2 卷,第 184 頁。
〔註2〕 王元化《從文化史的角度來研究文學》,《王元化集》第 2 卷,第 193 頁。
〔註3〕 王元化《談幾個理論問題》,《王元化集》第 2 卷,第 195 頁。
〔註4〕 王元化《失去愛情而歌與失去金錢而歌》,《王元化集》第 2 卷,第 120～121 頁。
〔註5〕 王元化《談幾個理論問題》,《王元化集》第 2 卷,第 196 頁。

特定的對象而說的，並無普遍性的意義。「倘說整個哲學史都必須以唯物唯心來畫線，就勢必會引出這樣一個結論：從古到今凡唯物主義都是進步的，唯心主義都是落後反動的。但整個哲學史卻無法用這種公式去說明。列寧說馬克思主義有三個來源，其中之一就是德國古典哲學。作為德國古典哲學的代表人物康德、費希特、謝林、黑格爾等都是唯心主義者。」他們的著作是世界哲學史上的經典著作，而「當時唯物主義，用恩格斯的話來說，已是江河日下。」〔註6〕

以唯物唯心的劃線的僵化思維方式評判，至今還是某些人的痼疾，嚴重阻礙了理論的發展，我們必須重溫王元化的這個教導，並將之貫徹到文藝理論研究的實踐中去。

二、反對以西學座標衡量中國文化和中國文藝理論但必須以其為參照

中國美學歷史悠久，成果眾多，取得豐富而巨大的成就，而且在很多方面取得了超越西方的巨大成就。可是在反傳統思潮佔據文壇、學壇的 20 世紀，由於學界已習慣以西方文化觀念為中心的視角來觀察和評論中國文化包括美學和文藝理論，所以對中國美學和文藝理論產生了種種的貶低和偏見。「五四」新文化的學界主流認為中國古代的文藝理論沒有價值，其中流行最廣的一個偏見即：中國美學缺少全面、系統的專著，中國美學沒有體系和嚴格規範的範疇、概念，中國美學家的論述和著作多屬個人經驗式或感悟式的零星觀點，往往僅是零碎的片段，敘述含混、朦朧、沒有理論體系，尚未產生科學的嚴密的理論。總之，中國遠遠不及西方。這是用西方的標準來看待中國美學的錯誤結論，可是這種錯誤觀點長期佔據中國學界，為此王元化旗幟鮮明地提出反撥性的重要觀點。

王元化批評：「以西學為座標的風習由來已久。」並認為這是五四時期胡適的偏見造成的〔註7〕。他評論中國文藝理論界不能繼承中國古代文論的偉大成果，「主要原因就在於以西學為座標去衡量中國傳統文化，從而採取了一種偏激的態度，認為凡是新的都比舊的好」〔註8〕。

〔註6〕 王元化《談幾個理論問題》，《王元化集》第 2 卷，第 187、189、197 頁。
〔註7〕 王元化《關於京劇與文化傳統答問》，《王元化集》第 2 卷，湖北教育出版社，2007 年版，第 255 頁。
〔註8〕 王元化《關於京劇與文化傳統答問》，《王元化集》第 2 卷，第 256 頁。

以西學為座標最大的不良後果是否定中國古代文藝理論具有體系性，同時否定或藐視非體系性的理論成果。王元化認為《文心雕龍》是體大思精的體系性著作，以此反駁西方中心論的錯誤觀點。本文下節專論此題，茲不贅述。而對於非體系性的理論成果的重要價值，徐中玉和錢鍾書則有重要論述。

的確，如果從詩文理論角度看，中國古代美學家的著作，一般不從事完整全面的體系性的著述，喜歡寫作短小精悍甚至片言隻語的評論，文字艱深或玄妙，思維活躍而且常呈跳躍性的展現，表達上卻常常點到為之，簡要而生動。因當時讀者都能心領神會，故不必作明晰解釋，而今人則深感領會和闡發之難。

針對這個現象，徐中玉指出：「描述的簡要性，是說古人論文談藝，一是重感性描述，具體生動，本身即文學作品；二是力求簡要，因為通道必簡，無須煩辭，旨在闡明大體、根源之一端，似無系統，聯繫起來往往十分明白。古代文論著作內容多樣，如保存故實、辨識名物、校正句字，比較異同等等，宗旨本不在於議論，其旨在議論者，除大都仍具有形象、感情特色，哲理、思辨、規律即深寓其中，甚至寥寥幾句，即能令人拍案叫絕，一字可抵廢話或老生常談上百、千、萬。」其中「聯繫起來往往十分明白」一語，是從中國古代理論家的思維方式和寫作特點的角度，提出中國古代文藝理論是有內在體系的重要觀點。徐中玉還進而強調：中國古代美學「是一個極為豐富的寶庫，它對全人類文化有著重要貢獻，這是海內外學者都越來越公認的事實。」但長期以來依舊「不能從多方面、多層次、多角度既微觀地來分析發展它們豐富的意義和價值，又不能綜合地系統地、宏觀地來揭示它們在整個學術領域、民族文化構成中的精義與地位，所以它的影響還是不夠深廣的，它對繁榮當前文學創作發展理論研究的積極作用還遠遠沒有得到發揮。」〔註9〕

與王元化和徐中玉不同，錢鍾書則更著重強調中國古代沒有體系的零碎言論，有勝於體系性的優越之處，不能認為有體系就是意味著達到最高水平。

例如，對於包括文學評點在內，顯得零碎瑣屑的言論，錢鍾書給予獨到的高度評價。在《讀〈拉奧孔〉》這篇名文的一開首，錢先生即說：「在考究中國古代美學的過程裏，我們的注意力常給名牌的理論著作壟斷去了。」「大量這

〔註9〕徐中玉《中國古代文論的思維特點及其當代趨向——在新加坡國立大學「漢學研究之回顧與前瞻國際會議」上的報告》，《激流中探索的——徐中玉論文自選集》，華東師範大學出版社，1994年版，第387～394頁。

類文獻的探討並無相應的大量收穫。」名人的「言論常常無實質」。但在小說、
戲曲及其評點文學此類不引人注目的地方——

> 倒是詩、詞、隨筆裏、小說、戲曲裏，乃至謠諺和訓詁裏，往
> 往無意中三言兩語說出了精闢的見解，益人神智；把它們演繹出
> 來，對文藝理論很有貢獻。也許有人說，這些雞零狗碎的東西不成
> 氣候，值不得搜採和表彰，充其量是孤立的、自發的偶見，夠不上
> 系統的、自覺的理論。不過，正因為零星瑣屑的東西易被忽視和遺
> 忘，就愈需要收拾和愛惜；自發的孤單見解是自覺的周密理論的根
> 苗。再說，我們孜孜閱讀的詩話、文論之類，未必都說得上有什麼
> 理論系統。更不妨回顧一下思想史罷。許多嚴密周全的思想和哲學
> 系統經不起時間的推排銷蝕，在整體上都垮塌了，但是它們的一些
> 個別見解還為後世所採取而未失去時效。好比龐大的建築物已遭破
> 壞，住不得人、也唬不得人了，而構成它的一些木石磚瓦仍然不失
> 為可資利用的好材料。往往整個理論系統剩下來的有價值的東西只
> 是一些片段思想。脫離了系統而遺留的片段思想和萌發而未構成系
> 統的片斷思想，兩者同樣是零碎的。眼裏只有長篇大論，瞧不起片
> 言隻語，甚至陶醉於數量，重視廢話一噸，輕視微言一克，那是淺
> 薄庸俗的看法——假使不是懶惰粗浮的藉口〔註10〕。

錢鍾書本人無論是《談藝錄》還是《管錐篇》，在文藝理論方面，都將古
今中外的片言隻語用連類列舉或對比互證的方式連綴成文，有時沒有中心題
旨，也能精彩紛呈、醒人神智地分析和評論具體的作家作品。王元化也擅長這
種方式，其隨想、劄記等作品即如此。

儘管反對文化領域的西方化，王元化並不因此而否定西方文化和文藝理
論，他不僅認真細膩地學習西方尤其是德國美學和文藝理論名著，而且認為：
「不能以西學為座標，但必須以西學為參照系。中國文化不是一個封閉系統。
不同的文化是應該互相開放、互相影響、互相吸取的。」〔註11〕

參照就是比較，王元化自己做了成功的參照也即比較，他認為：「西方文
論從自然的模仿開始，而中國文化側重比興之義」，「西方文論傳入中國以前，
『比興』之義始終是中國文論的核心問題。比興說與模仿說的差異，即在中

〔註10〕錢鍾書《讀〈拉奧孔〉》，《七綴集》，上海古籍出版社，1985 年版，第 29～30 頁。
〔註11〕王元化《談想像·附記》，《王元化集》第 2 卷，第 276～277 頁。

國重想像（也許可以說是不同於西方方式的一種虛構，亦即後來劉勰所謂『身在江湖，心存魏闕』的超越身觀的神思），西方重自然，中國重寫意，西方重寫實。文化背景不同，倘不破除隔閡與偏見，就很難真切體會這一點。近來我常常談到京戲，不僅因為我愛好京戲，而且由於京戲充分體現了作為中國傳統藝術的寫意性。這種寫意性和傳統繪畫、音樂、書法是相通的。布萊希特受京劇影響頗大，但他只從京劇中吸取『間隔效應』這一方面，而對其中的寫意性則很少提及。可見理解異國文化，倘要升堂入室是多麼困難的了。」〔註12〕

王元化又以《文賦》和《文心雕龍》為例論述中西文藝理論的各有擅長、不同特點和中國勝於西方之處。他說：「《文心雕龍》具有民族特色，和西方文論有著不同的特點。比如亞里士多德的《詩學》主張摹擬自然，主張現實的再現，其中很少談到想像，他不像我們在魏晉時代那樣著重討論文學的風格問題。我們的文論，和我們的畫論、樂論一樣，都有一個相同的特點，它並不強調摹擬自然，而是強調神韻。自然這並不是說我國傳統畫論只求神似，全不講形似。比如，顧愷之曾強調阿堵傳神的神似觀點，但他也提出過頰上添毫而不忽視細節上的形似。劉勰《文心雕龍》中也有類似的議論，他曾說『謹發而易貌』，要求傳神，而不要拘泥在細節的描寫上；可是同時他也提出『體物密附』不廢形似的主張。湯用彤稱：『漢代相人以筋骨，魏晉識見在神明。』可謂的論。」「重神韻這是要求藝術作品有一種生氣灌注的內在精神。謝赫的《古畫品錄》標示六法，其中之一就是『氣韻生動』。《文心雕龍》所提出的『以情志為神明』亦同此旨。照這種觀點看來，藝術作品的內容意蘊和表現它的外在形象必須顯現為完滿的通體融貫。就如有生命的機體內，脈管把血液送到全身，或靈魂把生命灌注在軀體的各部分內一樣。《文心雕龍》中時或提到的『外文綺交，內義脈注』，『義脈不流，則偏枯文體』，即申明此義。這些都成為六朝時代文論畫論突出特點。」〔註13〕。

「陸機的《文賦》和賀拉斯的《詩藝》同是最早用詩體或賦體所寫的文藝理論專著。」「陸機《文賦》不僅具有我國民族傳統文論的特色，而其關於文學創作中的想像問題和感興問題的論述，也是賀拉斯的《詩藝》沒有充分涉及

〔註12〕王元化《談想像》，《王元化集》第2卷，第276～277頁。
〔註13〕王元化《一九八四年在上海中日學者〈文心雕龍〉討論會上的講話》，《王元化集》第4卷，第279頁。

的。由《文賦》發端，想像和感興這兩個問題構成了我國傳統文論的重要部分。劉勰的《文心雕龍》在這方面顯然受到了《文賦》的影響」〔註14〕。

總之，王元化高度肯定中國古代文藝理論的巨大成就，明確肯定中國古代文藝理論有不少高於西方的成果。

三、中國文藝理論體系性的名著《文心雕龍》及其文言寫作的不可替代性

前已言及，新文化名家都否認中國古代文藝理論的巨大價值，尤其認為中國古代文藝理論沒有體系，而對西方文藝理論則頂禮膜拜，造成西方文藝理論在20世紀中國學術界一統天下。王元化極其重視中國古代文藝理論的研究，重點研究《文心雕龍》，並以專著的形式發表其重要的理論成果。

此因王元化認為在我國古代文論中，「劉勰的《文心雕龍》的體系是特別值得重視的。《文心雕龍》是在體系上相當完整嚴密的一部著作，章學誠稱它『勒為成書之初祖』。」「我認為這部書在我國封建時期文學理論史中，不但前無古人，而且也後無來者。」「僅就系統的完整嚴密來說，在我國漫長的封建社會中有哪些文藝理論著作可與之比肩呢？甚至在整個中世紀的世界文學理論著作中可以成為它的對手的也寥寥無幾。」〔註15〕

王元化站在世界文學理論史的高度給《文心雕龍》以極高評價，給當代學界以重大啟發。正因從世界文藝理論的高度審視和評價《文心雕龍》，王元化又將《文心雕龍》和西方美學的頂峰著作之一的黑格爾《美學》作比較說：「關於文學理論或美學體系，我覺得有兩位理論家的論著值得我們參考和借鑒。一個是黑格爾的《美學》，一個是劉勰的《文心雕龍》。這兩部著作都可以稱得上具有自己理論體系的著作。」「恩格斯曾說，黑格爾在體系上所花費的精力比他在其他方面進行的思考要多得多。但是他的體系有很大的缺點，除了客觀唯心主義所形成的頭腳倒立的情況且不說外，就是刻板地甚至迂腐地要求整齊劃一，常帶有明顯的人工強制性的痕跡。特別是他從一個概念向另一個概念過渡的時候，往往用了人工的強制手段，這就造成了黑格爾體系的晦澀難懂。」〔註16〕

黑格爾是西方古典美學不可逾越的高峰之一，但黑格爾著作晦澀難懂，

〔註14〕王元化《文心雕龍講疏》，《王元化集》第4卷，第243頁。
〔註15〕王元化《文藝理論體系問題》，《王元化集》第2卷，第167頁。
〔註16〕王元化《文藝理論體系問題》，《王元化集》第2卷，第164頁。

崇洋迷外者甚至認為這是黑格爾著作的偉大的體現，讀者如果看不懂，是自己水平差。王元化則給予清醒的批評，並分析其造成這個弊端的原因，發人深省。

黑格爾著作是晦澀難懂的，那麼《文心雕龍》也難懂，王元化指出：「《文心雕龍》是用六朝駢文寫成的，在自由抒發方面更受限制，但我讀了好幾種今譯本，發覺沒有一種今譯可以將原著形神兼備地表達出來。比如《物色篇》贊中的這幾句話『目既往還，心亦吐納，情往似贈，興來如答』，幾乎所欲的今譯都喪失了原有的情趣。前人所謂尺有所短，寸有所長萬物並育而不相害的話，確實是有道理的。」〔註17〕

《文心雕龍》雖也難懂，卻是因為文言文文字的艱深。而《文心雕龍》的文言文的文字高雅雋美，取得高度的藝術成就，使這部文藝理論著作本身就成為一個高雅的文藝作品。

不僅是《文心雕龍》，中國大量優秀的文藝理論著作的文字都達到幽深雋永的境界，具有精練優美的特點。王元化認為：「中國的藝術都講究含蓄，所謂『言有盡而意無窮』、『此處無聲勝有聲』、『意到筆不到』等等，這種格言在文論詩話中太多了。我不同意胡適所講的藝術的特點，他認為藝術首先在於『明白易曉』，這是錯誤的。一件藝術作品，一點蘊藉也沒有，一點含蓄也沒有，讓人一看就知，一覽就曉，還有什麼回味呢？胡適說《紅樓夢》還不如《海上花列傳》，又說《哈姆萊特》《奧賽羅》都一塌糊塗。」〔註18〕

中國的詩話詞話和許多文藝評論的本身都是精美優雅的文藝作品，這是中國文藝理論家為世界美學史做出的重大貢獻之一。

王元化用《文心雕龍》白話文譯本的失敗為例，從根本上清晰論定古代駢體文、文言文具有很高的藝術水平和高於白話文而不可替代的藝術價值和話語力量。中國20世紀達到文藝理論研究最高成就的王國維、陳寅恪和錢鍾書，其所有的文藝理論著作都用文言文寫成，達到中國的最高水平。王國維的《人間詞話》和《宋元戲曲考》、陳寅恪的《論〈再生緣〉》和《元白詩箋證稿》、錢鍾書的《談藝錄》《管錐篇》《七綴集》，都是20世紀文藝理論的最高著作，其優美的文言文，清新優美，意味雋永，富有詩意，是白話文著作所不能望其

〔註17〕王元化《讀莎劇時期的回顧》，《王元化集》第3卷，第13～14頁。
〔註18〕王元化《關於京劇與文化傳統答問》，《王元化集》第2卷，第243頁，《關於京劇的即興表演》，《王元化集》第2卷，第288頁。

項背的。魯迅連他唯一的學術專著《中國小說史略》也用文言撰寫，此因追求「簡潔」，以及志在媲美古代名著的深意，曾向日本學者鄭重表達〔註19〕。

四、中國寫意藝術體系的獨特創造性及其在繪畫、戲曲中的成功體現

五四領袖徹底否定中國古代繪畫和戲曲及其所體現的寫意美學。為此王元化特作撥亂反正：「中國藝術的寫意性與想像有著密切的關聯，無論在文學、繪畫、戲劇、音樂中都鮮明地顯示了寫意的特點。可是這很少被人涉及。」這是因為以西學為座標的風習由來已久，西人不知寫意美學，中國學術界也就予以否定，很少有人涉及寫意美學。

在談論中西比較時，前曾引及王元化認為「由於京戲充分體現了作為中國傳統藝術的寫意性。這種寫意性和傳統繪畫、音樂、書法是相通的。布萊希特受京劇影響頗大，但他只從京劇中吸取『間隔效應』這一方面，而對其中的寫意性則很少提及。可見理解異國文化，倘要升堂入室是多麼困難的了。」〔註20〕

王元化多次談及古代畫論的精義，如：謝赫《古畫品錄》標示六法，其中所說的「氣韻生動」一語最能標明神似所追求的境界〔註21〕。但談得更多的是京劇。

王元化總結中西藝術的根本區別在於：「西方藝術重在摹仿自然，中國藝術則重在比興之義。」「摹仿自然和比興之義形成了寫實和寫意這兩種不同的文化背景，而這兩種不同文化背景導致了在對待或處理審美主體（心）和審美客體（物）的關係上所遵循的不同立場和原則。」〔註22〕

而新文化陣營的學者，否定寫意美學，否定戲曲，故而不看戲曲。王元化指出：「五四以來新文藝陣營的人多持這種態度。我本人也有過同樣的經歷，幾達十餘年之久。主要原因就在於以西學為座標去衡量中國文化，從而採取了一種偏激的態度，認為凡是新的都比舊的好。」〔註23〕

〔註19〕增田涉《魯迅的印象》第三〇節《用古文寫作〈中國小說史略〉的用意所在》，華東師範大學中文系自印本，1979年。
〔註20〕王元化《談想像》，《王元化集》第2卷，第276～277頁。
〔註21〕王元化《關於京劇與文化傳統答問》，《王元化集》第2卷，第266頁。
〔註22〕王元化《關於京劇傳統答問》，《王元化集》第2卷，第242頁。
〔註23〕王元化《關於京劇傳統答問》，《王元化集》第2卷，第256頁。

　　於是王元化對戲曲尤其是京劇發表一系列精彩的評論。虛擬性、程式化和寫意性，及其京劇，都是五四名家所否定的〔註24〕。王元化高度評價戲曲程式化、虛擬化的寫意藝術。王元化則大為肯定，認為「有人把程式化當做千篇一律的公式化看待，是大錯而演員特錯的。程式化也同樣給延緩提供創造性的廣闊天地，正如格律詩不會拘囿好的詩人，駢體文不會拘囿好的作者一樣。」〔註25〕批評否定京劇舊的、落後的，西方現代戲劇才是新的、先進的〔註26〕。

　　「寫意型表演體系由於使用虛擬性程式化手段，從而大大節省了時間，它可以刪去一切不必要的瑣碎的東西。「虛擬性程式化表演方法的刪繁就簡的特點是和傳統藝術理論的『以少總多，情貌無遺』原則密切相關的。」〔註27〕

　　因此進而認為「中國戲曲是和斯坦尼斯拉夫斯基完全不同的以程序為手段的虛擬性的寫意型表演體系，從而不能用斯氏體系對它強行進行改造。」〔註28〕蘇聯專家「強以斯坦尼斯拉夫斯基的體驗派表演體系改造中國傳統戲曲即是一例。他完全無視中國戲曲是和斯氏完全不同的以程序為手段的虛擬性的寫意型表演體系，從而不能用斯氏體系對它強行進行改造。」「但也有一些戲曲導演和演員直到今天仍按這種錯誤理論在進行『戲改』，以為這就是中國戲曲的現代化。」〔註29〕

　　可是「近世西方現代派藝術崛起，放棄了模仿說，採取變形手法，逐漸和中國藝術的寫意傳統接近起來。而中國寫意藝術也就吸引了西方藝術家的注意。」〔註30〕。這有力說明中國戲曲和寫意藝術既是古老的，又是現代的，具有永久的生命力。

五、道家與佛學對文藝理論的貢獻

　　中國古代文藝理論，無疑以儒家為基礎，而道佛兩家也是不可或缺的重要理論資源。

　　關於道家和佛學對中國文藝理論的貢獻，王元化從總體上予以肯定：

〔註24〕王元化《關於京劇傳統答問》，《王元化集》第 2 卷，第 257～258 頁。
〔註25〕王元化《關於京劇傳統答問》，《王元化集》第 2 卷，第 272 頁。
〔註26〕王元化《關於京劇傳統答問》，《王元化集》第 2 卷，第 248 頁。
〔註27〕王元化《關於京劇傳統答問》，《王元化集》第 2 卷，第 259 頁。
〔註28〕王元化《談想像》，《王元化集》第 2 卷，第 276 頁。
〔註29〕王元化《論想像》，《王元化集》第 2 卷，第 275～276 頁。
〔註30〕王元化《關於京劇傳統答問》，《王元化集》第 2 卷，第 266 頁。

「最近國內外都很關心《文心雕龍》和佛教的關係問題。魏晉時代不僅是一個文學自覺的時代，同時也是我國第一次從外國引進佛教文化的時代。西方傳來的佛學在中國發生了很大的影響。」「當時學術思潮的一個重要特點，即儒、釋、道、玄之間形成了一種既吸收又排斥、既調和又鬥爭的複雜錯綜局面。我覺得我們要研究《文心雕龍》的思想，就需注意當時這樣一種思想背景。」〔註31〕

在論述道家美學的具體觀點時，王元化以儒家和道家都視之為關鍵的「氣」和「風骨」為例，說明中國文藝理論的特殊貢獻。他說：「比如『氣』這一概念，在傳統文化中是個極其重要的概念，但在西方理論中卻難找到相應的理論。（「氣」這個字難覓英語單字對譯。）就我所見，直到十九世紀黑格爾美學中才出現了『生氣灌注』的說法。但黑氏的說法在與我國傳統理論中大量有關『氣』的概念還是難以比量。至於從內容的豐富性和複雜性來說，相差就更大了。又如《文心》中的《風骨》篇，我就很難從西方文論中找出相應的概念來進行闡述，於是只好暫告闕如了。」《鎔裁》篇的闡釋，更不能用外國文論來闡釋。〔註32〕

關於佛學的價值，他指出「過去，有些理論著作對佛學的論述有些簡單化，認為佛學只是『迷信虛妄，蠹國殃民』，幾乎一無是處。我覺得對佛學不能一概否定，佛學已有經過批判可以吸收的成分。」〔註33〕

尤其是佛學對《文心雕龍》的影響，「《文心雕龍》體大慮周，組織靡密，能夠形成一個完整的系統，有很嚴密的體系，以至被章實齋譽為『成書之初祖』。這跟他受到了因明學的影響，是很有密切關係的」〔註34〕。

正面肯定佛學的影響，在 20 世紀下半期的中國是非常難能可貴的。在1960 年代初期，原已列入全國高校統編教材出版計劃的宗白華的《中國美學史》著述計劃就因不容許闡發佛學對美學的貢獻而被迫放棄〔註35〕。

進入新世紀前後，在王元化、陳允吉等人給以逐步肯定的基礎上，學術

〔註31〕王元化《一九八四年在上海中日學者〈文心雕龍〉討論會上的講話》，《王元化集》第 4 卷，第 280～281 頁。
〔註32〕王元化《談想像》，《王元化集》第 2 卷，第 275 頁。
〔註33〕王元化《文學的啟蒙和啟蒙大大文學》，《王元化集》第 2 卷，第 161 頁。
〔註34〕王元化《文心雕龍講疏》，《王元化集》第 3 卷，第 276 頁。
〔註35〕林同華《宗白華全集·後記》，《宗白華全集》第四卷，第 776 頁，安徽教育出版社，1994 年版。

界對佛學的巨大價值和光輝理論成果有了更為全面深入的認識，尤其佛教美學的整理和闡發，取得令人矚目的成就。

六、對中國文藝理論的另外兩大高峰金聖歎和王國維的評論

中國文藝理論有三大高峰：劉勰、金聖歎和王國維。王元化最重視、下工夫最多的是劉勰《文心雕龍》。他以劉勰《文心雕龍》為研究重點，出版專著、發動建立《文心雕龍》學會，參與發動多次《文心雕龍》研討會。王元化對金聖歎和王國維也有重要的觀點。

對於魯迅所說的「最有名的金聖歎」〔註36〕，王元化很早就注意了，其早期作品有2篇評論金聖歎。

王元化於1940年撰文《金批〈水滸傳〉》〔註37〕，對金批《水滸傳》作了總體評價：「金聖歎推翻了因襲的格套，建立了一種新的白話文的批評，他所批釋的《水滸傳》是值得我們注意的。」具體又讚揚了2個方面：一、「他曾經說『文章有極省法和極不省法』，提出了文章的層次問題」。二、「此外，金聖歎分析《水滸》的『開書』，道人所未道，也是頗有見地的。」「金聖歎的批釋僅寥寥數語便道破了其中的秘密」，即「指出了全書的關鍵所在」，「的確看出了『官逼民反』的原意」。

在批判四人幫對文學家無端加罪時，以金聖歎評語的方法和用語為參照，指出四人幫的「作者必須為自己筆下的人物負起道德上以至法律上的責任，因為作者並沒有在自己人物身上黏貼區分善惡的顯眼標籤，為讀者提供現成的褒貶答案。如果作家沒有採取金聖歎評《水滸》那種眉批夾註的方法，對書中的每句話和每一行動都作出塾師批卷式的諸如『妙』、『醜』、『狠毒』、『可畏』、『絕倒』之類達按語，那就是作者沒有表態，沒有批判，沒有站穩立場。」〔註38〕

王元化對金聖歎評批《水滸傳》的總體肯定是正確的。

王元化對王國維的評論都發表在改革開放以後，晚年王元化對王國維重要的評論有兩條：

其一評論王國維對西學的態度和翻譯的成就。他說：過去談近代翻譯者，罕言王國維。當時對西學的見解，當以王國維最值得注意。他讚譽王國維對西

〔註36〕魯迅《南腔北調集·「論語一年」》，《魯迅全集》第4卷，第582頁。
〔註37〕王元化《金批〈水滸傳〉》，《王元化集》第1卷，第124～140頁。
〔註38〕王元化《讓酷評的幽靈永不再現》，《王元化集》第2卷，第106頁。

方哲學和美學的高度評價，「這是何等精神！何種見識！」「王國維《論新學語之輸入》應視為近代翻譯文學理論的重要文獻，尤不可忽略。」王國維評論嚴復翻譯的失誤，「主張適當引進日譯名，但又批評了對新名詞『好者濫用之，泥古者唾棄之』的傾向，此評至今看來仍切中時弊。王氏之通達深邃率多類此。」〔註39〕馮友蘭《中國哲學史新編》第六冊第六十八章《中國第一個真正瞭解西方文化的思想家──嚴復》，也批評嚴復的翻譯有時陷入「牽強附會」〔註40〕。

其二評論王國維博古通今、學貫中西和王國維《紅樓夢評論》。他說：「長期以來，在我們的學術界，有關古代文學和現代文學研究存在著隔絕的情況，這是很奇怪的。但早期文學研究中並沒有這麼大的隔絕。看看王國維的研究就可以清楚，他不僅把古今結合起來，而且把中國的和外國的也結合起來。比方說他的《紅樓夢》研究就是一個例子。他本人對德國古典哲學很有研究，一般認為他喜歡叔本華，所以把叔本華的哲學思想引進到《紅樓夢》評論中去。實際上他更喜愛康德，對康德也很有研究。當時在文學研究領域裏沒有古今隔絕問題，中國學者向來講究『融會貫通』，當然研究工作必須有專業方面的重點，但是在研究的時候必須把問題放在歷史的宏觀背景上來探討。」〔註41〕

自從錢鍾書批評王國維《紅樓夢評論》之後，學術界也都基本否定此文。錢的主要觀點為：「蓋自叔本華哲學言之，《紅樓夢》未能窮理而抉道根；自《紅樓夢》小說言之，叔本華空掃萬象，斂歸一律，嘗滴水而知入海味，而不屑觀海之瀾。夫《紅樓夢》、佳著也，叔本華哲學、玄諦也，利導則兩美可以相得，強合則兩賢必至相厄。此不僅《紅樓夢》與叔本華哲學為然也。」〔註42〕接著錢先生又作了具體的分析。論者都追隨錢鍾書，包括葉嘉瑩等，都認為《〈紅樓夢〉評論》照搬、硬套叔本華。而按錢鍾書自己的分析和上述觀點，他自己則真正陷入了硬套、強合的誤區〔註43〕。出於對錢鍾書的尊重，王元化不提錢鍾書這個著名觀點，作公開的辯駁，他的表述是正面肯定王國

〔註39〕王元化《談近代翻譯‧附錄》《王國維談翻譯》，《王元化集》第 7 卷，第 224 ～225、285 頁。

〔註40〕馮友蘭《中國哲學史新編》第六冊第六十八章《中國第一個真正瞭解西方文化的思想家──嚴復》，馮友蘭《三松堂全集》第 10 冊，河南人民出版社，2000 年版，第 434 頁。

〔註41〕王元化《中國文學古今演變研究略談》，《王元化集》第 2 卷，第 281、282 頁。

〔註42〕錢鍾書《談藝錄‧王靜安詩》補訂三，中華書局，1984 年版。

〔註43〕詳見拙文《王國維的曲論與西方美學》，《中國比較文學》，1998 年第 3 期；又收入拙著《王國維美學思想研究》，中國社會科學出版社，2017 年版。

維評論《紅樓夢》的功績，尤其是強調王國維最重要的西學根基是康德，並非叔本華。

馮友蘭和王元化的觀點相同。馮友蘭《中國哲學史新編》第六冊第六十九章《中國近代美學的奠基人——王國維》，第一節的標目「王國維對於康德的推崇」〔註44〕，即抓住了王國維整個學術思想和學術成就的一個根本：王國維於西學中，受康德的影響最大；康德哲學、美學為王國維的西學主要學術根底。全章沒有「王國維對於叔本華的推崇」的專論。研究王國維的學者，多認為王國維於西學中受叔本華的影響最大，叔本華哲學、美學為其主要的學術根底，連錢鍾書這樣的大學者也持這樣錯誤的觀點。只有馮友蘭和王元化兩家的觀點相同。

七、對莎士比亞和西方經典作家的重要評論

王元化非常重視西方文學經典的研究和評論，作為中國文學創作的借鑒和提高人們文學修養的必須。他尤其重視莎士比亞，翻譯了西方評論莎劇的重要文章，作了精當的評價。

王元化認為：莎士比亞以《李爾王》為例，擺脫了資產階級觀點制約和侷限。資產階級作家可以體現人民的要求和願望。莎士比亞對資本主義原始積累時期對勞動人民的血腥統治和殘酷迫害，莎士比亞對資產階級萌芽時期的最早野心家冒險家像魔鬼般的奸詐，像財狼般的狠毒，嫉惡如仇，像禹鼎鑄奸般地把他們載入自己的戲劇史冊，垂諸後世〔註45〕。這就糾正了魯迅諷刺莎士比亞戲劇只寫小姐的香汗，不能永垂後世的錯誤觀點〔註46〕。

王元化要言不煩地讚譽莎士比亞劇本：「我再讀莎劇首先感到的是他的藝術世界像澎湃的海洋一樣壯闊，沒有一個作家像他那樣精力充沛，別人所表現的只是生活的一隅，他的作品卻把世上的各種人物全都囊括在內。我不知道他憑什麼本領去窺探他們的內心隱秘，這是對他們脅之以刀鋸鼎鑊，他們也不看吐露的。」〔註47〕「我通過撰寫《哈姆雷特的性格》，已開始感到它是耐人細

〔註44〕馮友蘭《中國哲學史新編》第六冊第六十九章《中國近代美學的奠基人——王國維》，馮友蘭《三松堂全集》第 10 卷，第 454 頁。
〔註45〕王元化《追求真理的熱忱》，《王元化集》第 2 卷，第 122～123 頁。
〔註46〕魯迅《文學與出汗》，《魯迅全集》第 3 卷，人民文學出版社，2005 年版，第 581～582 頁。
〔註47〕王元化《讀莎劇時期的回顧》，《王元化集》第 3 卷，第 21 頁。

細品味的作品，而決不是那些俗文俗作可以比擬的。一部作品倘使不能喚起想像，激發你去思考，甚至引起你用自身的經歷，去填補似乎作者沒有充分表達出來的那些空白或虛線，那麼這部作品就沒有多少可讀的價值了。哈姆雷特的猶豫遲疑曾引起我的思考，從最初讀梁譯，到寫成那篇文章，將近十年。這說明它是一部尋人耐味的劇本。」〔註48〕

王元化還評論了《奧瑟羅》〔註49〕，將《李爾王》與《長生殿》比較〔註50〕，等等。

自20世紀80年代以來，崑劇京劇和多種地方戲改編了莎士比亞戲劇，並受到評論者的讚揚戲曲。王元化反對戲曲改編莎士比亞戲劇，「外國人對於用戲曲方式演出莎劇表示稱讚，或是出於獵奇，或是要看中國是怎樣理解莎士比亞。但我們的立場不同，我們很多人還從來沒有看過莎士比亞的戲，也不知道莎士比亞是怎麼回事。如果一個從來沒有看過莎士比亞戲劇的觀眾，看了用戲曲形式使之歸化的莎劇後說：『原來莎士比亞戲劇和我們黃梅戲（或越劇或崑曲）是一樣的！』那麼這並不意味介紹莎士比亞的成功，而只能說是失敗！」〔註51〕這與他嚴厲批評京劇樣板戲一樣，我們不管贊同還是反對，王元化的這些重要觀點值得深思。

王元化熟悉大量西方經典作家及其名作，並做了不少評論。他評論歌德、巴爾扎克、果戈里的偉大貢獻，認為他們寫出成功之作需要追求真理的熱忱和忠於科學、忠於藝術的優秀品質。又糾正當時學術界否定文學藝術作品和研究應該既有功利又必須超功利的觀點，肯定「超利害關係無拘無束的科學研究是存在過的」。〔註52〕高度肯定契訶夫《海鷗》劇本對新形式的追求和自省〔註53〕，讚揚「被責為陰冷、灰暗、病態的」俄國白銀時代著名作家安特萊夫及其代表作《紅笑》《狗的跳舞》等、喜歡英國作家費（菲）爾丁和狄更斯、法國羅曼羅蘭的《約翰·克里斯朵夫》等等〔註54〕。

王元化對西方經典作家和作品的缺點也洞若觀火，例如他看出西方經典

〔註48〕王元化《讀莎劇時期的回顧》，《王元化集》第3卷，第14頁。
〔註49〕王元化《讀莎劇時期的回顧》，《王元化集》第3卷，第16頁。
〔註50〕王元化《讀莎劇時期的回顧》，《王元化集》第3卷，第21～22頁。
〔註51〕王元化《談近代翻譯文學》，《王元化集》第2卷，第224頁。
〔註52〕王元化《追求真理的熱忱》，《王元化集》，第125～126頁。
〔註53〕王元化《和新形式探索者對話》，《王元化集》第2卷，第109～110頁。
〔註54〕王元化《外國文學漫憶》，《王元化集》第2卷，第226～227頁。

作家巴爾扎克小說的某些情節,就不總是經得起推敲,例如其名作《邦斯舅舅》等〔註55〕。這便不動聲色地再次糾正了魯迅的偏頗〔註56〕。馮友蘭說:「凡研究一家哲學,總要到能看出這一家哲學的不到之處,才算是真懂得這一家。」〔註57〕這個觀點不僅適合哲學,也適合文學。巴爾扎克是西方公認的與陀思妥耶夫斯基、托爾斯泰並列的三大藝術成績達到頂峰的小說家,王元化能夠具體揭示其失誤,可見王元化是真懂西方文學。

八、餘論

王元化文藝理論研究的精彩觀點很多,除本文上述分類評述的之外,例如他論虛構與想像〔註58〕,肯定玄學的貢獻,並分析《文心雕龍》與玄學的繼承和關聯,糾正學術界全盤否定玄學的錯誤觀點等等〔註59〕。

王元化從善如流,隨時願意糾正自己的不當之處。例如關於「魏晉南北朝被稱為是文學的自覺時代」這個觀點,過去他擁護「在我國,這個說法最早是魯迅先生提出來的」。「可是最近我聽到日本的學者講,可能在魯迅之前,好像鈴木虎雄先生就已經提倡這種說法」〔註60〕。他鄭重介紹這個日本學者的說法,糾正魯迅和追隨者的不確〔註61〕。

縱觀王元化的文藝理論研究和評論,他的觀點平允通達,大致都是正確的,對學術界有很大的指導和啟示意義。但人無十全,他也偶有失誤。例如他的個別觀點是互相矛盾的。1986年他曾說:「中國思維方式缺乏思辨思維和形式邏輯,主要強調直觀和經驗,把一切都同倫理道德掛鉤。」〔註62〕在此前的1984年,他曾發表了相反的觀點:「中國往往被西方哲學家看成是務實而缺乏思辨思考的民族。黑格爾說過,先秦時代以孔子為代表的中國哲學只有一些道德的箴言。這並不是正確的說法。事實上,先秦時代就出現了大批名辯思想

〔註55〕王元化《巴爾扎克的小說情節》,《王元化集》第2卷,第95頁。
〔註56〕魯迅和高爾基一樣,對巴爾扎克非常「驚服」,同時認為中國小說包括《水滸傳》和《紅樓夢》的作者在內的「中國還沒有那樣好手段的小說家」。(魯迅《花邊文學‧看書瑣記》《魯迅全集》第5卷,第559頁。)
〔註57〕馮友蘭《中國哲學史新編》第六冊第六十九章中國近代美學的奠基人——王國維》,馮友蘭《三松堂全集》第10卷,第456頁。
〔註58〕王元化《看電影小記》,《王元化集》第2卷,第280頁。
〔註59〕王元化《文心雕龍講疏》,《王元化集》第3卷,第270-1、273-4頁。
〔註60〕王元化《一九八三年在日本九州大學的演講》,《王元化集》第4卷,第267頁。
〔註61〕王元化《文心雕龍講疏》,《王元化集》第3卷,第267頁。
〔註62〕王元化《從文化史的角度來研究文學》,《王元化集》第2卷,第194頁。

家。而魏晉玄學就是一種使用思辨思維、用思辨思維進行所謂本體論探討的
哲學。玄學同時還使哲學範疇大大豐富起來。」〔註63〕白璧微瑕，不能掩其
光華，王元化的文藝理論研究成果豐碩，取得了高度的成就，對中國學界起
了巨大的指導作用。

〔註63〕 王元化《一九八四年在上海中日學者〈文心雕龍〉討論會上的講話》，《王元化
　　　　集》第 4 卷，第 282 頁。

伍、王士禎與神韻說研究

傑出的文壇領袖王漁洋

摘要：

　　清初大詩人、美學大師王漁洋是中國文學史上罕見的傑出的文壇領袖。他那高潔的情懷，高尚的品德、高水平的創作和理論成就，彪炳史冊，實為文壇楷模，至今仍值得當代的創作家、理論家學習相繼承。

一

　　明末清初是中國文學史的又一高潮時期，詩詞、古文、戲曲、小說和理論諸領域皆湧現出一批一代高手，更不乏劃時代的大家。王士禎在此高手林立、人材薈萃的時代，繼錢謙益，吳偉業之後，入主文壇，且能做到眾望所歸，極為不易。早在他虛齡二十八歲初謁錢謙益時，錢一見其詩，不僅欣然為之作序，又贈長詩，更稱讚他「與君代興」，期許他為未來的文壇宗師。吳偉業讚揚這位未及三十歲的詩人說：「貽上在廣陵，晝了公事，夜接詞人。」說他從政、撰詩、與眾多文人交遊三不誤。李雲度《國朝先正事略》評論說：「國家文治軼前古，抎雅揚鳳，鉅公接踵出。而一代正宗，必以新城王公稱首。公以詩鳴海內五十餘年，士大夫識與不識，皆尊之為泰山北斗。當開國時，人皆厭明代王、李之膚郭，鍾、譚之纖仄。公以大雅之才，起而振之，獨標神韻，籠蓋百家，其聲望足以奔走天下。雖身後詆諆者不少，然論者謂本朝有公，如宋之東坡、元之道園、明之青邱，屹然為一代大宗，未有能易之者也。」近人郭紹虞還將「大雅之才」一段引入其《中國文學批評史》中，認為漁洋影響清代前期文壇達百年之久。

　　我認為漁洋作為文壇領袖，不僅可以上薄唐代之韓、柳，宋代之歐、蘇，

而且有些地方還超過前人。

首先，王漁洋作為一個詩人和作家，是一個令人欽羨的全材。他既是大詩人，詞也寫得很好，清摘新流麗，自成一家。王國維認為他的《衍波詞》僅次於納蘭性德而高出其他清代所有的詞家，當時人因其名句妙語而美稱其為「王桐花」；他的文章寫得好，筆記小說也是一流作品，是頗有成就的小說家；他更是一位求出的詩論家和美學家，所倡導的神韻說不僅是中國美學史，也是世界美學史上劃時代的成就。作為詩人，他二十四歲在濟南大明湖賦《秋柳》詩，立即聞名天下，倡和者竟達千餘家（鄭鴻《漁洋山人秋柳詩箋注析解序》），極一時之盛；在嘉慶以後《秋柳詩箋》竟先後出現三部之多。二十八歲在金陵寫《秦淮雜詩》十四首，「年來腸斷秣陵舟，夢繞秦淮水上樓」諸句，流麗悱惻，再次震動詩壇。三十一歲在揚州寫《冶春絕句》二十首，時人盛傳「五日東風十日雨，江饅齊唱冶春詞。」揚州的冶春樓、冶春詩社至今猶存。漁洋的《真州絕句》：「江干多是釣人居，柳陌菱塘一帶疏。好是日斜風定後，半江紅樹賣鱸魚。」與諸多名詩名句，江淮間多寫為圖畫，達到詩中有畫的高妙境界。他在揚淮、南京和蘇南居住、遊歷過，足跡遍及半天下，後又居京三十幾年，到處留下令人心醉神往的優美詩篇。漁洋的詩作，不僅諸體皆精，而且能學到歷代詩歌之菁華。在內容上，他的詩作也相當豐富。有關心民生慶苦，追懷前朝舊跡之作，也有描摹自然山水、流連光景勝地之作，也有懷古、詠物、論詩之詩，凡是詩歌能表達的他都有。不僅質量上乘，而且數量龐大。無論是創作、理論，都有大量著述，而且還編選多種選本，其著述的勤奮，亦屬罕見。這些成就的綜合，促成了他文壇領袖地位的形成。

漁洋論詩，無論古今，都十分認真、公允。他強調：

> 古今文人，有名不大著而其詩實卓然名家者，世人多耳食，抑何從知之。如《歸田錄》所載謝伯初景山《送永叔謫夷陵》詩，中聯云："長官衫色江波綠，學士才華蜀錦張。下國難留金馬客，新詩傳與竹枝娘。」明欽天監博士馬軾，字敬瞻，《送岳季方閣老》云：「五嶺瘴高煙蔽日，兩孤雲濕雨鳴秋。」結句：「祭罷鱷魚歸去晚，刺桐花外月如鉤。」右二詩，即使當世專門名家操觚染翰，未必能到，論者不可徇名而失實，故特表而出之。（《池北偶談》卷十八）

漁洋提出論詩，實也包括對一切作家作品的原則，極其正確。他本人也的確是終身身體力行，理論與實踐是一致的。漁洋不僅對一般詩人的佳作，佳句

大力鼓勵獎掖，而且誠如李毓芙先生所指出的：「王漁洋很重視民間無名詩人以及他們的著作，把所見所聞都隨筆記了下來。這從漁洋詩話中可見。所記的詩人，遍及各行各業，有木工、衣匠、擔者、鋤者、僧人、閨秀，甚至乞丐等。他們有一篇之勝，或一言可採，都予以宣揚。」〔註1〕漁洋在這方面的例子極多，限於篇幅，僅舉一例：

> 實應布衣陶澂，字季，一字昭萬，有《舟車集》，予為刪定。其客湖南閩中諸詩，多似高岑龍標，今日一作手也。《過東阿曹子建墓》有句云：「可憐衰草地，猶是建安人。」為時所稱。（《池北偶談》卷十八）

漁洋也決不盲目崇拜前人和權威。如對杜甫和白居易等人，他一方面極力肯定杜甫的偉大成就和崇高地位，另一方面對其詩作的不足之處也直率指出並予批評，他一方面高度肯定新樂府的成績，另一方面對白居易等人的一些率爾成章缺乏詩意的作品也毫不留情地作理論批判。至於對嚴嵩這樣的歷史罪人，他也肯定其詩作的優點，並指出因其人品惡劣而造成詩作遭棄的命運。

王漁洋不僅對前人，而且對同時代文藝創作的評論，在當時也都有很大的權威性。清代金埴《不下帶編》卷一記載：

> 太司寇魏敏果公象樞，本朝名臣之卓卓不群者也。公曾閱《漁洋山人集》，以札報謝云：「於論文談藝中，見吾心不欺之學，公講學，故云然。」「不欺」二字，實談藝家根柢也。

高度評價漁洋談藝論文的中肯公允。

王漁洋談文論藝的中肯公允，還表現在他對自己的正確評價。一方面他對己作的優點和成績，作充分肯定，另一方面他對自己的缺點也能看清，並作自我批評說，「唯句句作意，此其所以不及前人也。」（《帶經堂詩話》卷三）

事實上世上本無十全之人，即如大家也總有侷限缺陷。故而近人鄧之誠說：「從來刻集之多，刪芟之多，均無過於士禛者。」正因其選詩嚴謹，其詩選《漁洋山人精華錄》「風行一代，莫之能比」。（《清詩紀事初編》卷六）

王漁洋的詩論著作很多，除著名的《漁洋詩話》外，還有《燃燈紀聞》《師友詩傳錄》《師友詩傳續錄》等多種。清·張宗柟將其全部詩話著作和全部著

〔註1〕李毓芙《中國歷代著名文學家評傳第五卷·王士禛》，山東教育出版社，1985年。

作中摘錄的論詩言論分類彙編成《帶經堂詩話》，亦風行於世。漁洋的詩淪涉及對詩歌內容的要求，對寫作過程中一些問題的探討、對歷代詩歌全方位多層次的評價和分析、對「詩畫一律」規律的總結和發展、還有對詩歌創作經驗和學習經驗的總結，等等，內容豐富。他還著重繼承司空圖、嚴羽一派的詩論和宋元明以來的南宗派畫論所體現的美學思想，完成了中國詩論和美學領域中關於神韻說的總結工作並大力提倡，對清代詩學史、美學史的發展起了重大影響〔註2〕。

王漁洋作為詩人、詩論家，文藝觀念頗為開明先進。他對當時視為正統文學以外的戲曲小說，亦極為重視，評價極高。如他評論當時的戲曲家說：

> 吾宗鶴尹兄扮工於詞曲，晚作《籌邊樓傳奇》，一褒一貶，字挾風
> 霜。至於維州一案，描摹情狀，可泣鬼神。嘗屬予序之，而未果也。
> 今鶴尹殁數年矣，憶前事，為之憮然，聊復論之如此，將以代序，且
> 以見傳奇小技，足以正史家論斷之謬誣也。（《古夫子亭雜錄》卷四）

他又曾說：

> 李白謂五言為四言之靡，七言又其靡也。至於詞、曲，又靡之
> 靡者。詞如少游、易安，固是本色當行，而東坡、稼軒，直以太史
> 公筆力為詞，可謂振奇矣。元曲之本色當行者不必論，近如徐文長
> 《漁陽三弄》、《木蘭從軍》，沈君庸之《霸亭秋》，梅村先生之《通
> 天台》，尤悔之《黑白衛》、《李白登科》，激昂慷慨，可使風雲變色，
> 自是天地間一種至文，不敢以小道目之。（《古夫子亭雜錄》卷四）

其論至大至高，而又極其精當，在文學史上似屬首創之見。

他對小說也有同樣高的評價，甚至認為《水滸傳》之類的「野史傳奇」式小說「往往存三代之直，反勝穢史曲筆者倍蓰」。（鄧之誠《清詩紀事初編》卷六）

由於漁洋對小說的重視——他本人親自創作筆記小說，推重和鼓勵蒲松齡創作小說並為主評批、賦詩，因此而產生的影響很大，觀鑒我齋《兒女英雄傳序》甚至說：「自王新城喜讀說部，其書始浸浸盛。」實非虛言。明代已有大知識分子創作戲曲（傳奇），但小說還是被看作通俗讀物，高層次作者（正統文人）尚未染指。漁洋作為一代詩壇正宗，聲望極高，自他涉足於此並加推崇，當然有很大的號召力量。以後紀昀這樣的大文人也創作《閱微草堂筆記》這樣

〔註2〕 參見拙著《論王士禎的詩論和神韻說》，《中國古典文學論叢》第6輯，人民
　　　　文學出版社，1987年。

的小說，亦顯係效法漁洋而欲匹敵蒲翁。漁洋在主觀上和客觀上都對清代小說
的發展起了推動作用。無疑應得到高度評價。

二

漁洋作為一個從政的文人，其政績可以媲美柳宗元、歐陽修、蘇東坡等
人，儘管他們的政績各有建樹，各有特色，尤其是各有自己的時代特點。

在封建社會中，知識分子極其重視仕途通達。太上立德，其次立功，再其
次才是立言。如果沒有較高的政治地位就沒有較高的社會地位和聲望，更沒
有資格充當文壇盟主。漁洋二十二歲即會試中式，一生官運亨通，直至進入內
閣，有很高的威望。而且他一生所任之官皆為肥缺、要職。漁洋初為官即任揚
州府推官，自二十七歲起，在這個江淮名都、繁華之地達五年之久。他處理案
件以寬容咎為本，「侍郎葉成格被任命駐江寧，按治通海寇獄，株連眾。士禛
嚴反坐，寬無辜，所全活甚多。揚州鹾賈逋課數萬，逮繫久不能償。士禛募款
代輸之，事乃解。」他在揚州任上，竟「五年不名一錢，急裝時，唯圖書數十
篋。」（《清史稿·王士禛傳》）冒辟疆讚賞說：「公實今日之循吏。仁而明，勤而敏，
廉而能慎者也。」（冒辟疆《序考績》）以後他任國子監祭酒，又升任戶部侍郎。後
人評論說：「山人官總憲，一循臺規。即一掌道，亦必論資俸升遷，不徇一情
面，以絕奔競之價。戒言者不得毛舉細故，務崇大體。退食謝客，焚香掃地，
下簾讀書，自一二韋布故交以風雅相質外，門雀可羅也。少宰趙玉峰士麟謂山
人曰：「公為戶部侍郎七年，屏絕貨賄，不名一錢，夫人而知之。至為御史大
夫，清風亮節，坐鎮雅俗，不立門戶，不及彈劾，務義忠厚惇大，培養元氣，
真朝廷大臣也。抑亦今日藥石也。』」（《王士禛自撰年譜·惠棟補注》）漁洋在晚年官
至刑部尚書，為國家的最高司法長官，「矜慎庶獄，力從寬大。於秋審、朝審，
尤不敢唯阿緘默。因以改正全活者眾。」（《王士禛自撰年譜·惠棟補注》）他救下的
都是罪不應誅的平民囚徒。最後也因王五一案「失出」（重罪輕判）罷官。惠棟
記載：「或曰：此事自有本末，公當辯明。山人曰：『吾年已遲暮，今得返初服
足矣。』遂巾車就道，圖書數籬而已。送者填塞街巷，莫不攀轅泣下。相國沁
州吳公執手歔欷曰：『大賢去國，余不能留，負愧多矣。』」（《王士禛自撰年譜·惠
棟補注》）漁洋最後為民請命夕棄官如草芥。而其為官清正，兩油清風，則四十
五年如一日。在封建時代，如漁洋這樣一心為民，一生清貧的循官良吏，的確
極其難得，值得崇敬。

漁洋久居官場，但他從不阿諛奉上，不沾世態惡習，而能堅持正義和道義，即如被康熙所惡的「南洪北孔」他亦依舊恩勉有加。其最後罷官」實質原因「蓋士禎與廢太子唱和」，康熙「借題逐之」。（鄧之誠《清詩紀事初編》卷六）

漁洋品行高潔，平時無聲色犬馬之好，唯書是愛，公務之暇，除了讀書、賦詩、會文友，就是逛書市，並成為一時美談。他曾自記：

> 昔在京師，士人有數謁予而不獲一見者，以告崑山徐尚書健庵（乾字），徐笑謂之曰：「此易耳，但位每月三五，於慈仁寺書市攤候之，必相見矣。」如其言，果然。廟市賃僧廊地鬻故書小肆，皆曰攤也。又書賈欲昂其值，公曰此書經新城王先生鑒賞者，……士大夫言之，輒為絕倒。（《古夫子亭雜錄》卷三）

他的另一愛好是「山水之癖」。他因公出使，遍歷秦、晉、洛+蜀、楚、粵、吳、越之鄉，遊歷之廣，古今詩人罕見，而對祖國山河的一往情深和熱情歌頌，亦為文人之表率。

王士禎的人品高潔還突出地表現在處世待人方面。清·王應奎《柳南隨筆》說：

> 新城王阮事先生自重其詩，不輕為人下筆。內大臣明珠之稱壽也，崑山徐司寇先期以金箋一幅請於先生，欲得一詩以侑觴。先生念曲筆以媚權貴，君子不為，遂力辭之。先生歿後，門人私諡為文介。即此一事推之，則所以易其名者，洵無愧云。

他的人品高潔更突出地表現在對地位低下的文士，青年則有求必應，給予無私的幫助。如他不請自應地賦詩讚頌蒲松齡的《聊齋誌異》，寫詩文提攜、揄揚無名詩人和後輩，「性和易寬簡，好獎引氣類。然人以詩投謁者，必與盡言其得失，不稍寬假。」（錢林、王藻《文獻徵存錄》卷二）漁洋還多次在經濟上給予貧困的知識分子以熱情資助。孔尚任因寫《桃花扇》而獲罪於康熙，被罷官，困頓於京師。漁洋不僅在道義上、感情上始孔尚任以慰藉，而且送米送碳，關懷備至。又如漁洋《悼亡詩》（哭張宜人作）二十六首有一首詩說：

> 千里窮交脫贈心，蕪城春雨夜沉沉。一官長物吾何有，卻捐閨中纏臂金。

此詩後漁洋自注：「辛丑春，閩中許天玉公車過廣陵，以匱乏告余，適無一錢，宜人解腕上條脫付予贈之。」

漁洋夫婦的美德實令人感佩。在中國文壇歷來重視詩品，文品應如人品的

風氣下，漁洋既能兼濟天下，又能獨善其身，既能愛國愛民，又能作詩撰文，為人方正，品質優秀，並頗具俠義之風，故而極具魅力，其成為當時人們一致由衷愛戴崇敬的文壇領袖，絕非偶然。

三

王士禎與南洪北孔和蒲松齡三位大文豪同時，和他們都有極其深厚的友誼，給過他們以極大的鼓勵和幫助，贏得他們由衷的崇敬和愛戴，此更可見王漁洋是一個傑出的文壇領袖。

蒲、洪、孔三人中，漁洋與洪昇相識最早。洪昇為謀科舉，寓居京華，以漁洋為師，是漁洋著名的門生之一。他一生潦倒，經歷非常坎坷，始終得到漁洋的熱情關懷和幫助。中年時突遭「家難」，受到極重的打擊。他的「家難」究為何事，至今是一個謎，當時也僅個別人得聞其詳，而漁洋即為其中之一。後因編演《長生殿》而開罪康熙，被迫離京回鄉。離別時漁洋特作《送洪昉思由大梁之武康》長律，除大表惜別之情外，其中「亦知貧賤世看醜，恥以勁柏隨蓬科」，批評京城趨炎附勢的惡俗世態，讚稱他的孤高品節；「耳語似鄙程不識，騎危解笑公叔痤」，追述他們談古論今和譏評社會不平的往日情誼，最後四句：「名高身隱恐難得，丈夫三十非蹉跎。朝廷正須雅頌手，待汝清廟賡猗那」，對洪熱情鼓勵，勸其不斷進取，不要蹉跎人生，在客觀上對康熙的做法作了批評。漁洋在晚年還惦念說：「昇，予門人，以詩有名京師。遭家難，流寓困窮，備極坎廩，歸杭，年餘五十矣。甲申，自苕霅歸，落水死。其詩大半經予點定，不知其子能收拾否？」（《香祖筆記》卷九）從此語中亦可見他對洪昇詩作的指導作用。

漁洋與孔尚任的真摯深厚友誼也是中國文學史上的佳話。孔尚任作為年輕一代的作家，對漁洋這位文壇前輩和領袖是由衷地敬佩的。他曾讚美漁洋說：「阮亭合是揚州守，杜牧風流數後生。」（《揚州》）孔尚任官卑位低，鬱鬱不得志，漁洋出於重德愛才之心，不僅平等相對，而且恩情有加。漁洋如有嘉筵常邀他同席共敘，尚任於此十分感激，溫馨的友誼慰藉和溫暖了這位貧病詩人枯寂淒涼的心。漁洋有時也親臨孔寓探望，尚任有《王阮亭先生過訪寓齋》記其事，以表感慨之情。漁洋在尚任困難時，主動地饋餒贈米，雪中送炭，對他關懷備至。尚任《謝阮亭先生送米炭》長律中說自己窮到「早餐大於軍國謀」，「餓腹雷鳴從者散」的狼狽程度，不意有一次外出後，「歸來屋角起青煙，

竟與鄰家爭早爨。入屋琴書穩在床，更有烏金對白粲。此物奚來老眼明？名刺
赫赫在書案，新城清風天下聞，乃有大被暖鐵漢。詩窮還待詩人療，詩人以外
堪長歎！」對漁洋的感激之情溢於言表。

當孔尚任因傳奇《桃花扇》獲罪，被康熙撤職，並被誣以「貪污」惡名，
只得忍辱攜眷返里時，又是漁洋給以同情、理解、慰藉和溫暖。所以尚任離京
時，作《留別王阮亭先生》長詩一吐怨苦，並對漁洋多年一貫的友情和關懷表
示由衷的深切感謝。詩中「揮淚酬知己」一語，充分表達了對漁洋給他的無比
深厚的情誼的感激之情。

由於漁洋對尚任有如此真摯深厚，罕與倫比的情誼，故而尚任對漁洋的
愛戴崇敬也極其真摯深厚並念念在心。當尚任在漁洋任職舊地旅遊時，也會
情不自禁地思念漁洋起來。如《西江月‧平山堂懷阮亭》：

> 花事清明五度，衣香人影匆匆。（一作「幾度平山高會，詞成人去堂
> 空。」）風流司李管春風，又覺揚州一夢。楊柳千株剩綠，芙蕖十里殘
> 紅。重來誰識舊時翁？只有江山迎送！

這樣的懷人詞作，千金難求，更何況是孔尚任這樣的一代大家出自肺腑的思
念、讚美之作。而漁洋是受之無愧的。

王漁洋與蒲松齡至死不渝的創作友誼也是世界上人與人之間崇高、純潔
的感情的出色典範，令後人稱羨讚美不已。

漁洋年長松齡六歲，兩人年齡相近，但相識很晚。據袁世碩先生考證，兩
人初會於康熙二十六、七年，那時漁洋已五十四、五歲，松齡也已年近五十
了。兩人早已互相聞名，初會即「花辰把酒一論詩」，此為蒲松齡《王司寇阮
亭先生寄來近刻，挑燈吟誦，至夜夢見之》詩中追憶的一句。從詩題知，漁洋
常寄詩作給蒲翁，蒲翁對之思念之情極深，乃至日之所思夜之所夢。這是因為
蒲松齡相識王漁洋之時，正處於人生道路和小說創作都十分困難之境。當時蒲
翁科舉頻頻失利，一直是一個秀才，家境貧困，只能以坐館為生涯，而且前程
依舊極其渺茫。當他初識這位心儀已久，文名灌耳的大詩人、大名士、文壇宗
師王漁洋時，漁洋平等待人、愛才識才的風度，立即贏得了蒲松齡的極大信
任，他將自己所有的重要的創作成果，從詩文到小說，傾囊取出，恭敬地請漁
洋鑒賞品評。

漁洋一貫慧眼識人，以識拔、諭揚受困厄的才子為己任。他那卓特的文
學、美學眼光，當然立即看出蒲松齡著作的偉大價值。漁洋認為蒲松齡的詩作

「近古」,「纏綿豔麗」,「蒼老幾近少陵矣」。評其文「得《離騷》之神」,「一粟米現大千世界,真化工之筆」,「寫惡官勢焰,摘心剸膽,令此輩無可躲閃。至詞氣古茂,是兩漢手筆」,「竟是一篇驅鱷魚文字」〔註3〕。將他的詩文比作屈原《史》《漢》,杜甫和韓愈,給以至高無上的評價,還特撰《題聊齋文後》:「聊齋文不斤斤宗法震川,而古折奧峭,又非擬王李而得之,卓乎成家,其可傳於後無疑也。」他還作詩《戲題蒲生〈聊齋誌異〉卷後》:「姑妄言之姑聽之,豆棚瓜架雨如絲。料應厭作人間語,愛聽秋墳鬼唱時。」暗寓對《聊齋》批判人間不平與黑暗的費許之意。

蒲松齡對王漁洋的賞識,有絕處逢生之感,他和答王漁洋之詩說:「《誌異》書成共笑之,布袍蕭索鬢如絲。十年頗得黃州意,冷雨寒燈夜話時。」「十年頗得黃州意」是對漁洋能真正賞識《聊齋誌異》真意的一個回答。他又有《偶感》一詩:「潦倒年年愧不才,春風披拂凍雲開。窮途已盡行焉往?青眼忽逢涕欲來。一字褒貶華袞賜,千秋業付後人猜。此生所恨無知己,縱不成名未足哀。」對漁洋高度評價自己詩文的感激涕零之情噴薄而出。松齡每次會試,都鎩羽而歸,未得下層考官賞識,屈辱之感常鬱鬱於胸。漁洋不僅是文壇宗師,且又曾任國子監祭酒,是太學「校長」和國家最高主考官的身份,得到他的贊許,而且是幾乎至高無上的公正評價,怎不令處於窮途中的蒲松齡極度興奮!漁洋的賞識與鼓勵無疑極大地鼓舞了蒲松齡更大的創作熱情。漁洋不僅批閱松齡給他的《誌異》手稿,而且詢問:「尚有幾卷,統望惠教。」鼓勵他繼續創作《聊齋誌異》。

蒲松齡在《聊齋誌異》成書十年後,又將定本中漁洋評批過的各篇輯成兩冊寄給了漁洋,並說:「惟先生進而教之。古人文字,多以遊揚而傳流,愧讕陋不堪受宣城獎進也。」漁洋與蒲翁互贈已作,其深厚的創作友誼至死不渝。漁洋逝世時,蒲翁作四首哀悼詩,以長歌當哭。其一泣道:「昨宵猶自夢漁洋,誰料乘雲入帝鄉。海嶽含愁雲慘淡,星河無色月淒涼。儒林道喪典型盡,大雅風衰文獻亡。《薤露》一聲關塞黑,斗南名士俱沾裳。」由蒲詩看,他竟經常夢見漁洋,可見漁洋在他心目中的崇高地位和縈繞不去的重大影響。

綜上所述,王漁洋不僅「詩格風流,吐辭修潔,倡為神韻之說,聲氣復足以張之,遂至名盛一時。泊乎晚歲,篇章愈富,名位愈高,海內能詩者」幾無不出其門下,主持風雅,近五十年,過於錢吳遠矣。」(鄧之誠《清詩紀事初編》卷

〔註3〕 抄本《南遊草》,轉引自侯岱麟《蒲松齡與王士禎》,《讀書》,1979 年第 6 期。

六）且更因他心懷天下，政績卓著，人品高潔，修身嚴謹，談文論藝，精到公允，獎掖後進，不遺餘力，克己助人，救人危難，等等的風範器度，贏得當時絕大多數作家、詩人的由衷愛戴，形成自然的權威。作為詩人作家，他的成就固屬一流大家，但比韓柳歐蘇的確遜色；作為文壇領袖，他不僅遠過於錢吳，也比韓柳歐蘇等出色得多，而且至今罕有其匹。龔自珍所謂「亦詩亦俠亦溫存」，非漁洋之謂乎？

原刊《山西師大學報》，1991 年第 2 期，中國人民大學
《中國古代、近代文學研究》，1991 年第 8 期轉載

再論傑出的文壇領袖王漁洋
及其重大影響

提要：

　　本文在《傑出的文壇領袖王漁洋》的基礎上，從王漁洋創作和評論的傑出成就和重大影響角度，再作評述，以彰顯其作為傑出的文壇領袖的崇高地位和深遠意義。

關鍵詞：王漁洋；文壇領袖；重大影響

　　明末清初是中國文學史的又一高潮時期，詩詞、古文、戲曲、小說和理論諸領域皆湧現出一批一代高手和大家。王士禎（漁洋）在此名家林立、人材薈萃的時代，以其詩詞、文言小說的創作和理論建樹的傑出成就，躋身一流，又繼錢謙益，吳偉業之後，入主文壇，成為眾望所歸的文壇領袖。

　　拙文《傑出的文壇領袖王漁洋》〔註1〕從王漁洋作為著名詩人和詩評家對古今詩歌的評價精闢、公正，熱心評論和提攜無名詩人的秀句佳作，極度肯定小說戲曲的地位和意義，慷慨資助窮苦文人，與同時的一流詩人作家洪昇、蒲松齡、孔尚任結下深厚真摯的友誼並對他們的創作給以有力指導、支持和鼓勵等角度，論述王漁洋是一個罕與倫比的傑出的文壇領袖，並兼論他歷居富地肥缺和內閣要職，能夠一貫清廉自守、秉公執政，業餘時間鍾情於讀書、著述，亦為文人之典範。今再以王漁洋創作和評論的重大影響角度，再作評述，以彰顯其作為傑出的文壇領袖的崇高地位和深遠意義。

〔註1〕《山西師大學報》，1991年第2期，中國人民大學資料中心《中國古代、近代文學研究》，1991年第8期。

在歷代文壇領袖中，只有歐陽修和王士禎在統一的王朝中的官位最高（其次為王世貞，南京刑部尚書）。王國維曾感歎：「披我中國之哲學史，凡哲學家無不欲兼為政治家者」，「詩人亦然」。「至詩人之無此抱負者，與夫小說、戲曲、圖畫、音樂諸家，一皆以侏儒倡優自處，世亦以侏儒倡優畜之。所謂『『詩外尚有事在』，『一命為文人，便無足觀』，我國人之金科玉律也。」〔註2〕如果沒有政治地位，就沒有文壇的崇高的地位。王漁洋的重要政治地位，為他領袖文壇並有很大的號召力起了很大的作用。而且王漁洋是一個風範卓特的清官能吏，他的政治操守和出色政績，令人感佩，使他作為德高望重的文壇領袖，具有更高的威信。同時，王漁洋身為高官，卻一貫平等對待、熱情提攜文壇中的所有作家詩人和無名作者、女性詩人與藝術家，使他對康熙時期的文藝創作，起了更大的更有效的推動作用。

作為文壇領袖來說，錢謙益在王士禎初涉文壇時，即有「代興」的期許。王漁洋領袖文壇，並繼錢謙益和吳偉業的巨大藝術成就之後，又開創了新的局面，即以神韻說理論〔註3〕指導的詩歌創作，徹底轉變了元明兩朝詩歌不振的局面，形成了新的一代風氣，為有清一代所取得的巨大詩歌成就打下了切實的基礎。

錢仲聯指出：「清代詩歌，沒有初期這一風氣的轉變，以後的發展是難以想像的；沒有初期作家的巨大成就，要取得超越元明的地位也是說不上的。清初詩風一經轉變，於是『驊騮開道路，鷹隼出風塵』，接著，就呈現出眾星爭輝的形勢。」〔註4〕清代詩歌和文言小說繼唐宋之後，取得新的巨大成就，是與王漁洋的倡導、創作、評論的巨大功績分不開的。因而李雲度《國朝先正事略》評論說：「國家文治軼前古，挖雅揚風，鉅公接踵出。而一代正宗，必以新城王公稱首。公以詩鳴海內五十餘年，士大夫識與不識，皆尊之為泰山北斗。」「公以大雅之才，起而振之，獨標神韻，籠蓋百家，其聲望足以奔走天下。雖身後詆諆者不少，然論者謂本朝有公，如宋之東坡、元之道園、明之青邱，屹然為一代大宗，未有能易之者也。」錢仲聯指出：王漁洋「論詩創神韻

〔註2〕 王國維《論哲學家與美術家之天職》，周錫山《王國維文學美學論著集》，北嶽文藝出版社，1987年，第34～35頁；周錫山《王國維集》第一冊，中國社會科學出版社，2008年，第181～182頁。

〔註3〕 關於王士禎的詩論和神韻說，已有拙文長篇論述，此處不贅。參見周錫山《論王士禎的詩論和神韻說》（碩士學位論文），《中國古代文學論叢》第6輯，人民文學出版社，1987年，第311～341頁。

〔註4〕 錢仲聯、錢學增《清詩三百首前言》（新編本），嶽麓書社，1994年，第3～4頁。

說，早年詩作清麗澄淡，中年以後轉為蒼勁。擅長各體，尤工七絕。」其詩歌
創作和詩論，「傳其衣缽者不少，北方有吳雯，南方有葉燮，葉燮門下又有沈
德潛，都曾為士禛所稱賞。沈德潛又有門人王昶傳衍其宗派，影響直到乾嘉年
代。直到清末民初，陳衍《石遺室詩話》猶盛讚云：「鐵崖道人（楊維楨）《竹枝
詞》、《漫興》各絕句，專學杜甫，漁洋《冶春詞》專學鐵崖，余酷喜之，以為
漁洋集中，無出此數首及《懷人絕句》右者。」詩論家譚獻還有『本朝詩終當
以漁洋為第一』的評價。〔註 5〕沈曾值祭王漁洋「生日」詩也說：「國朝壇坫
首新城」。可見此乃公論。

王漁洋的詩歌創作以山水詩為主，山水詩中，以內容的題材來說，有兩類
作品成就最高，影響最大。第一類是結合人文景觀的遊歷天下的山水詩。錢穆
論述漁洋遊歷詩的成就和巨大意義說：

> 余嘗愛讀王漁洋詩，觀其每歷一地，山陬水澨，一野亭、一古
> 廟、一小市、一荒墟，乃至都邑官廨，道路驛舍，凡所經駐，不論
> 久暫，無不有詩。而其詩又流連古今，就眼前之風光，融會之於以
> 往之人事，上自忠臣義士，下至孤嫠窮儒，高僧老道，娼伎武俠，遺
> 聞軼事，可歌可泣，莫不因地而興感，觸目而成詠。乃知中國各地，
> 不僅皆畫境，亦皆是詩境。詩之與畫，全在地上。畫屬自然，詩屬
> 人文，地靈即見於人傑。中國人又稱，天下名山僧占盡，其實是中
> 國各地乃無不為歷史人物所佔盡。亦可謂中國人生於斯，長於斯，老
> 於斯，葬於斯，子子孫孫永念於斯。三四千年來之中國文化，中國
> 人生，中國歷史，乃永與中國土地結不解緣。余嘗讀中國詩人之歌
> 詠其所遊歷而悟得此一意，而尤於漁洋詩為然。久而又悟得漁洋詩
> 之風情與技巧，固自有其獨至，然漁洋又有一秘訣，為讀其詩者驟
> 所不曉。蓋漁洋每至一地，必隨地瀏覽其方志小說之屬，此乃漁洋
> 之善擇其導遊。否則縱博聞強記，又烏得先自堆藏此許多瑣雜叢碎於
> 胸中。若果先堆藏此許多瑣雜叢碎於胸中，則早已窒塞了其詩情。然
> 其詩情則正由其許多瑣雜叢碎中來。若果漫遊一地，而於其地先無
> 所知，無有導遊，何來遊興。今日國人，已多不喜讀中國書，則又
> 何望其能安居中國之土地，而不生其僑邊異邦之遐想乎？〔註 6〕

〔註 5〕錢仲聯、錢學增《清詩三百首前言》（新編本），第 120 頁。
〔註 6〕錢穆《讀書與遊歷》，《中國文學論叢》，北京：三聯書店，2002 年，第 241～
242 頁。

　　錢穆此論細膩論述漁洋遊歷詩展現祖國人文和風景之佳勝，能夠增強讀者愛國主義的情懷。漁洋的眾多優秀詩歌，的確具有這樣的特點。漁洋的遊歷詩和山水詩還具有豐厚的文化意蘊和高度的藝術成就。如《再過露筋祠》借用陸魯望（龜蒙）「無情有恨何人見，月白風清欲墮時」精細刻畫白蓮的妙句之意象，但另出新意：首句描繪祠中女神的塑像，後三句寫祠外風光，湖雲煙樹，月墮風清，白蓮吐香，烘托了女神像的芳潔。沈德潛《清詩別裁集》評云：「闡揚貞烈，易入於腐，故以題外著意法行之。高郵遠近，俱種白蓮。二語得陸天隨『月曉風清欲墮時』意。」陸以湉《冷廬雜識》云：「王阮亭尚書《題露筋祠》詩云云。論者推為此題絕唱。按米襄陽（芾）《露筋祠碑》云：『神姓肖，名荷花。』詩不即不離，天然入妙，故後來作者，皆莫之及。」沈祖棻讚譽此詩將一個歌頌貞潔的封建道德故事，化腐朽為神奇，用遺貌取神、題外取神的方法，借題發揮、跳出題外，取得情景交融、混合無間的藝術效果，成為「風神絕代、情韻無窮」的佳構。〔註7〕又如《蝶磯靈澤夫人祠》：

　　　　霸氣江東久寂寥，永安宮殿莽蕭蕭。都將家國無窮恨，分付潯

陽上下潮。

　　此詩為康熙二十四年乙丑（1685），作者奉使廣東，祭告南海，事畢北返時，道經安徽蕪湖長江時作。蝶（xiao）磯在江岸，片石傍江，高不滿尋丈，上有三國時蜀漢劉備的夫人、吳孫權之妹孫夫人祠。後人建廟，稱之為靈澤夫人。靈澤夫人祠有徐渭所撰著名對聯云：「思親淚落吳江冷，望帝魂歸蜀道難。」錢仲聯認為：「漁洋此詩，渾括其意，音在弦外。一聯一詩，足為此祠生色。」〔註8〕

　　王漁洋的遊歷詩影響深遠。如順治十五年二十五歲時所作《息齋夜宿即景有懷故園》，因三、四兩句「螢火出深碧，池荷聞暗香」而著名，漁洋之友葉方藹極喜之，取入《獨賞集》。兩句化用元范元樽《蒼山秋感》二句，凌廷堪《讀范德機詩口占》云：「雨止修竹流螢至，此句見賞王漁洋。果然幽澀如鬼語，尚遜池荷聞暗香。」錢仲聯贊同並引用錢鍾書《談藝錄》云：「『深碧』二字尤精微，下句『暗香』二字，花氣之幽，夜色之深，融化烹煉，更耐尋味。」〔註9〕另如他於順治十八年（1661）泊舟楓橋作夜雨題寒山寺，寄西樵、

〔註7〕沈祖棻《唐人七絕詩淺識》，上海古籍出版社，1981年，第270、271、271頁。

〔註8〕錢仲聯、錢學增《清詩三百首》（選編，新編本），嶽麓書社，1994年，第130頁。

〔註9〕錢仲聯、錢學增《清詩三百首》（選編，新編本），第124頁。

禮吉》：「日暮東塘正落潮，孤篷泊處雨瀟瀟。疏鐘夜火寒山寺，記過吳楓第幾橋。」「楓葉蕭條水驛空，離居千里悵難同。十年舊約江南夢，獨聽寒山半夜鐘。」用張繼所使用過的題材生發，寫了自己獨具的生活和感情，和原詩有同中之異，別開生面。六十年後，詩人鮑詵也泊舟楓橋，想起王漁洋題詩之雅，也寫一首七絕：「路近寒山夜泊船，鐘聲漁火尚依然。好詩誰嗣唐張繼，冷落春風六十年。」可見漁洋的文采風流，影響悠遠。

另一類是是遊歷詩中寄託歷史蒼桑、暗寓懷念前明的作品。

漁洋的遊歷詩和山水詩還有歷史滄桑和家國之恨的深意。王漁洋雖然在清朝康熙的盛世仕途順利，官居高位，他的詩歌創作和政治才華都受到最高統治者康熙的高度信任、讚賞和重用，但他對清朝佔領中原的不義性和清軍對漢族人民的慘酷殺戮、凌辱的暴行則始終堅持以仁義為本，以民為本的處世和識史的原則立場，鮮明地顯示了自己直視歷史真相和正義批判清軍劣跡的鮮明立場，並在自己的作品中給以藝術的有力表現。他在揚州任職期間，在《淮安新城有感》之二后半說：「四鎮蟲沙成底事，五王龍種竟無歸。行人淚墮官橋柳，披拂長條已十圍。」公然懷念南明的五個皇帝，表達對明朝滅亡的痛惜。《梅花嶺懷古》直接憑弔抗清英雄史可法，末兩句說：「蕭瑟西風松柏樹，春來猶發向南枝。」作為剛踏上仕途的青年官員，處於鄭成功水軍攻迫南京，朝廷嚴查有關人士的嚴峻時刻，王漁洋寫作這樣的詩歌是有膽略的。

漁洋在二十四歲所作的《秋柳》四首，即隱含對明亡的憑弔之意，可是讀者讀懂了這個深意，故而此詩名聞遐邇，倡和者竟達千餘家，極一時之盛；在嘉慶以後《秋柳詩箋》竟先後出現三部之多。漁洋《蠶尾續文集》卷二《菜根堂詩集序》自記此詩影響說：「一時和者數十人。又三年，予至廣陵，則四詩流傳已久，大江南北和者益眾。於是《秋柳》詩為藝苑口實矣。」又於《阮亭詩選》卷四《丁酉詩》自序：「一時和者幾遍海內，為近今詞流美譚。然蕉萃搖落，殆咸詩讖。今居廣陵，回憶曩事，才如旦暮，為之慨然歎息。」

惠棟注引陳允衡《國雅》評云：「和者甚多，以原倡為白雪，凡次韻詩，多強合之。……書家云：偶然欲書，大抵詠物，亦從偶然得之乃妙。彼極力刻畫者，皆俗筆也。」「元倡如初寫《黃庭》，恰到好處。諸名士和作，皆不能及。」汪琬評云：「嚴給事沆稱，『東風作絮糝春衣』一首，如朔鴻關笛，易引羈愁，讀之良然。」當時和者最著名的是清初著名文學家和詞人陳維崧、朱彝尊、曹溶、汪懋麟，和前朝遺民三人：徐夜、冒襄、顧炎武。和詩者最值得

重視的無疑是顧炎武，他的和詩《賦得秋柳》，人們都認為是哀南明君臣之作。當時是他離開江南的第一年，初涉魯境，即和少年詩人的原唱；且與這位少年詩人、新朝新貴論交，並保持情誼達十數年之久。漁洋「感時懷舊，輯平生故人詩」的《感舊集》卷五「顧絳」條，收顧炎武詩七首，又於《居易錄》撰顧炎武小傳：「友人顧炎武，字寧人，別號亭林。按：顧野王讀書處名顧亭林，在華亭。又，潘次耕寄所刻顧亭林《日知錄》三十二卷。顧，潘之師也。」稱顧炎武為友人，而顧之學生曾寄他所刻印的乃師名著。顧炎武本人生前也曾寄贈過這部名著，王漁洋《池北偶談》卷一十五「談藝五」《勞山說》曰：「勞山，在萊州府即墨縣境中。崑山顧寧人炎武序《勞山圖志》曰……楊太史觀光《致知小語》曰……。二說未知孰是？以理揆之，顧說為長（自注：顧近寄所著《日知錄》，內辨勞山三則，又與前說不同）。」顧炎武的《日知錄》初刊於康熙九年（1670），八卷，乃亭林躬自刻於淮上，是年五十八歲。顧炎武來山東後，與當地多人結交為友，這些人多為漁洋的熟友，尤其是具有民族氣節、終身隱居的徐夜，是漁洋的親戚兼密友。他們兩人結交的其他地方的共同朋友也不少，其中最著名的是施愚山。漁洋與愚山兩人有書信往還，施愚山還有詩歌、文章提及顧炎武，或相贈。尤其是《顧寧人關中書至》有句云：「抗志遺民在，論交直道難。」施愚山雖在清廷為官，但詩中不諱言顧的反清立場。

顧炎武分明通過漁洋的原詩的迷離悱惻，讀出了詩中隱含的故國之思、傷亂之感和家國不幸的憤恨，正因為此，他的和作《賦得秋柳》：「昔日金枝間白花，而今搖落向天涯。條空不繫長征馬，葉少難藏覓宿鴉。老去桓公重出塞，罷官陶令乍歸家。先皇玉座靈和殿，淚灑西風夕陽斜。」根據王漁洋原詩中的故國之思，抒發自己念念於反清復明而「老驥伏櫪，志在千里；烈士暮年，壯心不已」的豪情壯志，詩意悲涼慷慨。

他在揚州任職期間，在《淮安新城有感》之二后半說：「四鎮蟲沙成底事，五王龍種竟無歸。行人淚墮官橋柳，披拂長條已十圍。」公然懷念南明的五個皇帝，表達對明朝滅亡的痛惜。《梅花嶺懷古》直接憑弔抗清英雄史可法，末兩句說：「蕭瑟西風松柏樹，春來猶發向南枝。」作為剛踏上仕途的青年官員，處於鄭成功水軍攻迫南京，朝廷嚴查有關人士的嚴峻時刻，王漁洋寫作這樣的詩歌是有膽略的。

因南明建都南京，他有多首描寫南京附近景物的詩歌都表達了興亡之哀痛。名震遐邇的《秋柳》和《秦淮雜詩》，前詩以濟南大明湖起興，實寫白下

亡國之恨;《秦淮雜詩》十四首，作於順治十八年辛丑（1661），時作者正官揚州推官任上，以事至吳郡，歸途順遊南京，借南京城南秦淮之遊，反映南明福王朝滅亡前後君王及臣民上下的事實，抒盛衰興亡之感。《雨後觀音門渡江》上半首寫渡江所見晚景，後半首觸景生情，詠懷古蹟，抒寫對南朝興亡的感慨。《曉雨重登燕子磯絕頂作》作於鄭成功進軍南京兵敗以後一年，明朝亡國之局已無法挽回。此詩描述登燕子磯所見的寥闊江景，並借東晉事蹟抒寫了對南明覆亡的感歎。另有不少描繪別地的詩歌名作，也表達了同樣的主題。如《夜經古城作》譴責明末清初之際，清兵數次犯境和攻略，山東慘遭燒殺劫掠的景象近二十年後尚未消除，故而「空城半禾黍」;《定軍山諸葛公墓下作》詩作於南明最後滅亡後才十年，雖為弔古之作，字裏行間，對「志士恥帝秦，祭器猶存魯」，暗寓對明亡的悼惜之意。沈德潛評為:「激昂憑弔，如有神助。」

明亡後，愛國的遺民詩人，數以百計，其作品又有不同的風格特色，如顧炎武詩質實渾厚，嗣響杜甫，以「讀書破萬卷，下筆如有神」見長的是一種。漁洋誠如錢穆所言，將平時博覽的群書所得的歷史、人文、地理知識和掌故，編織與詩作之中，也以「讀書破萬卷，下筆如有神」見長，但風格不同，體現了平淡、高遠、悠長的藝術特點，是其所倡導的神韻說詩學觀的傑出體現。如《雨後觀音門渡江》三、四寫雨後江山的入晚動態，畫所不能到;《秦淮雜詩》寫得神韻悠揚，風致淡蕩，體現漁洋詩的本色。

而作為政壇新進，後又成為朝廷重臣、文壇領袖的王漁洋，其《秋柳》和《秦淮雜詩》等名作，帶頭表現了懷念前朝的滄桑感，對抒發鼎革之痛的遺民詩起了有力的支持和推動作用。除了眾多的和詩者之外，他的此類名詩對洪昇《長生殿》和孔尚任的《桃花扇》這樣表現歷史滄桑的巨著也起了啟發、支持、鼓舞作用和提供借鑒的作用。

王漁洋還是清初的著名詞人和詞論家，王國維認為王漁洋詞的藝術成就僅次於納蘭性德，而高於其他如陳維崧、朱尊彝等眾多名家。〔註10〕

王漁洋的詞，清新流麗，名作如《紅橋同籜庵、茶村、伯璣、其年、秋崖賦》:「北郭清溪一帶流，紅橋風物眼中秋。綠楊城郭是揚州。西望雷堂何處是，香魂飄落使人愁。淡煙芳草舊迷樓。」不但精切寫出江淮名都揚州的美

〔註10〕王國維《人間詞話未刊稿》（二五），周錫山《人間詞話彙編匯校匯評》，北嶽文藝出版社，2004年，第174頁;萬卷出版公司，2009年，第260頁。

景、風韻，更挽攝住這座千年名城慘經十屠而業已飄零的魂魄，夾帶歷史的滄桑和風霜，用清詞麗句描繪劫後餘生重新復興的佳勝之地；全詞餘味無窮，而「綠楊城郭是揚州」一語畫龍點睛，更顯明麗驚醒，神韻悠揚，故而膾炙人口，傳唱久廣。他因《卜算子‧記夢》「夢裏江南綠」、《桃源憶故人‧金釵潤上》「春水平帆綠」、《南鄉子‧送別》「新婦礬頭煙水綠」，被譽為「三綠詞人」，更因和李清照的名作的名句被稱作「王桐花」。他還有著名的詞論著作《花草蒙拾》。王漁洋以他出色的創作業績和重要詞論的發表，對清初詞的創作和繁榮、清詞繼唐五代、南北宋之後的復興，起了帶頭和推動的重大作用，成績卓著。

他更是一位傑出的詩論家和美學家，所倡導和總結的神韻說不僅是中國美學史，也是世界美學史上劃時代的成就。無論是創作、理論，都有大量著述，而且還編選多種選本，其著述的勤奮，亦屬罕見。這些成就的綜合，促成了他文壇領袖地位的形成。

王漁洋總結前人詩歌創作和有關論述而創立的神韻說，是中國詩歌史、美學史上的一個劃時代的重要理論，成就卓著，影響巨大，不僅繼承者多，而且也激發了清代前中期的多種詩歌理論流派的產生，如沈德潛的格調派、翁方綱的肌理派、袁枚的性靈說等等。

除了神韻說的創立及其巨大成就和影響之外，王漁洋的論詩詩也取得令人矚目的成就，和頗大的影響。在清代論詩詩的歷史上，乃至在杜甫、元好問以後的論詩詩的歷史上，可以說最重要的代表人物是王士禎。他有《戲仿元遺山論詩絕句四十首》（現存三十五首），對後世有很大影響。故而清代詩人、學者言及論詩詩的一體的發展和演變，往往在元好問之後就舉到王士禎。如丁詠淇《論詩絕句自序》云：「論詩絕句發源於杜陵，衍派於遺山，疏瀹決排於漁洋、堯峰、迦陵。」〔註11〕劉汲跋張晉《仿元遺山論詩絕句六十首》云：「元遺山《論詩絕句》，漁洋仿之，久已膾炙人口。」〔註12〕黃維申《論詩絕句序》云：「元遺山論詩多主嚴刻，國朝王新城效其體，立論較精。」〔註13〕所以後來就有人自題為仿王士禎而作，如方于谷《仿王漁洋論詩絕句四十首》。

王漁洋其他的論詩觀點也有很大影響。他在詩歌評論中，也明確或含蓄揭

〔註11〕郭紹虞等《萬首論詩絕句》，人民文學出版社，1991年，第340頁。
〔註12〕郭紹虞等《萬首論詩絕句》，第671頁。
〔註13〕郭紹虞等《萬首論詩絕句》，第1293頁。

露南下清軍的殘暴和對抗清愛國者的同情。如評論長山劉孔和節之之詩時，讚譽他明末率抗清義旅南渡，記載和評論明末清初的《王若之集》時，對於明末清初戰亂時期的詩人作家在清兵南下時所受的艱難困苦，照實寫出作者在清兵南下的戰亂中保護文物的艱辛和堅貞而死的民族氣節。具體內容下章將予以介紹，茲不贅述。他對這種觀點，與其相關的創作一起，對反清義士是一種具體的同情和支持。

另如錢穆認為《紅樓夢》中林黛玉推崇三家詩，或乃因襲王漁洋的高論：「此刻先拿黛玉所舉三人王維、杜甫、李白來說，他們恰巧代表了三種性格，也代表了三派學問。王摩詰是釋，是禪宗。李白是道，是老莊。杜甫是儒，是孔孟。《紅樓夢》作者，或是抄襲王漁洋以摩詰為詩佛，太白為詩仙，杜甫為詩聖的說法。故特舉此三人。」〔註14〕這個著名的唐詩評論，在後世有很大影響，引用者眾多，例如范文瀾《中國通史簡編》論及唐代文學時，即予採納和復述。

王漁洋作為文壇領袖和一流詩人作家，他對康熙及其以後的文壇、詩壇的影響是巨大的。

王漁洋對當時文壇的影響還特出體現在他與同時的其他三位一流文學巨匠蒲松齡、孔尚任和洪昇的交往。作為當時地位最高、影響最大的王士禛，與同時的三大家洪都有深厚的友誼和文學交流。由於他的揄揚和紐帶作用，康熙文壇四大家中的其他三大家都因此而提高了文壇中的知名度和地位，他們的創作也得到漁洋有力的指導、鼓舞和支持，漁洋的這個貢獻也是巨大的。

作為正統文壇的領袖，王漁洋對戲曲小說的評價極高，已有拙文論及，需要補充的是，這還體現在《秦淮雜詩》第一首「十日雨絲風片裏」即直接引用湯顯祖《牡丹亭》的名句：「雨絲風片，煙波畫船。」有的論者還因此批評他引用曲語，故而詩體不純。漁洋顯然是有意為之，這也可見他對戲曲的尊重和重視。

由於漁洋對小說的重視——他本人親自創作筆記小說，推重和鼓勵蒲松齡創作小說並為主評批、賦詩，因此而產生的影響很大，觀鑒我齋《兒女英雄傳序》甚至說：「自王新城喜讀說部，其書始浸浸盛。」實非虛言。明代已有大知識分子創作戲曲（傳奇），但小說還是被看作通俗讀物，高層次作者（正統文人）尚未染指。漁洋作為一代詩壇正宗，聲望極高，自他涉足於此並加推崇，

〔註14〕錢穆《談詩》，錢穆《中國文學論叢》，三聯書店，2002 年，第 112 頁。

當然有很大的號召力量。以後紀昀這樣的大文人也創作《閱微草堂筆記》這樣的小說，亦顯係效法漁洋而欲匹敵蒲翁。漁洋在主觀上和客觀上都對清代小說的發展起了推動作用。無疑應得到高度評價。

他的文章寫得好，筆記小說也是一流作品，是頗有成就的小說家；因筆者已有文章詳論，茲不重複。今僅舉一例，以見一斑——《滄溟蔡姬》描繪清官家屬的故事：

> 李滄溟先生，身後最為寥落。其寵姬蔡，萬曆癸卯，年七十餘矣，在濟南西郊，賣胡餅自給，叔祖季木考功見之，為賦詩云：「白雪高埋一代文，蔡姬典盡舊羅裙。」云云。邢太僕子願有與孫月峯巡撫書云：「竊見李滄溟先生攀龍，葆真履素，取則先民，鎔古鑄今，蔚為代寶。而今五畝之宅，已非文靖之舊；襄陽之裏，空標孟亭之名。伺每詢訪人士，皆云李駒淪喪，有子繼亡，止遺孱孫，又復無母，才離襁褓，寄命婆媼，僦居窮巷，託跡浮萍，並日無粗糲之食，經年尠漿汁之饋。伏願明公，下記所司，略損公帑，為贖數椽之敝屋，小復白雪之舊居，月或給米一石，布若干疋，藉以長養壯發，綿延後昆。一線猶龍之緒，實被如天之福。斯文一脈，其疇逆心。」觀二事，滄溟清節可知矣。〔註15〕

著名詩人、清官李攀龍因兩袖清風而身後蕭條，令讀者肅然起敬。而這位蔡姬的甘貧自立的動人事蹟，使我們聯想起前蘇聯的著名電影《戰地浪漫曲》中有「戰地皇后」美譽的年輕美貌的女兵柳芭在戰勝德國法西斯後退役，任營長的愛人早已犧牲，她中年色衰，獨自掙扎，靠街上賣餅為生的榮辱不驚、自尊自立的動人故事。在這個短篇中，漁洋引了別人的詩文，作為自己記敘的補充或增色，這是他的文言小說的一個顯著特點。

王漁洋的筆記小說創作和他對於小說戲曲的讚譽和推崇，影響和推動了後世的創作。王漁洋的筆記小說對後世的影響，尤見於紀昀的《閱微草堂筆記》。《閱微草堂筆記》與其說要與《聊齋誌異》爭勝，還不如說要媲美於漁洋筆記小說著作。一則漁洋的政治和文壇地位高，而紀昀不屑與出於鄉村教師之手的《聊齋誌異》一爭高低是明顯的，二則他對《聊齋誌異》所表露的批判科舉弊病、揭示社會黑暗和世道不公的思想異趣而與漁洋的觀念同調，也是明顯的，三則《閱微草堂筆記》顯然也繼承和發展了漁洋筆記小說的藝術風格。

〔註15〕王士禎《池北偶談》卷十五，下冊，中華書局，1982年，第366頁。

　　因此，王漁洋以其政界崇高的地位、極大的人格魅力、非凡的學識才華和
創作、理論成就，成為全國眾多詩人作家眾星捧月、眾望所歸的文壇中心人
物。

　　作為傑出的評論家，漁洋不僅對一般詩人的佳作好句大力鼓勵獎掖，而且
非常重視民間無名詩人的著作，記錄木工、衣匠、擔者、鋤者、僧人、甚至乞
丐等的佳篇妙言，讚譽宣揚，故其詩論名著展現了完整一代文壇之勝景。作為
高官、大詩人兼大評論家和文壇領袖的王漁洋，他對業餘詩人、民間詩人和女
性詩歌創作的揄揚、推重和評論影響很大，尤其推動了清康熙以後的女性創作
的更大的熱情。

　　除了詩文外，王漁洋對婦女的藝術創作也給以熱情的關注，並大力鼓勵和
熱情評論，論及前代的女性創作的如：

　　　　辛亥冬，於京師見宋朱女郎淑貞手書《璇璣圖》一卷，字法妍
　　嫵。〔註16〕

　　　　寒山趙凡夫子婦文俶，字端容，妙於丹青，自畫《本草》一部，
　　楚詞《九歌》、《天問》等皆有圖，曲臻其妙。江上女子周禧得其《本
　　草》臨仿，亦人妙品。〔註17〕

以上分別介紹和評論宋代朱淑真和明代文俶（文徵明之女）的書畫作品。他對
同時代的女性的創作關心更多：

　　　　女郎倪仁吉，義烏人，善寫山水，尤工篇什。予嘗見其《宮意
　　圖詩》。其一云：「調入蒼梧斑竹枝，瀟、湘渺渺水雲思。聽來記得華
　　清夜，疏雨銀燈獨坐時。」先考功兄曾得其全集。倪手種方竹數十
　　竿，甚愛惜。萊陽董樵處士遊婺郡，倪高其人。斫一枝贈之。〔註18〕

　　　　徐元歎《落木菴集》云，訪江城毛休文於竺塢慧文庵，出其母
　　汝太君畫扇十八面，山水草蟲，無不臻妙。三百年中，大方名筆，
　　可與頡頑者不過二三而已。近日閨秀如方維儀之大士、倪仁吉山
　　水、周禧人物，李因、胡淨鬘，草蟲花鳥，皆人妙品。安丘張杞園
　　說，曾見刑慈淨發繡大師極工。慈淨，子願之妹。又崔子忠青蚓二
　　女，亦工畫。〔註19〕

〔註16〕王士禛《池北偶談》卷十五，中華書局，1982年，第366頁。
〔註17〕王士禛《池北偶談》卷十五，第350頁。
〔註18〕王士禛《池北偶談》卷十一，第245頁。
〔註19〕王士禛《池北偶談》卷十一，第283頁。

　　膠州宋方伯子婦姜，字淑齋，自號廣平內史，善臨十七帖，筆力矯勁，不類女子。又高密單某妾，學右軍楷書，似《黃庭》、《遺教》二經。二人皆髫齔女子也。〔註20〕

　　康熙丁未，從同年徐敬（旭齡）處，見秀水吳氏畫扇二：一學小李將軍山水，一洛神圖，妙入毫髮。吳字素聞，其人亦天人也。予在廣陵時，有餘氏女子，字韞珠，年甫笄，工仿宋繡，繡仙佛人物，曲盡其妙，不啻針神。曾為予繡神女、洛神、浣紗諸圖，又為西樵作須菩提像，皆極工。鄒程村、彭羨門皆有詞詠之，載《倚聲集》。〔註21〕

　　近日婦人工畫者，海寧李因是庵，善畫松鷹及水墨花竹翎毛；江陰周禧，善人物花鳥；其妹祜，與之頡頏；義烏倪仁吉、秀水黃媛介，皆工山水木石；桐城方維儀工白描大士。〔註22〕

不僅如此，漁洋還真心實意地重視婦女的創作成就，故而在自己的創作中認真借鑒，並將自己的借鑒坦率地公之於世。如名聞遐邇的《秋柳》詩中的「棲鴉」七字，為紀映淮《秦淮柳枝詩》首句，故於「棲鴉」二句，作者自注：「阿男《秋柳》句云：『棲鴉流水點秋光。』詩人伯紫之妹也。」王士禛《漁洋詩話》還特作介紹：「余辛丑客秦淮，作《雜詩》二十首，多言舊院事。內一篇『十里清淮水蔚藍，板橋斜日柳毿毿。棲鴉流水空蕭瑟，不見題詩紀阿男。』阿男名映淮，詩人伯紫之妹也。幼有詩云：『棲鴉流水點秋光』，後適莒州杜氏，以節聞。伯紫與余書云：『公詩即史，乃以青燈白髮之嫠婦，與莫愁桃葉同列，後人其謂之何？』余謝之。後入為儀郎，乃力主覆疏，旌其閭，笑曰：『聊以懺少年綺語之過。』」〔註23〕

　　王漁洋也留意和讚譽著名工匠的一技之長，如：

　　近日一技之長，如雕竹則濮仲謙，螺甸則姜千里，嘉興銅爐則張嗚岐，宜興泥壺則時大彬，浮梁流霞盞則吳十九（號壺隱道人），小江寧扇則伊莘野、仰侍川，裝潢書畫則莊希叔，皆知名海內。如陶南村所記朱碧山制銀器之類。所謂雖小道必有可觀者歟？〔註24〕

〔註20〕王士禛《池北偶談》卷十二，第283頁。
〔註21〕王士禛《池北偶談》卷十二，第286頁。
〔註22〕王士禛《池北偶談》卷十八，第425頁。
〔註23〕王士禛《漁洋詩話》，《清詩話》上冊，上海古籍出版社，1978年，第176頁。
〔註24〕王士禛《池北偶談》卷十七，下冊，中華書局，1982年，第404頁。

以上濮仲謙：明代金陵派竹雕名匠。《初月樓聞見錄》記其「用竹之盤根錯節，以不事刀斧為奇」。姜千里：即江千里，字秋水，明後期螺鈿漆器名工。《嘉慶揚州府志》：「有江秋水者，以螺鈿器皿最精工巧細，席間無不用之。時有一聯云：『杯盤處處江秋水，卷軸家家查二瞻。』」張鳴岐：明代名匠，嘉興人，善製銅手爐，為時所重，稱「張爐」。時大彬：萬曆間宜興制壺名匠，號少山。吳十九：明代製瓷名師，姓吳名為，號十九，自號「壺隱道人」，能詩善畫，曾為李日華作卵幕杯、流霞盞，從此，「天下知名吳十九」，製瓷時稱「壺公窯」。

王漁洋的評論在當時的影響之大，於下可見一斑：

> 譚輅云：「劉季緒好詆訶文章，掎摭利病。徐陵為一代文宗，未嘗詆訶作者。」昔予與故友汪鈍翁在京師，鈍翁好詆訶人，前輩自錢公牧翁而下無得免者，後進以詩文請質，亦無恕詞。予每勸之。故友計甫草東嘗序予門人汪蛟門懋麟集云：「鈍翁性悁急，不能容物，意所不可，雖百賁育不能捫其口也。其所稱述於當世人物之眾，不能數人焉。阮亭性和易寬簡，好獎引氣類，然以詩文投謁者必與盡言其得失，不少寬假。」此數語頗得予二人梗概。顧施愚山又嘗謂予：「公好獎引人物，自是盛德。然後進之士，學未有成，得公一言，便自翊名士，不復虛懷請益，非公誤之耶？」於思其言，亦極有理。〔註25〕

人們讚頌漁洋對請益自己的任何人都認真「盡言其得失，不少寬假」的熱情和真誠，但漁洋也不迴避別人對自己揄揚無名詩人和青年作者的負面影響的批評，他對此的清醒認識既可見他本人虛懷若谷的自我批評精神，但這又從一個特殊角度更其顯出他在當時的巨大影響。

本文是山東社會科學院文學研究所承擔的國家科社十一五規劃課題項目《齊魯文學的文化內質與文學形態演變研究》的最終成果之一，項目批准號05BZW030。筆者應邀參與這個項目的撰寫，負責其中的五章共6萬5千字，其中四章專論王漁洋（中篇「專題研究」第七章《王漁洋的山東題材創作》、第八章《王漁洋與洪昇、孔尚任、蒲松齡的友誼和〈聊齋誌異〉評論》，下篇「古今演變研究」第八章《傑出的文壇領袖王漁洋及其重大影響》、第九章《王漁洋對歷代山東詩人作家的評論》）。此為其下篇第八章，已略作刪節。

〔註25〕王士禎《香祖筆記》卷一，上海古籍出版社，1982年，第14～15頁。

論王士禛的詩論和神韻說

引言

　　對王士禛的神韻說的研究，建國以來，不少專家做了許多有益的工作。專門性的論文只有鄭朝宗《論王士禛的神韻說》〔註1〕和劉世南《論王士禛的創作和詩論》〔註2〕兩篇，但郭紹虞、朱東潤、黃海章、侯敏澤、周勳初〔註3〕的各本批評史著作則大多將神韻說作為重要內容論述。別的論文也有涉及對神韻說的評價的。各家之見，分歧頗大，茲簡述如下：

　　一種意見有肯定，有批評，而以肯定為主。此種意見以郭、朱兩先生為代表。郭先生認為：「漁洋之詩，就以前講，自是一代正宗。在當時，正值大家都厭李、玉膚廓，鍾、譚纖仄之後，漁洋獨以大雅之才標舉神韻，嚴格，揚扢風雅，而聲望又足以奔走天下，文壇主盟，當然非漁洋莫屬。」朱先生說：「請初詩人卓然成家，影響最大者，無如王士禛。」他們都認為漁洋論詩不主門戶，「他詩非一家詩」，「他的詩論也非一端之說」。並不「只以神韻為王孟家數的理論」（郭）；「於宋元作家，頗加贊許」，「於蘇黃皆示推崇」（朱）。他們認為王氏並非像趙執信所言，反對杜甫。郭先生認為「漁洋之有取於少陵，乃至有

〔註1〕鄭朝宗《論王士禛的神韻說》，《廈門大學學報》，1954年第5期、1955年第2期。

〔註2〕劉世南《論王士禛的創作和詩論》，《文學評論》，1982年第1期。

〔註3〕郭紹虞《中國文學批評史》，商務印書館，1934年、上海古籍出版社，1979年；朱東潤《中國文學批評史大綱》，古典文學出版社，1957年；黃海章《中國文學批評簡史》，廣東人民出版社，1981年；侯敏澤《中國文學理論批評史》，人民文學出版社，1981年；周勳初《中國文學批評小史》，長江文藝出版社，1981年。

取昌黎子瞻,於其標舉王孟之旨初不衝突」。朱先生則說:「漁洋於少陵五古,雖非所宗尚,於其七言,則無異詞」。兩位對神韻說評價其高。「漁洋之講神韻,並沒有寫成一篇系統的論文,然而隨處觸發,都見妙義,只須我們細心鉤稽,自可理出系統。」(郭)「詩話之中,歷舉唐宋論詩之語,漁洋賞心處在此,神韻論之精意亦在此。」「漁洋不特於古詩五七言之別,言之甚明,於五絕七絕之別亦復了然。」(朱)

至於漁洋標舉神韻的動機,郭先生認為「其一,是由於格調說的影響」;「其二,是對於宋詩流弊的糾正」。「以清才救一般人宗唐之弊,以雅調救一般人學宋之弊。」朱先生亦說「漁洋於李于鱗一派,矯揉造作,號稱復古者,亦深知其弊。」郭先生力駁袁枚譏評士禎「一代正宗才力薄」之說,朱先生則否認吳喬「清秀李于鱗」之說。

郭先生認為神韻有先天後天二義。由先天言,表現個性的風神態度;由後天言,「所謂神韻,又是所謂神韻天然不可湊泊之意。功力到此,不矜才,不使氣,無剩義,無廢語,如初寫《黃庭》,恰到好處。」「神韻還在於工夫,工夫到家,自然有韻。」作詩方法和讀書方法,「都重在偶然欲書,重在須其自來,重在筆墨之外,重在不著一字,重在得意忘言,重在不可湊泊,重在興會風神。」

對士禎的詩歌,兩家都評價很高,前引總評已提及,韓先生並引清人林昌彝之言論,評其詩為情韻深婉,豐神蘊藉,神味淵永。

兩家對王氏及其詩論有所批評。郭先生認為神韻說「墮入空寂」,因為一、「神韻」是以前唯心論者玩弄名詞的手法;二、神韻講「忽自有之」、「賦家之心,得之於內,不可得而傳」乃無由入之途。思維路絕;三、神韻「只指出一種標準而不是說明一種方法,無從捉摸,亦無從修養」。朱先生也認為漁洋論詩之弊在於「蹈空」。他贊成施閏章批評王氏「縹渺俱在天際」和《四庫總目提要》謂「士禎不究興觀群好之原,故光景流連,變而為虛響。」但朱先生又同意《提要》批評王氏「推為極軌者,惟王孟韋柳諸家。以山水清音,實詩之一體,不足以盡詩之全也。」則也認為王氏論詩只主王孟一派。他認為:「漁洋之說,於詩中議論,多所不滿,說本嚴滄浪,要主於不即不離,不黏不脫。」「漁洋論詩,專從禪悟神韻一方立論,其言是也。因不可謂之不偽。」這點與郭先生的看法不同。

另一種意見對王氏及其神韻說持否定或基本否定的態度。鄭、王、侯、劉

認為神韻說是唯心主義，反對現實主義、純粹提倡形式主義的詩論。他們一致認為神韻說在政治上為清統治者的政治「積極服務」(鄭)。「其目的是為清王朝統治粉飾現實，點綴太平，實際上是一種幫閒文學」(侯)，「自覺地為清王朝粉飾現實，麻痹人民」、「使清王朝能更快地鞏固統治」(劉)，「這種詩論，無疑的是落後的，反動的」(黃)。

與之相聯繫，鄭、黃、侯、劉都認為王氏反對、貶低或抹煞杜甫、白居易的現實主義詩歌，他最欣賞的只是王孟一派脫離觀實、逃避現實的山水詩，並將王孟捧到李杜之上。與之相結合，鄭、侯還追本溯源地批評了王氏所推重的司空圖、嚴羽等詩論。鄭認為司空、嚴和姜夔「一律反對以才學為詩，而把直覺放在第一位。這種主張也是錯誤的。」但他又認為他們的本意，「只是強調直覺（即滄浪所謂「妙悟」)的重要，並沒有把直覺當天分，更沒有主張直覺就是詩。而漁洋走上絕路」，「拼命誇大『妙悟』(即直覺)的作用，彷彿它本身就是絕妙好詩，又把妙悟當天分的同義詞，以為只有有天分的人才會取得妙悟」。侯認為士禎與嚴羽一樣「反對帶有明顯判斷性的、政治性較強的詩」，「更加發展了《詩品》中超逸的美學觀點，又加強調南宗畫「虛」的方面，以至把它發展到了極端。」

鄭、侯還具體批判了神韻說的幾個著名觀點。批評士禎極力主張蘊藉含蓄，排斥慷慨激昂的詩歌；主張藝術應該沖淡清遠，不提豪放雄渾；提倡興會神到、佇興之言，「反對生活實踐閱歷，強調創作上的得之於內和不可知論等等」(侯)，「只取興會神到，祇取興會起妙」「便把古人詩畫中違反真實的缺點輕輕掩住」，其講究含蓄是「不折不扣的含糊」(鄭)，等等。

上述諸人中周、劉、鄭也對王氏的創作和詩論作某種有限的肯定。周勳初對神韻說的基本評價與他們相似，但認為其講究含蓄、情韻、餘味「雖似神秘，但也並非無法把握」；「佇興而就」等說，很注意擷取剎那時的印象和感受，抒發個人逸興，「強調靈感的萌發，近於浪漫主義作家的創作特點」；肯定他「自由手眼，排除以時代家派論詩的陳腐風氣。寫出清新可詠的作品，能夠一新時人耳目。自是文學理論逐漸擺脫了明代的餘風。」劉說：「在揭示他的本質以後」，「對他的詩（主要是某些抒情寫景的絕句）的美學價值，可給予應有的估計。另外，他的神韻說，我們也可以作為一種藝術手法繼承下來。」鄭則認為「三十歲以前，漁洋嘗寫過現實主義詩篇，有的直接觸及時事（如訴說戰亂的頻仍，士兵的驕橫，官吏的酷虐，人民的痛苦等），也有借詠史與詠物為掩蔽來寄託故

園之意的。」（劉不同意此種說法，在其文中予以力駁。）侯在論述袁枚時談到，王氏詩論「雖然是妄圖把文學引向遠離現實的歧途，但它總還是談內容，而不只是談形式的。」但是這些同志除周勳初對神韻說中認為可取的個別觀點作了分析闡述外，其他人都未對其有價值部分作具體的分析。

本文力求以歷史唯物主義態度，對神韻說作較全面的論理和分析，肯定神韻說中有價值的、值得借鑒的部分。本文不同意神韻說宣傳唯心主義和不可知論的觀點，認為它確有偏頗之處，但王士禎認真探索和總結中國古典詩歌一些有益的創作經驗和寫作手法，研究了寫作過程中的幾個問題，對豐富和發展中國古代文藝理論有一定的貢獻。

王士禎（1634～1711），山東新城（今桓臺）人，原名士禧，號阮亭，又號漁洋山人。清順治進士，歷順治、康熙兩朝，官至刑部尚書。士禎為清前期著名詩人、詩論家。他的著述很多，詩文收入《帶經堂集》，又曾自選《漁洋山人精華錄》十二卷。另有筆記《居易錄》《池北偶談》等多種，其詩論除其自編《漁洋詩話》等外，薈萃於張宗柟在其全部著作中摘錄有關言論而彙編的《帶經堂詩話》中。

王士禎的詩，在清初詩壇上極享盛名。他二十三歲時遊歷下大明湖，寫了《秋柳》四首，傳誦一時。青年時代的王士禎也寫過一些反映社會現實和在一定程度上同情人民疾苦的詩篇。中年以後則多流連山水、詠懷古蹟之作，也有不少歌頌當朝之詩。當代論者常譏其脫離現實、缺乏社會內容。王士禎高官厚祿，生活優裕，又懍於文字獄，的確有迴避現實的一面。但我們也應看到，清初統治者頗有作為，其政績比明代中後期的那些無道昏君高出不少，對士禎歌頌之詩，應有分析。至於其徜徉山水之作，部分具有清新、自然之美，以神韻風致見長。有的寫出了祖國江山的秀麗動人，有的充滿著向上的生活情趣。秀氣靈襟，紛披筆墨之外；詩情畫意，閃躍尺素之中。他的這些詩歌在文學史上也可以有一定的地位，不能完全抹殺。

王士禎在詩歌理論上提出了一系列論詩觀點和神韻說，影響很大。本文擬就下列幾個方面來加以闡述。

一、王士禎的詩論和神韻說的產生

王士禎領袖詩壇之時，正值清初政局漸穩，經濟也恢復繁榮的所謂康熙盛世。當時的民族矛盾和階級矛盾還相當尖銳，滿清當局為鞏固自己的統治，

對思想控制極嚴，大興文字獄，殘酷鎮壓遭到懷疑的漢族知識分子。在社會經濟繁榮發展的同時，地主階級對勞動人民的殘酷壓迫和剝削從未中斷，勞動人民還是處於飢寒交迫之中。因此人民反抗民族壓迫、階級壓迫的鬥爭時有發生。

從當時詩壇上的情況看，明前後七子和公安、竟陵等的流弊已頗顯著。前後七子論詩不乏好的主張，他們一些成功的詩作也有一定的成就，但其復古擬唐的流弊也很大。公安、竟陵諸詩人起來糾偏補弊。公安派主張真情達意，但矯枉過正，其末流以鄙俚輕率為創新。竟陵派主張幽深孤峭，亦有不少成績，但其弊又流於冷僻苦澀。這一切引起明末清初有識見的文學家如黃宗羲、顧炎武、王夫之以及錢謙益等人的痛詆和排擊。王士禛繼他們之後，針對這種復古模擬、淺率、纖仄的詩風，創立神韻說，以重建清新自然的風。

王士禛仕途順利，又懾於文字獄，其後期創作採取遠離現實的度，在藝術探索上取得一定的成就。在詩論方面，他排除了以時代和家派論詩的陳腐風氣，但又不敢評論和提倡當時揭露、抨擊時的現實主義詩作，這給清前期詩壇帶來某些不良影響。

影響頗大的神韻說詩論雖為王士禛所首倡，但中國古代文藝理論關於神韻的美學觀念卻源遠流長，很早就產生了。最早在文藝命中提出神韻的是南齊謝赫。他在《古畫品錄》的「畫有六法」第一條即講「氣韻生動」。在《第二品》評顧駿之：「神韻氣力，不逮前賢。」而在謝赫之前的《世說新語》即用「神」、「韻」、「風韻」等詞品評人物。神、韻、氣韻、風韻幾乎都與神韻同義〔註4〕，不過當時都只用來品評人物，意指人物不拘禮法、意志深遠、超乎塵俗的氣質和風度。

在唐宋元明的詩話畫論中，有關神韻的理論進一步得到發展。神韻在繪畫中逐步擴展到品評山水。如五代荊浩《畫山水錄》云：「王右丞筆墨宛然，氣韻高清。」荊浩、韓拙在論山水時又指出：「韻者，隱跡立形，備意不俗。」宋元明清的文人山水畫漸漸轉向含蓄、高逸、簡淡、清遠、自然，追求寫意，崇尚逸品。這也就是明代董其昌所指的南宗畫所追求的神韻。董其昌論山水

〔註4〕 錢鍾書也曾說：「『神韻』與『氣韻』同指。談藝之拈『神韻』，實自赫始……嚴羽所倡神韻不啻自謝赫傳移而光大之。」（《管錐編》第四冊《一八九：全齊文卷二五》，中華書局，1986年，第1353～1354頁）但郭紹虞認為：「我常以為滄浪論詩只舉神字，漁洋論詩才講神韻。」（《中國文學批評史》下卷《南宋之詩論·嚴羽》，百花文藝出版社，1999年，第71頁）。

畫分南北宗，來源於禪宗的南北宗。禪家的南北宗分別重頓、漸兩悟。董其昌推重南宗畫的美學思想和禪家南宗的頓悟理論，對王士禎的神韻說有很大的影響。

唐宋詩論中影響較大的兩家，司空圖和嚴羽都講究含蓄、自然之美。司空圖的「不著一字，盡得風流」，「味在鹹酸之外」，和嚴羽的「盛唐諸人，唯在興趣，羚羊掛角，無跡可求，透徹玲瓏，不可湊泊，……言有盡而意無窮」諸論，為神韻說詩論所吸收，對王士禎的影響很大，士禎亦自稱「於二家之言，別有會心」。

宋、明兩代，特別是明代，以神韻論詩者不乏其人。北宋范溫首先以「韻」通論書畫詩文。他認為「韻」乃「備總善而自韜晦，行於簡淡之中，而有深遠無窮之味」，「測之而益深，究之而益來」，「故巧麗者發之於平淡，奇偉者行之於簡易」；又認為「夫惟曲盡法度，而妙在法度之外，其韻自遠。」（《永樂大典》卷八○七）其言神韻，甚為簡明全面，惜其書已佚，於文苑中幾無影響。明之陸時雍對神韻亦頗有闡釋。他說：「情慾其真，而韻欲其長。二言足以盡詩道矣。」「五言古非神韻綿綿，定當捉襟露肘」，主張「詩之所貴者，色與韻而已。」又指出：「凡情無奇而自佳，景不麗而自妙者，皆韻也。」（皆見《詩鏡總論》）其推重古悠清遠、平淡自然，和後來的王士禎的觀點頗有接近處。另如胡應麟、王夫之，有時亦以神韻論詩。王士禎儘管在晚年自稱：「神韻二字，予向論詩，首為學人拈出。」（《池北偶談》）實際上他還是在關於神韻的傳統美學思想的影響下，在前人所取得的理論成果的基礎上，創立起神韻說的。但與前人不同的是，王士禎將神韻作為論詩的核心，將神韻作為對詩的藝術特徵的基本概括，作為對詩的創作提出的總的要求。神韻說的理論也是在總結前人豐富的創作經驗的基礎上產生出來的，所以王士禎對前人詩作的評論，不乏精闢和獨到的見解。儘管王士禎的論詩主張前後也有變化，但主張神韻則始終是他論詩的核心。

可是他的詩論並非僅止神韻說，神韻說之外的詩論也頗多精義，兩者可互為補充和生發，我們必須二者兼顧才能全面、正確地理解。不少論者忽略此點，故產生一些誤解並對其批評指責，甚至基本或全面否定神韻說。

二、王士禎的詩論和神韻說的主要內容

王士禎的詩論和神韻說的內容很豐富，牽涉的問題也很廣，本文擬就下列幾方面試加討論。

品格、真誠和興寄深微——對詩歌內容的要求

王士禛論述前人之作有時也很重視詩歌的思想內容，認為純正、健康的內容是決定詩歌成敗和詩人成就高下的關鍵。

首先，他非常強調詩人和詩歌的品、格、品格。此三詞同義，他在回答學生問題時說：「格謂品格。」（《師友詩傳續錄》，《清詩話》）「品格」一語常兼指詩人的品性、品行和詩歌的思想質量與格調。我國詩論家歷來重視詩人和詩歌的品格，並強調「文如其人」。王士禛也是如此，他說：「詩以言志。古人之作，如陶靖節、謝康樂、王右丞、杜工部、韋蘇州之屬，其詩具在，嘗試以平生出處考之，莫不各肖其為人。尚友千載者自能辨之。」（《梅崖詩意序》，《蠶尾文集》卷一；《帶經堂詩話》卷三，以下凡引此書，皆只標卷數）他認為優秀詩人的作品無不如其人，詩品和人品是一致的。他又進一步認為詩人的品格可以決定詩歌的價值：「予嘗謂詩文書畫，皆以人重。蘇黃遺墨流傳至今者，一字兼金；章惇、京、卞豈不工書，後人糞土視之，一錢不值，所謂三代之直道也。永叔有言，古之人率皆能書，獨其人之賢者傳遂遠，使顏魯公書雖不工，後世見者必寶之。非獨書也，詩文之屬莫不皆然。」（《香祖筆記》卷十五）「題跋古人書畫，須論人品，品格高足為詩書增重，否則適足為辱耳。葉石林《詩話》載王摩詰《江干初雪圖》，末有王摩詰和元豐間蔡確、韓縝、章惇、安惇、李清臣等七人題詩，詩非無佳語，但諸人名字，千古而下見之欲唾，此圖之辱為何如哉？余少嘗語汪鈍翁云：吾輩立品，須為他日詩文留地步。正此意也。每觀《鈐山集》亦作此以想。」（《居易錄》，同上）王士禛所批評的上述人物都屬於新黨。出於偏見和保守，他對王安石和北宋新黨人物取完全抹煞的態度，這種態度是不足為訓的。但他提出詩人的品格應該高尚，是正確的。他感覺到詩人在道義上的職責，意識到詩品和人品不可分，詩品決定於人品。他所讚揚的人品當然有封建時代的色彩，但不是沒有合理的內涵。《鈐山集》即《鈐山堂集》，係明代權奸嚴嵩的詩文集。集中早年之作，頗具王維、韋應物的詩風。可是嚴嵩後來利祿薰心，心術不正，集中也就多應製取媚、惡濁卑下之作。他感覺到詩歌在道義上的職責，意識到詩品和人品不可分，詩品決定於人品。人品的墮落必然會影響到創作的發展，頗有見地。他所讚揚的人品，無疑有封建時代的色彩，但也有其合理的內涵。

詩品決定於人品，詩品受制於人品，王士禛評論前人詩文，自《詩經》、杜甫到當世，都嚴守這個論詩原則。如他不滿意明前後七子的模擬和門戶之

見，但對他們學得杜甫真髓，反映社會現實的一些好詩也予肯定，並非不作分析地一概排斥。這就是肯定這些詩作有較深刻的社會內容。他有一首論詩絕句說：「蕪姑神人何大復，致兼南雅更王風。論交獨直江西獄，不獨文場角兩雄。」(《戲仿元遺山論詩絕句》) 何景明和李夢陽在論詩觀點上曾各持己見，互不相讓。後來李夢陽受誣下狴，何景明見義勇為，替他上書辨誣。士禎此詩即歌頌何氏高尚的品格，儘管他很反對何、李的論詩觀點和門戶紛爭。又如唐代詩人元結的論詩主張和藝術趣味跟神韻說大有距離，其《篋中集》中的詩歌在藝術上不受漁洋推重。杜本編的宋末遺民詩《谷音集》亦然。但前者寫不平之憤，後者抒亡國之痛，情真意切地表達了詩人高潔胸懷和錚錚風骨，故他也作詩讚美：「漫郎生及開元日，與世聱牙古性情。誰嗣《篋中》冰雪句，《谷音》一卷獨錚錚。」(《戲仿元遺山論詩絕句》) 又說：「《谷音》二卷，元清江杜本清碧所輯，其人皆節俠跅弛之士，詩亦岸異可喜。」(《池北偶談》、《帶經堂詩話》卷四)「《谷音》二卷，皆宋末人詩。上卷王澮以下凡十人，率任俠節義之士。下卷詹本以下凡十五人，則藏名避長之流也；……其詩慷慨激烈，古澹蕭寥，非宋末作者所及。」(《香祖筆記》、《蠶尾續文》，同上)《谷音》之詩「慷慨激烈，古澹蕭寥」，與士禎自己喜愛的沖和含蓄的詩風迥然不同，而士禎卻再三讚揚，因為他能從詩歌的內容著眼，所以立論比較公允。他一再讚揚這些堅持民族氣節詩人的作品，全從詩歌的內容著眼。他的論詩之旨由此可見。

我們從王士禎的另一首論詩絕句也可看出此點；「草堂樂府擅驚奇，杜老哀時託興微。元白張王皆古意，未曾辛苦學妃豨。」(《戲仿元遺山論詩絕句》) 此詩上面兩句高度評價杜詩的思想性和藝術性。他認為杜甫詩歌的藝術成就很高，思想內容也很豐富。下面兩句讚揚新樂府詩人的優秀之作繼承和發展漢樂府詩歌的精華，具有深廣的社會內容，而不僅僅是亦步亦趨地棋仿樂府詩的形式。他還說過杜甫、白居易能正確學習古樂府：「創為意而不襲其目，」李白「則沿其目而草其詞，」「皆卓然作者，後也有述焉，」贊成後人學習古樂府要有所創新，「以鳴其一代之事。」(《池北偶談》，同上卷一) 漁洋平素很不滿「元輕白俗」(蘇軾語) 的元白詩，批評其不講含蓄，甚至譏刺他們「於盛唐諸家興象超詣之妙，全未夢見。」(《池北偶談》，同上卷二) 但他也一定程度上肯定他們那些新樂府詩歌是「古樂府之苗裔」，也即真樂府，並將白居易歸入「卓然作者」與李杜同列。王士禎重視詩人的品格，實際是他重視詩歌的社會內容的表現。

其次，與重視品格相聯繫，王士禛重視詩人和詩歌的「氣」和「真」、「誠」。他說：「《墨客揮犀》云：李格非善論文章，嘗曰：諸葛公《出師表》，李令伯《陳情表》，陶淵明《歸來引》，沛然如肺肝流出，殊不見有斧鑿之痕，數君子在後漢之末，兩晉之間，未嘗以文章名世，而其詞超邁如此。蓋文章以氣為主，氣以誠為主。故老杜謂之『詩史』者，其大過人在誠實耳。」（《香祖筆記》卷一）

「文以氣為主」最早見於曹丕《典論・論文》，歷來受到文論家的重視。

古代文論與美學中的「氣」，「氣」原是哲學名詞，古代樸素唯物主義者認為氣是一種自然物質，世界是由運動著的「元氣」所構成的。如柳宗元《天對》說：「本始之茫……龐昧革化，惟元氣存。」「氣」這個詞進入文論後，它在哲學上的原義從未脫去，而只是隱藏在詞面的背後，依然起著強烈的作用。因此「氣」這個詞在成為文藝理論術語後，仍帶有濃烈的唯物主義氣息，並沒有變得虛無縹渺起來。不過由於「氣」這個詞的確詞義繁複，理解不一。

體會王士禛對此詞的理解和運用，他所講的「氣」包括了聯繫堅密的兩個方面：一是詩人本身之氣，如志氣、神氣、才氣、氣派；二是藝術作品之氣，如氣象、氣勢、氣魄、氣韻等等。王士禛贊成「文以氣為主」。作品如果沒有一種氣象、氣勢和氣韻貫串其中，就不成其一個完整而有力的藝術品，這與其重視品格是相一致的。他又贊成「氣以誠為主」。也就是作品中的氣要和作家詩人的氣統一起來，前者真必須實地反映後者。貫串在詩砍中氣勢、氣勢、氣魄、氣度也應該是詩人之氣的真實反映。如果反映不真實就是氣不誠，也即虛假、矯揉造作。這樣的作品實踐證明沒有不失敗的，反之如果作品內容真實，也即是氣誠，即使藝術趣味不同者亦能欣賞，故他曾引劉節之詩說：「不如求真至，辛淡皆可味。」並評曰：「旨哉言乎！」（《分甘餘話》卷三）他雖愛平淡詩風，但同時也認為只要其詩真，「辛」（指諷刺）詩也可「味」。

王士禛認為詩品和人品一致，贊成「氣以誠為主」，「不如求真至。辛淡皆可味」，贊同杜詩的「大過人在誠實」，說明他很看重詩歌內容的真實，詩人感情的真摯和創作態度上的真誠。這和他同時代的葉燮的看法是一樣的。葉燮在《原詩》中說：「詩是心聲，不可違心而出。」「故每詩以人見，人又以詩見。」後來黑格爾也講過類似的話：「一切真正的詩」，「只表達人類心胸中的真實的內容意蘊。」〔註5〕

〔註5〕黑格爾《美學》（朱光潛譯）第三卷下冊，商務印書館，1981年，第201頁。

　　王士禎自己也是這樣做的。《柳南隨筆》載：「新城王阮亭先生。自重其詩，不輕為人下筆。內大臣某公之稱壽也，崑山某公，先期以金箋一幅，請於先生，欲得一詩以侑觴。先生念曲筆以媚權貴，君子不為，遂力辭之。先生歿後，門人私諡為文介，即此一事推之，則所以易其名者洵無愧云。」他生平不肯隨便以詩獻媚權貴，面對地位低下，創作不為保守的正統文人所重的《聊齋誌異》作者蒲松齡，卻為其小說題辭，為其文集題辭，盛讚其作品「卓乎成家，其可傳於後無疑也。(《題聊齋文集後》) 其為人有不同流俗處可見。

　　王士禎在詩歌內容方面的第三個要求是「興寄深微」。他認為詩人應通過抒情寫象，寄託深遠的意趣，也即詩歌要有豐富深厚的思想內容。

　　他主張詩歌應通過抒情寫象，寄託深遠的意趣，也即要求詩歌的思想內容必須深厚豐廣。他曾說：「李白云：『興寄深微，五言不如四言，七言又其靡也。』此獨謂《三百篇》耳。」(卷一) 他認為《詩經》是興寄深微的範本，並列舉了一些具體篇目：《風》《雅》中如『燕燕于飛，差池其羽』，『我來自東，零雨其濛；鸛鳴于垤，婦嘆于室』，『昔我往矣，楊柳依依，今我來思，雨雪霏霏』，『蕭蕭馬鳴，悠悠旆旌』，『其新孔嘉，其舊如之何』等句，後千萬世，縱有能言，更從何處著筆耶？」(《香祖筆記》卷一) 以上諸詩，或反映春秋動盪時代亡國弒君的史實和政局不穩的社會狀況，或反映西周統治者和北方奴隸主之間連年戰爭所造成的沉重兵役和勞役給人民帶來的苦難。他高度評價這類詩作所蘊藏的豐富的社會內容和深切的思想感情。

　　王士禎在詩歌內容方面的第三個要求是「興寄深微」。他認為詩人應通過抒情寫象，寄託深遠的意趣，也即詩歌要有豐富深厚的思想內容。

　　哪些詩已做到「興寄深微」了呢？王士禎舉過《詩經》。他說：「李白云：『興寄深微，五言不如四言，七言又其靡也。』此獨謂《三百篇》耳。若後來韋孟等作，有何興寄，但如嚼蠟耳。」(《香祖筆記》卷一) 王士禎對韋孟的詩歌比較欣賞，他們那些沖和平淡的山水詩很符合王士禎的趣味。但王士禎認為他們的詩作缺乏興寄，也就是缺乏社會內容，因此味同「嚼蠟」，給予嚴厲批評。他舉《詩經》是興寄深微的範本，並列舉了一些具體篇目：「《風》《雅》中如「燕燕于飛，差池其羽」，「我來自東，零雨其濛；鸛鳴于垤，婦嘆于室」，「皆我往矣。楊柳依依，今我來思，雨雪霏霏」，「蕭蕭馬鳴，悠悠旆旌」，「其新孔嘉，其舊如之何」等句，後千萬世，縱有能言，更從何處精筆耶？」(《香祖筆記》卷一) 以上諸詩，《詩經》中的優秀代表作，或反映春秋動盪時代亡國弒君的史

實和政局不穩的社會狀況，或反映西周統治者和北方奴隸主之間連年戰爭所造成的沉重兵役和勞役給人民帶來的苦難。他高度評價這類詩作所蘊藏的豐富的社會內容和深切的思想感情。如他舉的《燕燕》一詩，一般根據《詩序》和《鄭箋》來理解，此詩的確反映出春秋這個動盪時代「亡國弒君」的史實和政局的不穩的社會狀況。他例舉的《東山》《采薇》兩詩，反映出西周統治者和北方奴隸主之間注年戰爭所造成的沉重兵役和倍役給人民帶來的苦難。

他主張詩歌應通過抒情寫象，寄託深遠的意趣，也即要求詩歌的思想內容必須深厚豐廣。

王士禛認為盛唐優秀詩人是興寄深微的另一典範。如杜甫，王士禛《戲仿元遺山論詩絕句》中有一首說：「草堂樂府擅驚奇，杜老哀時託興微。元白張王皆古意，未曾辛苦學妃豨。」高度評價杜詩的思想內容和藝術成就，認為杜詩是寄託深遠的。王士禛對詩歌中有無寄託極為重視。即使對他一再批評過的元稹、白居易，他有時對元白等人的某些作品批評甚嚴，但對其基本評價很高，原因即在此。他又曾說：「余最不喜今人作樂府，非謂樂府不可作，惡今人樂府無寄託也。凡有寄，即元、白、王，張，皆古樂府之苗裔也。」（《評問山集樂府》，轉引自惠棟《漁洋山人精華錄訓纂》）充分肯定元稹、白居易、張籍、王建等新樂府詩人為「古樂府之苗裔」（卷二），能繼承漢樂府真實反映社會現實的精神，「以鳴其一代之事」（卷一）。他因此認為李白、杜甫、白居易「皆卓然作者」（卷一），這是很正確的。

王士禛進而對古人優秀詩歌作總結說：「古詩之傳於後世者，大約有二：登臨之作，易為幽奇；懷古之作，易為悲壯。故高人達士，往往於此抒其懷抱而寄其無聊不平之思，此所以工而傳也。」（《虹友據青集序》，《蠶尾續文》卷二）認為古典詩歌的優秀傳世之作往往是有深遠寄託的，傳世之作應有懷抱和寄託，即有充實的思想、社會內容，且用「往往」兩字強調此乃帶有規律性的事實。當然，古代詩人所寄託的「無聊不平之思」並非全是健康向上的，因此寄託還要看具體內容，欷老嗟卑亦可以憤憤「不平」，漁洋於此語焉不詳。縱觀其全部詩論，可知他倡導的是積極向上、情緒健康的作品，而對悲觀、消極、頹唐之詩，每予嚴厲批評斥。如他批評劉禹錫「沉舟」、「病樹」等欷老嗟卑的牢騷語為不懂興象超詣，指斥杜荀鶴「時衰鬼弄人」、羅隱「今朝有酒今朝醉，明日愁來明日當」這類頹唐消極的詩句為「風雅之厄」。（《香祖筆記》卷二）批評杜甫《鄭駙馬宅宴洞中》：「此詩過苦，無甚趣味」。」然而他把杜甫描

寫艱難時世的詩篇推為此類題材的範例：「若道一種艱苦流離之狀，自然老杜。」（《帶經堂詩話》卷三十）。可見其「無聊不平之思」所包合的內容基本上是健康的。

結合士禛身世也可證實之。康熙四十三年，即士禛七十一歲那年，他以申告冤抑一案，失出罷官。兩年前，士禛即「自以年衰」，請求辭官，不得批准。故此時士禛本人並不申辯，認為「吾年已遲暮，今得返初服足矣」，掛冠而去。回鄉後，流連山水，整理舊作，雖也偶有「餘生醒鹿門，世路怯羊腸」（《濟北田家題壁》）這類對世事的感慨，但主調還是「十年始一到，白髮照清泚，鳧鷗喜我來，拍拍沙際起。」（《明日汎大明湖登水面歷下諸亭》）的樂觀情調。

寄託，興寄深微，這在我國古典詩文中早已成為一個傳統。除王士禛所舉的《詩經》和盛唐詩作外，這個傳統從屈原的香草類人，《史記》的微言大義，一直繼承到近代。晉代陶潛之詩，很多人皆認為其風格沖和、平淡，象徵著與世無爭的「隱士」平靜的心境，但也有一些人看到其中真諦。如龔自珍在《舟中讀陶》中說：「陶潛詩喜說荊軻，想見《停雲》發浩歌。吟到恩仇心事湧，江湖俠骨恐無多。」「陶潛酷似臥龍豪，萬古潯陽松菊高。其信詩人竟平淡，二分《梁父》一分《騷》。」魯迅則更明確指出：陶淵明「沒有慷慨激昂的表示，於是便博得『田園詩人』的名稱。但《陶集》裏有《述酒》一篇，是說當時政治的。這樣看來，可見他於世事也並沒有遺忘和冷淡，不過他的態度比嵇康阮籍自然得多，不至於招人注意罷了。」〔註6〕這就是陶潛的興寄深微。王士禛講傳世佳作「往往於此抒其懷抱而寄其無聊不平之思，此所以工而傳也，」指出好詩應有充實的內容，還用「往往」一詞強調此乃帶有規律性的事實。他這看法與司馬遷的「發憤著書」和韓愈的「不平則鳴」是有聯繫的。

王士禛推崇盛唐，認為盛唐的優秀詩歌是興寄深微的範例。我們知道，正當齊梁形式主義餘風嚴監影響初唐詩壇之時，第一個高舉詩風改草大旗的是陳子昂。陳子昂的《與東方左史虯修竹篇序》是對前朝頹微文風的嚴正聲討書。在此文中，他感慨萬分地說：「僕嘗暇時觀齊、梁間詩，采麗競繁，而興寄都絕，每以永歎。」他即認為齊梁綺靡之詩徒具華麗的外表，缺乏深刻的內容。「興寄都絕」是對齊梁詩歌嚴厲的批評。陳子昂倡導唐代詩歌革新運動，

〔註6〕 《而已集·魏晉風度及文章與藥及酒之關係》，《魯迅全集》第 3 卷，人民文學出版社，2005 年，第 538 頁。

他的言論和創作對盛唐影響極大。李白、杜甫及盛唐時的其他優秀詩人都繼續高舉陳子昂提出的「興寄」這面旗幟，重視作品的現實性和社會性，對後世影響很大、王士禎高度評價一般盛唐詩「興寄深微」，是有見地的。

「興寄深微」不僅是王士禎對古人的要求，也是他對己作的自許。他在《漁洋詩話》裏引別人對自己詩作的評價說：「張吏部公選先生題余《過江集》云：「筆墨之外，自具性情；登覽之餘，別深寄託。」他一再重複此言，並講此乃「知己之言也，」（《居易錄》卷七）「此語可與解人道。」（《香祖筆記》卷八）他對這個評價顯然是滿意的。王士禎的詩作是否做到「登覽之餘，別深寄託」，我們可別作討論，但由此可知王士禎論詩的宗旨，他要求作品應有所寄託，應做到興寄深微，詩歌應具有不盡之意的深廣內容。

從上所述，可見王士禎的神韻說，在一定程度上也堅持我國古代文學和文學理論中的代良傳統，重視文藝作品的思想性和社會性。當然仁為一個封定文人，王士禎也有很大的思想侷限，如他認為詩歌最重要的作用應表達忠君愛國的思想。他高度讚揚杜甫說：「獨是工部之詩，純以忠君愛國為氣骨。故形之篇章，感時紀亭，則人尊詩史之稱；冠古軼今，則人有大成之號。」（《師友詩傳錄》，《清詩話》）他雖也看到杜詩「感時紀事」，卻不能認識杜詩的好處在於揭露貧富矛盾、批判社會黑暗，同情人民苦難，內容異常豐富。但他在理論上仍維護詩歌要有充實的內容這個原則，肯定歷史上的這類作品，是對的。

從上所述，可見王士禎的詩論在一定程度上也重視文藝作品的思想性和社會性，因此不能簡單地斷定他是一個形式主義的詩論家。

興會神到、佇興而就和偶然欲書──對寫作過程中一些問題的探討

與詩歌內容上要求寄興深微相適應，王士禎探討了寫作過程中的一些問題，其中與興寄深微相聯繫的是興會神到等。他曾多次強調：「大抵古人詩畫只取興會神到。」（《池北偶談》卷三）「古人詩只取興會超妙。」（《漁洋詩話》，《清詩話》）經常談到「興會」一詞。

興會，最早的名稱是興，即賦比興中的興。六朝人稱興會，唐人稱意興，嚴羽稱興趣。

興的意思相當複雜。前人曾從不同的角度來解釋和發展。有的釋為見物起興，有的釋為由此物而引起歌詠彼物。鍾嶸解為：「文已盡而意有餘，興也。」（《詩品序》）皎然則認為：「取象曰比，取義曰興，義即象下之意。」（《詩式》）我國自《詩經》以來，興會一直極受詩人重視。《詩經》的優秀作品被很多唐代

詩人奉為典範。杜甫說:「別裁偽體親風雅。」(《戲為六絕句》)所謂「親風雅」,其中之一就是親《詩經》中興這個傳統。

盛唐詩人自王維到李白、杜甫,也常提到寫詩講究興會和意興。無怪嚴羽認為盛唐詩人「惟在興趣」。

盛唐詩人自己也常講寫詩講究興會,意興。李白高唱:「昨夜吳中雪,子猷高興發。」(《答王十二寒·夜獨酌有懷》)「俱懷逸興壯思飛,欲上青天攬明月。」(《宣州謝朓樓餞別校書權云》)唐李全白也說他:「善賦詩,才調逸邁,往往興會屬詞,恐古人之善詩者亦不逮。」(《故翰林學士李君碣記》)社甫豪邁地宣稱:「詩盡人間興,還須入海求。」(《西閣》)又說:「文章差底病,回首興滔滔。」(《赴青城縣寄陶王二少君》)「感激時將晚,蒼茫興有神。」(《上韋左相》)他甚至面對松樹吟道:「老夫平生好奇古,對此興與精靈聚。」(《題松樹障子歌》)李白杜甫,興致極濃,一個要上天,一個欲入海;王維的「興趣」也不亞於李杜:「興來每獨往,勝事空自知。行到水窮時,坐看雲起時。」(《終南別業》)盛唐三大詩人豈非「惟在興趣」、「只取興會神到」麼?

自然的山川風物,社會的滄桑變遷,人間的悲歡離合,觸動、激發了詩人的感情,引起詩人不能自己的強烈的創作衝動,這就是王士禛所講的興會神到。詩人感情奔放,託物寄興,抒發其高遠的懷抱,使讀者感到意趣橫生,意蘊深廣,這就達到了興寄深微。司馬光《溫公續詩話》中有一則說:「古人為詩,貴在意在言外,使人思而得之,故言之者無罪,聞之者足以戒也。近世詩人,惟杜子美最得詩人之體,如『國破山河在,城春草木深。感時花濺淚,恨別鳥驚心。』山河在,明無餘物矣;草木深,明無人矣;花鳥,平時可娛之物,見之而泣,聞之而悲,則時可知矣。他皆類此,不可遍舉。」託物起興,意在言外,而且興寄高遠,這就是杜甫《春望》此詩的「興寄深微」。司馬光這段言論即道出此詩的好處。

再像士禛的《秦淮雜詩》中的這一首:「潮落秦淮春復秋,其愁好作石城遊。年來愁與春潮滿,不信湖名尚莫愁。」前兩句懷古,後兩句傷今,巧妙地借用,莫愁女的典故和莫愁湖的景色抒發傷亂之感。石頭城眼前的荒涼破敗之景和心中的無限感慨之情相互交融,含蓄地用「莫愁」兩字隱隱透出,卻讓讀者自己細細體味,也具有類似的特點。

從以上兩例來看,興會神到是主客觀的結合。主觀上,詩人要有強烈而深切的感情,即對事物有強烈的愛憎和鮮明的是非感。客觀上,自然、社會、人

生向詩人提供的事物本身又足以啟發詩人某種規律性的認識。詩人因物生感，觸景生情，靈感驟至，興會淋漓。王士禎在《漁洋詩話》中引蕭子顯的話：「若乃登高目極，臨水送歸，風動春期，月明秋夜，早雁初鶯，開花落葉，有來斯應，每不能矣。」即多少寫出了興會神到的過程。

興會神到還涉及到靈感問題。他在上述引文後接著說：「王士源序孟浩然詩云：『每有製作，佇興而就。』餘生平服膺此言，故未嘗為人強作，亦不耐為和韻詩也。」「佇興而就」即認為詩人必須對此時、此事、此景有深切感受，而且鬱結已久，才得觸機而出，即所謂靈感來臨。對一個認真的詩人來說，是恥於「為賦新詩強做愁」的。

王士禎談到詩人創作衝動和靈感來臨時的情況：「南城陳伯璣允衡善論詩，昔在廣陵評予詩，譬之昔人云『偶然欲書』，此語最得詩文三昧。今人連篇累牘，率率應酬，皆非偶然欲書者也。」（《香祖筆記》卷三）他反對「率率應酬」，即為作詩而作詩，無詩意而勉強作無病呻吟之詩。「偶然欲書」是對興會神到和佇興而就說的補充。詩人有時在景、物、事的觸動之下，感情迸發，靈感驟至，寫出好詩。這個觸動的機緣，從作者本人的感覺上說，往往帶有很大偶然性，因為這個觸機不期而至，何時碰到，無法逆料。關於「偶然欲書」，王士禎一派的詩友張實居補充漁洋詩論，曾生動地描繪說：「當其觸物興懷，情來神會，機括躍如，如兔起鶻落，稍縱則逝矣。有先一刻後一刻不能之妙。」（《師友詩傳錄》）但從實質上講，這個偶然是建築在必然之上的。詩人必須有堅實的生活基礎，豐富的思想感情，長期的摸索追求和純熟的寫作技巧，而這一切的獲得顯然並非出於偶然。這種必然和偶然的關係，實際上就是「長期積累，偶然得之」的過程。

王士禎提出偶然欲書，強調的還是寫作態度上的自然、真誠，要有感而發，反對矯揉造作和無病呻吟，並非漠視「長期積累」這個過程。

但是王士禎講偶然欲書、興會神到，過去曾引起不少人的誤解，並被批為虛無縹緲，是在宣傳唯心主義的不可知論等等。尤其因為他還說過：「越處女與句踐論劍術曰：妾非受於人也，而忽自有之。司馬相賦曰：賦家之心，得之於內，不可得而傳。詩家妙諦，無過此數語。」（《香祖筆記》卷九）郭紹虞《中國文學批評史》等常將此言和他的「佇興而就」「偶然欲書」等觀點聯繫起來，指責他鼓吹天才論，反對實踐等等。實際上這是一種誤解。王士禎引越處女言「非受於人」並不等於說受之於天。越處女的意思是說，她的劍術不是從別人

處學來的，而是靠自己獨立鍛鍊、思考揣摩、總結而得。也即「得之於內，不可得而傳」。經過長期探索、磨煉和實踐，終於一朝豁然貫通，故曰「忽然有之」。一個人鑽研學問、練習技藝，從事創作，總要經過兩個階段。其初級階段需要向師長、向別人學習。而其高級階段即創造階段則必須自己獨立思考，艱苦探索，最後他也許就能到達得心應手超出前人的地步。王士禎的論述主要側重創造階段。王士禎論詩非常強調獨創。這裡既有長期積累，偶然得之的意思；又有反對矯揉造作、無病呻吟，強調自然、真誠、有感而發；更有提倡獨立思考、艱苦探索，強調獨創的深義。

王士禎論詩非常強調獨創，主張寫詩要「深造自得」(《香祖筆記》卷九；又見《跋白石道人集》,《蠶尾文續》卷十九)，「自闢門庭」(《七言詩凡例》,《漁洋文集》卷十四)，「自成一家」(同上)。指出「吾輩作詩文，最忌稗販」。(卷三) 反對「汝口不用，反記吾語。」(《居易錄》卷三) 一個有出息的作家、詩人，在學習前人的基礎上，必須面對自己的時代、自己的社會、自己親臨的自然山水，長年累月地獨立觀察、細心體驗和反覆思考，才能在水到渠成時「忽自有」獨特的體會和感受，寫出有獨創性的詩文來。司馬相如的話也是一個創作家的甘苦之言。其基本意思與越處女的話相同。魯迅不贊成「小說做法」之類的書，也是這個道理。寫作成功的因素很複雜，其精微之處，親如父子兄弟也很難相傳，這已為文學史上很多事實所證明，不能說王士禎這段話是在宣傳唯心主義的不可知論。

實際上王士禎對一個作家需要長期的艱苦的學習、實踐和鍛鍊的過程，認識很明確，論述也很清楚。他說過：「予每覽前代學問源流之故，如徐士秀、蘇昌容父子並以文采著聞當世，後先輝映，以為美談，竊怪天之生才萃於一門，而不知其精討錙銖，覆量尺寸，門庭以內薰陶融液以成其材，非偶然者也。」(《野香亭集序》、《蠶尾文集》卷一) 可見王士禎認為一個人即使富有家學，得成材亦並非偶然。其強調後天學習之意極明。他又說過：「士君子平居讀書，必明於古昔治亂得失之故，人才賢否之辨，世運所降之由，然後發於文章，施於政率，莫不沛然而有餘，犁然而不惑。猶以為不足也，則又必憑軾萬里，歷觀治帝王聖賢將相之遺跡，自通都大邑，名山巨川，以遺叢祠荒冢、金石斷闕之文。所至憑弔其風流，考訂其是非，以抒其氣而證其所學，乃可以上下千古而無憾焉。」(《覽古詩集序》,《漁洋文集》卷三) 這段話不僅包含了自司馬遷以來文學家所重視的「讀萬卷書，行萬里路」之意，還明確提出讀書、行路的具體要

求：關心社會，瞭解歷史、研究政治得失和時代變化，重視實地考察和調查研究，強調獨立思考，將書本與考察結合起來，做到博古通今，以利於進行文學創作或參與政治。王士禎這裡比較具體地談了他對詩人後天修養的要求。

文學家的先天條件有兩個：一是他本人的天賦，二是他的家庭條件。王士禎認為作家必須讀萬卷書，而且如要將書讀活，又必須行萬里路，作實際考察。他並沒有鼓吹專靠天才，也沒有宣揚不可知論。

他又曾一再說：作詩「苦思自不可少」(《師友詩傳續錄》，《清詩話》)，「為詩須要多讀書，以養其氣；多歷名山大川，以擴其眼界；宜多親名師益友，以充其見識。」(《燃燈見聞》，《清詩話》) 又說：「詩未有不能達而能工者，故唯達者能工。達也者，『讀書破萬卷，下筆如有神』，則無不達矣；工也者，陸士衡有云：『罄澄心以凝思，眇萬慮而為言。』『叩寂寞而求音，或含毫而邈然。』則無不工矣。」(《師友詩傳錄》，《清詩話》) 他把「苦思」作為「偶然欲書」的前提，用杜甫和陸機的名言闡釋了苦思的過程。杜甫講的是借鑒前人，磨煉筆頭。陸機則描繪詩人舒展想像、錘鍊語言，進行形象思維的艱苦過程。可見要做到興會神到，佇興而求，偶然欲書，極不容易，要踏破鐵鞋，眾裏尋他千百度，才能忽然在燈火闌珊處找到合意的目標。

他還進一步闡釋：「司空表聖云：『不著一字，盡得風流。』此性情之說也；揚子云：『讀千賦則能賦』。此學問之說也。二者相輔而行，不可偏廢。若無性情而侈言學問，則昔人有譏點鬼薄、獺祭魚者矣。學了深，始能見性情，此一語是造微破的之論。」(同上)「夫詩之道，有根柢子，有興會焉，二者率不可得兼。鏡中之象，水中之月，相中之色；羚羊圭角，無跡可求，此興會也。本之風雅，以導其源；泝之楚騷、漢、魏樂奇，以達其流；博之九經、三史、諸子以窮其變；此根柢也。根柢原於學問，興會發於性情，於斯二者兼之，又幹以風骨，潤以丹青，諧以金石，故能銜華佩實，大放厥詞，自名一家。」(《突星閣詩集序》，《漁洋文集》卷三)

他把興會 (即性情) 和學問 (即根柢) 統一起來，認為「二者相輔而行，不可偏廢」，必須「於斯二者兼之」。他又認為「二者率不可得兼」，不通過巨大努力，不能得到。只有興會、根柢兩者不可偏廢，必須得兼，且唯有通過巨大努力才能得兼。還要再加上其他種種因素，如遒勁的風骨，豐富的色彩，和諧的音調，才能寫出有內容，有美感的好詩，自成一家。興會和根極，性情和學問，是辯證的統證的統一。

　　由此可見，他對興會和根柢，性情和學問的看法是全面的。王士禎這裡講的「學問」指的就是鑽研前人作品，學習前人的創作方法。嚴羽講過：「夫詩有別材，非關書也；詩有別趣，非關理也。而古人未嘗不讀書、不窮理。」（《滄浪詩話》）王士禎的看法與嚴羽相同，但他更清楚地指出多讀前人著作是為了學會藝術技巧、寫作技巧，如果本事學不到手，就無法吟詠自己的情性；而只片面強調學習前人，沒有自己的性情，也談不上文學創作。總之，根柢與學問也包含著要求詩人學習前人的藝術技巧，學到前人精華，熟練掌握擁有豐富有力的表達手段，只有如此，才能興與意會，於稍縱即逝之際，抓住作詩的靈感和良機，寫出體會深切、富於性情的佳作。

　　掌握寫作技巧，是與興會神到有密切聯繫的重要問題。熟練掌提寫作技巧是佇興而就、偶然欲書的重要前提和保證之一。他說：「坡翁稱錢唐程奕筆云：『使人作字不知有筆。』此語亦有妙理。」（《香祖筆記》卷三）又說：「《僧寶傳》：石門聰禪師謂達觀曇穎禪師曰：此事如人學書，點畫可效者工，否者拙。何以故？未忘法耳。如有法執，故自為斷續。當筆忘手，手忘心，乃可。此道人語，亦吾輩作詩文真訣。」（《居易錄》卷三）只有象書法家用筆熟到「作字不知有筆」，「當筆忘手，手忘心」一樣地純熟運用寫作技巧才能寫詩時忘了詩法，甚至隨著自己的思路信筆而就。德國著名詩人約翰納斯・羅・貝希爾在《詩歌的力量》一書中說過這樣的話：「必須掌握技巧，以便能自由處理材料，並且在「造作入迷」的時刻不會因遇到技巧上的障礙西難住。形式應該精通到夢中都能運用的程度。」〔註7〕也探索到這個寫作過程中遇到的問題。

　　綜上所述，王士禎用比較辯證的觀點探討了寫作過程中的一些具體問題，並未宣傳唯天才和不可知論，而是創作實踐的理論總結。他認為優秀的詩歌（包括其他藝術作品）大都是興會神到、佇興而就、偶然欲書的產物，也即是作家在境與意會、物與情諧時，在有靈感、有感觸，有強烈創作欲望時所創造出來的，也是在平時刻苦學習前人經驗；熟練掌握藝術技巧，在掌握形象思維規律、藝術規律方面達到心領神會和遊刃有餘的基礎上才能達到的。王士禎針對明代有些人摹古剽古的詩風，浩意強調獨立摸索、獨立創造的精神；針對當時為寫詩而寫詩的無病呻吟之作、應酬無聊之作泛濫的頹風，著意強調興會神到、佇興而就和偶然欲書。這不僅在當時有現實意義，而且由於他的論述在一

〔註7〕〔德〕約翰納斯・羅・貝希爾《詩歌的力量》，轉引自〔蘇聯〕霍道洛夫《戲劇結構》。

定程度上揭示了寫作過程中帶有規律性的東西，具有一定的理論意義，對當代創作也有所啟示，值得我們重視和借鑒。

推重平淡沖和等詩風，但又主張兼收並蓄──寬廣公允的評詩眼光

王士禛推崇盛唐，推重平淡沖和的風格，愛好王孟一派的詩歌。他說：「昔司空表聖作《詩品》凡二十四，有謂沖淡者曰：『遇之匪深，即之愈稀；』有謂自然者曰：『俯拾即是，不取諸鄰；』清奇者曰：『神出古異，淡不可收。』是三者品之最上。」（《帶經堂詩集序》卷六十五）於是他同時代的晚輩趙執信，稍後的袁枚等人以至當代學者大多認為他只重平淡沖和之詩，偏愛王孟一派，甚至不少論者嚴厲批評他揄揚王孟一派逃避現實的山水詩人，貶低和攻擊杜甫、白居易等現實主義詩人。這就需要解決這麼幾個問題：王士禛喜歡王孟一派山水詩人，是否應該批評？他是否反對現實主義詩歌？他有否貶低和攻擊杜甫、白居易？

王維、孟浩然的田園山水詩清新優美，一向得到高度評價。如杜甫稱頌王維說：「不見高人王右丞，藍田丘壑蔓寒藤。最傳秀句寰區滿，未絕風流相國能。」讚美孟浩然說：「復憶襄陽孟浩然，清詩句句盡堪傳。」但近三十年文學界有一種觀點簡單地以「歌頌」和「暴露」劃線，以此來褒貶古人，以為王孟諸人。山水田園諸詩沒有暴露封建社會黑暗，因而大受指責。王士禛既推重具有平淡沖和風格的王孟諸人，喜歡含蓄、自然的山水詩，當然也屢受批評。

我認為古人中的確有些人以徜徉山水或歸隱田園來逃避醜惡的現實。他們面對黑暗的現實，不敢直言揭露和鬥爭，固然不及杜甫、白居易。但他們不願與醜惡勢力同流合污，應該說消極態度中也有一點可取的東西，不可全盤抹煞。同時，這些詩人面對廣闊無垠的牢宙，陶醉於大自然博大的胸懷之中，心折於祖國的山水之美，如果的確寫出了優美動人的詩章，那麼，它們具有的很高的審美價值，難道就不值得我們肯定？

中國古代詩歌的內容原本豐富多彩，無論在社會政治、人性愛情或山水田園方面都有大量的優秀作品產生。即以山水詩來說，我國的山水詩產生於晉代，到唐代已臻高度成熟。王士禛曾論述山水詩的發展說：「詩三百五篇，於興觀群怨之旨，於逮鳥獸草木之名，無弗備矣。獨無刻畫山水者，間亦有之，亦不過數篇。篇不過數語，如『漢之廣矣』，『終南何有』之類而止。漢魏間詩人之作，亦與山水了不相及。迨元嘉間，謝康樂出，始初為刻畫山水之

詞，務窮幽極渺。抉山轂水泉之情狀，昔人所云『莊老告退，而山水方滋』者也。宋齊以下，率以康樂為宗，至唐王摩詰、孟浩然、杜子美、韓退之、皮日休、陸龜蒙之流，正變互出，而山水之奇怪靈閟，刻露殆盡；若其濫觴於康樂，則一而已矣。」（《雙江倡和集序》，《漁洋文集》卷二）對山水詩產生、發展和繁榮的線索作了簡要的勾勒。他又總結說：「遠觀六季三唐作者，篇什之類，大約得江山之助，與田園之趣者。什居六七。」（《東諸詩序》，《漁洋文集》卷二）「江山之助」之說。劉勰《文心雕龍》即已提出，後來歷代詩人和詩論家也津津樂道，它已成為中國古典詩歌的一大民族特色。壯麗秀美的相國河山，引無數詩人競折腰。詩人不僅用殷勤的彩筆描繪出許多如畫的美景，甚至「化景物為情思」（范晞文《對床夜語》），他們的雄心壯志、秀氣靈襟、悲歡離合也和名川大河、崇山峻嶺、水光山色融合在一起，寫出情景交融，連圖畫也難以表達的境界。王士禎因此說：「從來仁智曠達之士，莫不寄託山水以抒寫其志。」這句話包含有兩層意思。一是山水田園詩原不是山水田園詩人的獨擅之長，李白、杜甫、蘇軾、陸游等一切有成就的詩人無不有山水題材的佳作；二是思想深刻、感情豐富的詩人無不借山水以寄託自己的懷抱。他的這種看法是符合中國詩歌發展史的實際情況的。

　　與中國相比，西方的山水詩的出現和成熟都要晚得多。普列漢諾夫就曾引泰納的觀點，運用對立的原理說明十七世紀的法國人不喜歡荒野景色的原因。〔註8〕他又說：「同樣地，對於十七世紀以至十八世紀的美術家，風景也沒有獨立的意義。在十九世紀，情況急劇地改變了。人們開始為風景而珍視風景，年輕的畫家——傅勒爾·卡巴、喬多爾、盧梭——在自然界的懷抱裏，在巴黎的近郊，在封藤布羅（現通譯作楓丹白露）和美隆，尋找勒布倫和布謝時代的美術家們根本不可能想到的靈感」。〔註9〕西方詩壇的情況和畫壇進不多。西方在十九世紀以前很少有詩人接觸山水題材。田園詩在古希臘又稱牧歌改，雖在紀無前三世紀就已產生，但在後來約一個很長時期中也很少有作品，直到十九世紀才與山水詩一起興起。因此美不勝收、蔚為大觀的我國山水田園詩，是我國古典文學中值得自豪和珍視的光輝遺產之一。王士禎珍愛山水田園詩，並認真總結其創作規律和經驗，也應給予適當評價。

　　平淡的詩風並非山水詩所獨具。應該說不少優秀詩歌都有平淡這個特

〔註 8〕 〔俄〕普列漢諾夫《論藝術——沒有地址的信》，三聯書店，1964 年，第 27 頁。
〔註 9〕 〔俄〕普列漢諾夫《論藝術——沒有地址的信》，第 29 頁。

點，因為成熟的詩人大都像蘇軾所講的「絢爛之極歸於平淡」，有意地追求平淡。蘇軾曾說過：「大凡作文，當使氣象崢嶸，五色絢爛，漸老漸熟，乃造平淡」，周紫芝評曰：「余以為不但為文，作詩者尤當取法於此」。（《竹坡詩話》）王士禎的看法與蘇、周相同，他說：「為詩先從風致入手，久之要造平淡」。（《燃燈記聞》，《清詩話》）除此以外，詩人的整個風格屬於平淡，也並不影響他較為深刻地寫出有現實意義的詩歌。像關心民生疾苦，批評黑暗現實的著名詩人梅堯臣，他的風格即以平淡著稱。王士禎對梅堯臣也非常推重，他評論說：「宋梅聖俞初變西崑之體」。（《池北偶談》，《帶經堂詩話》卷一）「予嘗唐末五代詩人之作。卑下嵬瑣，不復自振，非惟無開元、元和作者豪放之格，至神韻興象之妙，以視陳隋之季，蓋百不及一焉。宋興，沿楊劉之習者尚數十年，而歐梅始出。永叔評聖俞詩，清麗閒肆，涵演深遠，推尊之如古人，可謂至矣。」（《梅氏詩略序》，《蠶尾文集》卷一）梅堯臣針對西崑體內容空洞，詩風靡麗，寫詩很致力於反映社會矛盾，風格上力求平淡沖和，在寫作技巧上講究細緻、深入、含蓄，認為寫詩「必能狀難寫之景，如在目前，含不盡之意，見於言外，然後為止」。（《六一詩話》）梅堯臣的論詩之旨與士禎有相仿之處。王士禎看到梅詩的產生與時代的關係，讚賞梅詩的藝術風格和所取得的成就，肯定他改革宋初不良詩風的歷史性功績。士禎感慨自己所處的時代與宋切又有點相像了：「又幾百年，風會遞遷，淫哇雜作，聖俞之詩，譬如雅琴古淡，不諧裏耳」。並一往情深地希望：「聖俞遠矣，而其流風餘韻，猶彷彿遇之於高山流水之間……」（同上）

從王士禎高度評價梅堯臣詩來看，他在推重平淡、含蓄詩風時，並不專愛王孟。再從前面談到他重視前人詩歌內容的現實性和社會性，他對杜甫、白居易詩歌內容的評論來看，他也並不是只愛王孟，作為一個公正的詩論家，他對杜、白現實主義詩歌的評價極高或者很高。他在這方面的言論是很多的。如他讚頌杜甫「以雄詞直寫時事，以創格而抒鴻文，而新體立焉。」（《池北偶談》卷一）他雖然愛好平淡、含蓄的王孟一派詩人，卻能把他們放在適當的位置上。他說：「許彥周云：「東坡詩如長江大河，飄沙卷沫，枯槎束薪，蘭舟繡鷁，皆隨流矣。珍泉幽磵，澂澤靈沼，可愛可喜，無一點塵滓，只是體不似江河耳」。余謂由上所云，唯杜子美與子瞻足以當之。由後所云，則宣城、水部、右丞、襄陽、蘇州諸公皆是也。大家、名家之別在此」。（《古夫于亭雜錄》，同上）「他把長江大河式的杜甫、蘇軾稱為大家，把珍泉曲磵式的王、孟、韋諸山水詩人稱為名家，把前者置於後者之上。」士禎這段話公允明達，他喜愛王孟一派詩人

卻並未把他們放到最高的位置上去。

　　說王士禛反對現實主義詩歌，貶低和攻出杜甫、白居易，也缺乏根據。本文在論述他重視詩歌的思想內容時已引了不少他的言論。如他認為杜詩「感時紀事，則人尊詩史之稱」，贊插元、白的新樂府，高度評價元結、梅堯臣反映現實的詩歌，認為優秀的傳世之作都寄託作者「「無聊不平之思」等等。這些言論有力說明王士禛並不反對反映現實的詩歌，而是在一定程度上也承認詩歌是反映現實（當然他自己做得很不夠，但這是另一回事）；從現有的材料來看，他並沒有貶低杜甫、元白，而是讚賞他們的，尤其對杜甫，他的評價極高。評論者批評王士禛貶低杜甫、白居易，根據的是趙執信《談龍錄》中的一段話：

　　　　劉賓客詩云：「沉舟側畔千帆過，病樹前頭萬木春」。有道之言也。白博極推之。余嘗舉似阮翁，答曰：「我所不解。」阮翁酷不喜少陵，特不敢顯攻之，每舉楊大年村夫子之目以語客。又薄樂天而深惡羅昭諫。余謂昭諫無論已，樂天《秦中吟》《新樂府》而可薄，是絕《小雅》也。

又李重華《貞一齋詩說》有一條：

　　　　近見阮亭批抹杜集，知今人去古，分量大是縣絕。有多少矮人觀場處，乃正昌黎所稱不自量也。

另又據翁方綱《七言詩三昧舉隅‧丹青引條》中的一段話：

　　　　漁洋選《唐賢三昧集》，不錄李、杜，……先生於唐獨推右丞、少伯以下諸家得三昧之旨。蓋專以沖和淡遠為主，不欲以雄鷙奧博為宗。

　　以上數條實際並沒有提供出王士禛曾攻擊、貶低杜甫的有力根據。間接材料畢竟不如他自己多次明白寫出的觀點可靠。還有，即使他真曾說過杜甫是「村夫子」，也要做具體分析。他是指杜的某一點還是整體？杜甫是偉大的現實主義詩人，值得後人敬仰和學習。但杜甫畢竟也是一個封建文人，他也寫過一些庸俗詩作。因且他的詩也不可能毫無缺點。不能一批評杜甫的不足之處，就講這是攻擊、貶低甚至全盤否定他。如前所述，王士禛對杜甫的基本評價是非常高的。針對趙執信的言論，他在《香祖筆記》中批評高棟的《唐詩品匯》「獨七言古詩以李太白為正宗，杜子美為大家，王摩詰、高達夫、李東川為名家，則非。是三家者，皆當為正宗，李杜均之為大家，岑嘉州而下為名家，則確然不可易矣。」（《帶經堂詩話》卷一）與這段言論相參看，如他把大家放

在正宗之上。且大家與正宗等區分，有時以體裁而定，並非都以之作為詩人的總的評價。因此，有的同志認為他以王維為正宗，抬得比李杜高，是誤解了。岑、李詩雄健激昂，他也把他們作為正宗，此點值得我們注意。

李重華指責他「批抹杜集」，張宗柟在編集《帶經堂詩話》時，專列一卷「評杜類」披露漁洋現存的評杜文字。從其評語看，雖多偏重於藝術性，評價也非全部中肯，但從整體看，他對杜甫是公正的。杜甫雖是大家，作品中亦有不足之處，王士禎之前就已有人評論過。王也敢於直言指出，這種認真對待前賢的態度並沒有什麼不對。如他評論《八哀詩》：「《八哀詩》本非集中高作，世多聲稱之不敢議者，皆揣骨聽聲者耳。其中累句，須痛刊之方善。」《山寨》：「老杜頻用樹羽牢，皆未妥」。《偶題》：「此篇前半氣勢甚雄，惜後半多滯語」。何況王士禎批語中許多是讚揚的。如評《畫鷹》：「西樵云：命意精警，句句不脫畫字。」《麗人行》：「（結處）意在言外，《三百篇》之致也。」《漢陂行》：「（結處）本漢武《秋風辭》，妙在絕不相似，古人之善摹如此」。《哀王孫》：「此等自是老杜獨絕。他人一字不敢道矣。」《哀江頭》：「……筆力高不可攀。」可見他對杜詩不過是褒中有貶，貶得是否銖兩悉稱，可以商榷。但他並非有意貶低攻擊則很明白。唐代白居易儘管高度評價杜甫。然而他認為杜詩中如「三吏」之類的優秀之作，「亦不過三四十首。」難道這也是在攻擊杜甫麼？

王士禎對元白等人的確有些批評。元稹、白居易等人的詩歌，確有很高成就，但有的詩歌詩意不足，過分直露；有的詩歌氣格不高。未免庸俗，王士禎批評其「於盛唐諸家興象超詣之妙，全未夢見」，又引司空圖語譏評說：「元白力勍氣孱，乃都市豪估耳。」（《池北偶談》卷二）措辭過於嚴厲，但不是毫未看準其弱點的。王士禎曾分析說：「元白二集，瑕瑜錯陳，持擇須慎。初學人尤不可觀之。白古詩，晚歲重複什而七八。絕句作眼前景語往往入妙，如「上得籃輿未能去，春風敷水店門前。」「可憐八月初三夜，露似珍珠月如弓」之類，似出率易，而風趣復非雕琢可及。」（《香祖筆記》、《蠶尾續文》卷二）一分為二，態度還是比較明達的。王士禎說：「樂天作《劉白倡和集解》，獨舉夢得「雪裏高山頭白早，海上仙果子生遲」，「沉舟側畔千帆過，病樹前頭萬木春」，以為神妙，且云：『此等語，在在處處有靈物護之。』殊不可曉。」並即以此作為「元白於盛唐諸家興象超詣之妙全未夢見」（《池北偶談》卷二）的例證，引起批評最多。人們認為「沉舟」兩句形容新生力量不可戰勝，腐朽勢力必然敗亡，給人們以力量，具有強烈的戰鬥氣息。可是我們仔細研究劉禹錫的全詩許，便能發

現結論剛好相反。詩中劉禹錫在感歎自己「巴山楚水淒涼地，二十三年棄置身」，年華漸老，仕途仍一蹶不振，看到別人在政治上欣欣向榮，於是自比「病樹」、「沉舟」，黯結神傷，心中充滿了無限的不滿和淒涼。此時的劉禹錫和高唱「前度劉郎又重來」時那個個英姿勃勃，年輕有為，歷遭挫折而又堅貞不屈的劉禹錫已大非昔比了。他已陷入一般封建文人在這種境遇下很易產生的消極頹唐狀態。「雪裏高山」一聯之意與「沉舟」兩句一樣是消極的牢騷語。白居易早年和劉禹錫一樣頗思有所作為，坎坷不平的遭遇也有類似之處，到了晚年同樣壯志全消、頹唐消極起來，故而讀了這兩聯也不禁感慨繫之，產生深深的共鳴。而這與王士禎當時提倡向上的生活情趣，將託清新健康的思想內容的論詩宗旨卻格格不入，無怪要引起他的批評了。

縱觀王士禎的全部言論，不僅對李白、杜甫，他對卓有成就的豪放雄健一派詩人的評價大都很高。他曾帶著無限向住和崇敬的心情談到：「「每思高、岑、杜輩同登慈恩塔，高、李、杜輩同登吹臺，一時大敵，旗鼓相當，恨不廁身其間，為執鞭弭之役。」（《池北偶談》卷二）對宋代豪放派大詩人蘇軾，他一再讚美說：「東坡千古一人而已。」（同上，卷二十九）

「東坡詩筆妙天下，外國皆知仰之。」（《香祖筆記》卷二）而批評胡應麟說：「胡元瑞論歌行，自李、杜、高、岑、王、李而下，頗知留眼宋人，然於蘇黃妙處，尚未窺見堂奧。」（《分甘餘話》，同上）「胡應麟病蘇黃古詩不為《十九首》、建安體，是欲紲天馬之足作轅下駒也。」（同上）王士禎也很讚賞陸游：「朱文公與徐絍載書云：放翁詩，讀之爽然，近代唯見此人有詩人風致。如此篇，初不見見著意用力處，而語意超然，自是不凡，令人三歎不能已，近報又已去國，不知所坐何事，恐只是不合做此好詩，罰令不得做好官也。文公於詩頗邃，故能識放翁佳處。洛陽劉文靖公謂李杜只是酒徒，真孟浪語。」（《池北偶談》卷一）又說：「務觀閒適，寫村林、茅舍、農田、耕魚、花石、琴酒事，每逐月日記寒暑，讀其詩如讀其年譜也；然中間勃勃有生氣，中原未定，夢寐思建功業，其真樸處多，雕鏤處少。」（《蠶尾文》，同上）他能看到李、杜、蘇、陸諸人詩中勃勃有生氣的豪邁之情，並給予充分肯定。漁洋反對劉文靖式的評論，就因為他只看到他們次要的一面。其實對李、杜、陸等詩人的「閒適」詩，我們也要一分為二地看，此類計中有些作品反映了樂觀向上的生活情趣，具有較高審美價值，也不能一律看作是消極的東西，持完全否定的態度。

王士禎說：「盛唐如杜子美之《新婚》《無家》諸別，《潼關》《石壕》諸吏，

李太白之《遠別離》《蜀道難》，則樂府之變也。中唐如韓退之直溯兩周；白居易、元稹、張籍、王建創為新樂府，亦復自成一體。若元楊維楨、明李東陽各為新樂府，古意浸遠，然結皆不相蹈襲。」（《師友詩傳續錄》，《清詩話》）他既對杜甫「三吏三別」和元白張王的新樂府都持有肯定、贊暢的態度，怎麼可以指責他貶低低、反對杜甫、元白，貶低、反對現實主義詩歌呢？趙執信與李重華都未能向我們提供確鑿證據，翁方綱所謂「蓋先生之意，有難以語人者」云云，則更屬揣測之詞了。

王士禎論詩的眼光比較寬廣，不僅表現在他在愛好沖淡、含蓄詩歌的同時也正確對待豪放、激昂的詩歌，而且還表現在他不僅推崇盛唐詩歌，也能正確評價別個時代的詩歌。如他引王世貞的話：「七言絕，盛唐主氣，氣完而意不甚工。中晚唐主客，意工而氣不甚完。然各有至者，未可以時代優劣也。」並評論說：「此論甚確。」（《萬首絕句凡例》卷四）王世貞對盛唐和中晚唐七言絕句的評價是否正確，當然可討論。他看到盛唐不少絕句雄渾壯美、氣勢充沛，和中晚唐刻意求工者有很大不同，抓住了兩者的主要區別，他認為「然各有至者，未可以時代優劣」，是正確的。盛唐和中晚唐詩歌，成就雖有大小之分，但各有特色，各有獨到之處。他說「晚唐如溫、李、皮、陸、杜牧、馬戴亦未易及。」（同上，卷二十九）有人問他，學詩應「學盛唐乎？學中唐乎？」他答：「此無論『初』『盛』『中』『晚』也。『初』『盛』有『初』『盛』之真精神真面目，『中』『晚』有『中』『晚』之真精神真面目，學者從其性之所近，伐毛洗髓，務得其神，而不襲其貌，則無論『初』『盛』『中』『晚』，皆可名家。」（《燃燈記聞》，《清詩話》）又如他說過這麼一段有名的話：「……故嘗著論以為唐有詩，不必建安、黃初也；元和以後有詩，不必神龍、開元也；北宋有詩，不必李、杜、高、岑也。二十年來，海內賢知之流，矯枉過正，或乃欲祖宋而祧唐，至於漢、魏樂府、古選之遺音，蕩然無復存者，江河日下，滔滔不返。有識者懼焉。」（《鬲津草堂詩集序》卷三十五）反對宗派門戶之見，主張兼收並蓄，盡取前人之長。由此可見他的神韻說研究的內容並未侷限於王孟一派沖和淡遠的單種風格，面是廣取各種風格不同的、藝術成就各異的詩歌，作為自己審美、觀照的對象，從中汲取創作經驗的。

即使對一般正統封建文人所輕視和鄙視的戲曲，他也能正確所待：「李太白謂五言為四言之靡，七言又其靡也。至於詞曲，又靡之靡者。詞如少游、易安，固是本色當行，而東坡、稼軒直以太史公筆力為詞，可謂振奇矣。元

曲之本色當行者不必論：近如徐文長《漁陽三弄》《木蘭從軍》，沈君庸之《霸亭秋》，梅邨先生之《通天台》，尤悔庵之《黑白衛》《李白登科》，激昂慷慨，可使風雲變色，自是天地間一種至文，不敢以小道目之。」（《古夫于亭雜錄》卷二十八）

更難能可貴的是，王士禛對歷代民歌如《國風》、漢樂府、唐代的《竹枝詞》評價也很高。如他說「樂府別是聲調，體裁與古詩迥別，然漢人《廬江小吏》《羽林郎》《陌上》之類，敘事措語之妙，愛不能割。」（《五言詩凡例》，《漁洋文集》卷十四）他還熱情讚揚詩人學習民歌，寫清新自然的擬民歌體詩歌。他認為民間詩歌感情真摯，多本色語。「昔人謂《竹枝》歌詞雖鄙俚。尚有三緯遺意。山谷聞人歌劉夢得《竹技》，歎曰：『此奔軼絕塵，不可追也。』夢得後工於此體者無如楊廉夫、虞伯生。他如『黃土作牆茅蓋屋，庭前一樹紫荊花』。『黃魚上得青松樹，阿儂始是棄郎時』等句，皆入妙。近見彭羡門（孫遹）《寄南竹枝》深得古意。詩云：『木柳花上鵁鶄啼，木棉花下牽郎衣；欲行未行不忍別，落紅沒盡郎馬啼。』『姜家溪口小回塘，茅屋藤扉蠣粉牆；記取榕陰最深處，閒時來過喫檳榔。』『半年水宿半山居，冬採香根夏采珠；珠老須從蚌中見，香燒還仗博山鑪。』又山陰徐緘《竹枝》云：『句踐城南春水生，水中鬥鴨自呼名；伯勞飛遲燕飛疾，郎入城時儂出城。』亦本色語也。」（《池北偶談》卷一）「上面所引擬民歌體詩歌，有不少詩句用樸素本色的語言、清新自然的筆調表達了勞動人民真摯、深沉而健康的愛情，王士禛給予熱情的贊許，又一次說明他評詩跟光的寬廣，識見有高出別人一頭處。封建時代的詩論家往往鄙視民歌，尤其憎惡大膽反映受情生活的民歌，頑固堅守封建道德。高明象葉燮的《原詩》，對民歌即未置一詞，很不重視。王夫之則公開鄙薄和貶低民歌，特別是情歌，譏之為「里巷淫哇」，「下劣文字」。王士禛這種識見，難能可貴。

詩畫一律和詩禪一致

一首真實而細緻的詩，特別是山水田園詩，人們常用如畫一語來評論它；一幅優美動人的好畫，人們常用富於詩意一語來讚揚它。好的詩和好的畫往往是詩情和畫意的結合，說明詩歌和繪畫這兩門藝術，的確有相通之處，因此文藝理論家每有「詩畫一律」之說。宋代已有人將詩畫理論溝通起來，如北宋歐陽修已看出詩畫的共同之處，說：「古畫畫意不畫形，梅詩詠物無隱情。忘形釋意知者寡，不若見詩如見畫。」（《盤車然》）到蘇軾第一個正式指出：「詩畫本

一律，天工與清新。」(《書鄢陵王主簿所畫竹枝》)他評論王維的「詩中有畫」，「畫中有詩」，(《書摩詰藍田煙雨圖》)這句話已成為千古名言。

王士禛繼承蘇軾的現點，非常重視「詩畫一律」，並作了多方分析和論述。如說：「昔人稱王右丞詩中有畫，畫中有詩。詩與畫二者不相謀而其致一也。……予嘗聞荊浩論山水而悟詩家三昧矣。其言曰；『遠人無目，遠水無波，遠山無皴。』又王楙《野客叢書》有云：『太史公如郭忠恕畫，天外數峰，略有筆墨，意在筆墨之外。』詩文之道，大抵皆然。友聲，深於畫者，固宜四聲之妙，味在酸鹹之外也，其更以前二說參之，而得吾所謂三昧者，以直臻詩家之上乘，夙世詞客，當不令輞川獨有千古矣。」(《跋門人程友聲近詩卷後》，《蠶尾續文》卷二十)王士禛在這裡將南宗畫的理論引入文論中，認為詩文之道大抵皆然。他又說：「《新唐史》如近日許道寧輩畫山水，是真畫也。《史記》如郭忠恕畫天外數峰，略有筆墨，然而使人見而必心服者，在筆墨之外也。右王楙《野客叢書》中語，得詩文三昧，司空表聖所謂『不著一字，盡得風流』者也。」(《香祖筆記》卷三)「或問『不著一字盡得風流』之說，答曰：太白詩『牛渚西江衣，青天無片雲，登高望秋月，空憶謝將軍。余亦能高詠，斯人不可聞。明朝掛帆去，楓葉落紛紛。』襄陽詩『掛席幾千里，名山都未逢，泊舟潯陽郭，始見香爐峰。嘗讀遠公傳，永懷塵外蹤，東林不可見，日暮但聞鐘。』詩至此，色相俱空，政如羚羊掛角，無跡可求，畫家所謂逸品是也。」(《分甘餘話》，同上)這兩段話明確地將司空圖、嚴羽的詩論與南宗畫論溝通起來。

南宗畫以逸品為最上，他們注重寫意，追求天趣，講究含蓄自然，表現平淡高遠的風格。在藝術效果上突出神似，不強調形似。他們以王維作為體現自己藝術理想的代表，並把總結山水畫創作經驗的《山水訣》《山水論》託名為王維所作。《山水論》主張「凡畫山水，意在筆先」。南宗畫派的畫論與司空圖、嚴羽的詩論追求的是共同的美學理想，王士禛看到他們的一致性，故人而索性把兩者統一起來。他是繼蘇軾之後，又一個十分重視詩畫一律，並進行認真探討的文學理論家。

但是有的論者說：「他在《蠶尾集》中進一步說明元之倪瓚，明之董其昌「彼二家者，畫家之所謂逸品也，並與之與陶、王、孟、柳相提並論，可見他的詩歌標準（神韻）與南宗畫（逸品）完全一致。」〔註10〕認為王士禛神韻說僅

〔註10〕葛曉音《王維・神韻說・南宗畫——兼論唐代以後中國詩畫藝術標準的演變》，《文學評論》，1982 年第 1 期。

僅和南宗相溝通，兩者標準完全一致，這種看法是片面的。正像神韻說並不是侷限於反映王孟一派沖和淡遠的一種詩風的理論，而是兼收並蓄地全面總結了古代詩歌的經驗一樣，王士禎是從廣義的角度來研究詩畫共通之處的。他並不侷限於南宗畫一種，他對其他繪畫並不排斥，他還是從整個中國古代繪畫的高度來探討的。因此他論述時並不全取南宗為例。如他說：「吳道子畫鍾馗，手捉一鬼，以右手第二指抉鬼眼，時稱神妙。或以進蜀主孟昶，甚愛重之。一日，召示黃筌，謂曰：若以拇指掐鬼跟，更有力，試改之！筌請歸，數日，看之不足，以絹素別畫一鍾馗，如昶指，並吳本進納。昶問之，對曰：道子所畫，一身氣力色貌俱在第二指，不在拇指。今筌所畫，一身氣力意思並在拇指，是以不敢輒改。此雖論畫，實詩文之妙訣。讀《史記》《漢書》，須具此識力始識得其精義所在。」（《古夫于亭雜錄》，同上）王士禎借用這個有名的畫壇軼事，以畫瑜詩，說明詩文中精彩的片段、生動的形象與全詩、全文有精密、有機的聯繫，它們有力地為全詩全文服務，決不能脫離整體而孤立去看，也決不能隨便變動它而不破壞作品的完整形象和藝術意境。

有時他還借用評書畫的眼光來評喻詩文：「書家謂索靖有一筆飛白書。畫家謂戚文秀畫清濟灌河圖，中有一筆，超騰回擢逾五丈，通貫於波浪之間。予謂文家亦有此訣，唯司馬子長之史，韓退之、蘇子瞻之文，杜、李、韓、蘇之歌行大篇足以當之。」（《居易錄》，同上）「飛白書」是一種特殊風格的書法。相傳東漢靈帝時修飾鴻都門，工匠用刷白粉的帚寫字，蔡邕得到啟發，作「飛白書」。這種書法，筆劃中絲絲露白，像枯筆寫成的模樣，用以裝飾題署宮闕，漢魏時廣泛採用。王士禎用書畫中蒼勁有力、連貫跳騰的「一筆」的藝術效果為喻，分析詩文大大家在創作時應做到胸有成竹，講究藝術形象的完整性和嚴密性。整篇作品有力度，有美感，既氣貫長虹，力敵萬鈞，又婀娜多姿，美不勝收，是力和美有機的結合。他還正確地指出，此類生氣貫注、氣勢洋溢的作品只有司馬遷和李、杜，韓、蘇之詩文足以當之。

以上兩例說明王士禎從藝術原理上來探討「詩畫一律」。他關於南宗也有與眾不同的觀點。

王士禎和他的友人進行過一次討論：

芝廛先生刻其詩若干卷，既成，自江南寓書命給事君屬予為序。予抗塵走俗，且多幽憂之疾，久之，未有以報也。一日，冬雨中，給事自攜所作雜畫八幀過予，因概論畫理，久之。大略以為畫家自

董、巨以來，謂之南宗，亦如禪教之有南宗云。得其傳者，元人四家，而倪黃為之冠。明二百七十年，擅名者唐、宋諸人稱具體，而董尚書為之冠，非是則旁門魔外而已。又曰：凡為畫者，始貴能入，繼貴能出，要以沉著痛快為極致。予難之曰；吾子於元推雲林，於明推文敏，彼二家者畫家所謂逸品也，所云沉著痛快者安在？給事笑曰：否，否，見以為古澹閒遠，而中實沉著痛快，此非流俗所能知也。予聞給事之論嗒然而思，渙然而興，謂之曰：子之論畫也至矣。雖然，非獨畫也，古今風騷流別之道，固不越此。請因子言而引申之可乎？唐宋以還，自右丞以逮華原、營邱、洪谷、河陽之流，其詩之陶、謝、沈、宋、射洪、李、杜乎？董、巨其開元之王、孟。高、岑乎？降而倪黃四家以逮近世董尚書，其大曆元和乎？沉著痛快非惟李、杜、昌黎有之，乃陶、謝、王、孟而下莫不有之。子之論，論畫也，而通於詩；詩也，而幾乎道矣。（《芝麐集序》，《蠶尾文集》卷一）

　　他和友人雖都推重南宗畫，崇尚逸品，但他們對南宗畫和逸品的理解與傳統的觀點不同。第一，他們把具有豪放、飄逸、沉鬱詩風的高、岑、李、白也去與南宗畫家相比。因為他們的有些作品也具有南宗畫所要求的含蓄蘊藉、意在言外的藝術特色。第二，他們認為南宗畫家和王、孟一派詩人的作品「見以為古澹閒遠，而中實沉著痛快」，「要以沉著痛快為極至」。這種見解的確比「流俗」高明得多，郭紹虞先生認為王士禎「想於神韻風調之中，內含雄渾豪健之力，於雄渾豪健之中，別具神韻風調之致。這才是所謂神韻的標準。清利流為空疏，恐怕又是一般誤解神韻，只以半吞半讓為超超元著者流最易犯的弊病。漁洋所訓神韻，原不是如此」。〔註11〕郭先生的看法是正確的。但王士禎還有更深入的一層意思，就是認為凡真正做到古澹閒遠並不流於空疏蒼白的詩畫，其實質是以沉著痛快為基礎的，也就是說在平淡含蓄之後必深深地寄託著豐富堅實的思想內容，沖和淡遠的外表下蘊藏著強烈的、愛憎分明的感情，跳動著一顆不平靜的心。陶淵明的詩歌是最典型的例子，王、孟、韋、柳乃至揄揚此派詩人的理論家司空圖，嚴羽也都是如此。在王士禎之前也有人認識到此點。如蘇軾評韓愈柳宗元詩「發纖穠於簡古，寄至味於淡泊」，（《書黃子思詩集後》）講兩家詩「所貴乎枯淡者，謂其外枯而中膏，似淡而實美。」（《東坡

〔註11〕郭紹虞《中國文學批評史》，第533頁。

題跋》卷二《韓柳詩》)又如朱熹評陶潛詩說:「陶淵明詩,人皆說平淡,據某看他自豪放。但豪放得不自覺耳。其露出本相者,是《詠荊軻》一篇,平淡底人如何說得出這樣言語來。」(《朱子語類》一四○)蘇、朱兩家評詩獨具隻眼,頗有卓見。王士禎則更進一步指出:「自昔稱詩者,尚雄渾則鮮風調,擅神韻則乏豪健,二者交譏。」他對此深為不滿,主張「能去其二短,而兼其兩長」。」(《蠶尾續文》卷六)「兼其兩長」是王士禎所追求的美學理想,也是我國有些古代優秀詩人所達到的高度成就。

與此相聯繫,王士禎在畫論方面也反對獨尊一家排斥其他。如他公開批評過當時畫家專尚南宗:「近世畫家專尚南宗,而置華原、營邱、洪谷、河陽諸大家,是特樂其秀潤,憚其雄奇,予未敢以為定論也。不思史中遷固,文中韓柳,詩中甫愈,近日之空同大復,不皆北宗乎?欽仲中丞論畫最推北宋數大家,其得祭川先河之義,足破聾瞽,予深服之之。」(《蠶尾文》卷二十二)這是王士禎給宋犖(牧仲,1634~1713)《論畫絕句》(凡二十六首)作的跋語。張宗柟說:「其(按指宋氏《論畫絕句》)意推崇北宗,故山人云然,且因畫而及詩文,亦似主張北地,然自是確論。」(同上)宋氏的看法符合王士禎兼收並蓄、博取眾長的一貫主張,而線鍾書先生認為這是吹捧宋犖的應酬套語,實缺乏說服力。錢先生在分析蘇軾也傾向韻派時說:「對一個和自己風格絕不相同甚至相反的作家,欣賞而不非難。企羨而不排斥,像蘇軾嚮往於司空圖,文學史不乏這類異常的事。」(《中國詩和中國畫》)這幾句話講得很精闢。如果深入研究一下全人,縱觀一下他的全部言論,王士禎不也是這樣一位眼光寬闊得「異常」的作家嗎?

詩畫一律,此為中西文論家所共知。但詩和畫畢竟是兩個不同的藝術形式,它們雖有共同性,也有不同處。如果只強調前者,而忽視後者,也是片面的。為此萊辛專門寫了一部《拉奧孔——論繪畫與詩的界限》來闡述詩和畫表達效果上相異處。王士禎清楚地看到詩、畫兩種藝術形式的不同,一再舉《詩經》中的一些名篇來說明這個道理:「余因思《詩三百篇》,其如化工之肖物。如《燕燕》之傷別;『籊籊竹竿』之思歸;『蒹葭蒼蒼』之懷人;《小戎》之典制;《碩人》次章寫美人之妖冶;《七月》次章寫春陽之明麗,而終以『女心傷悲,殆及公子同歸』。《東山》之三章:『我來自東,零雨其濛;鸛鳴于垤,婦嘆于室』,四章之『其新孔嘉,其舊如之何』,寫閨閣之致,遠歸之情,遂為六朝。唐人之祖;《無羊》之『或降于阿,或飲于池,或寢或訛,爾牧來思。何

蓑何笠，或負其餱』；『麾之以肱，畢來既升』，字字寫生，恐史道碩、戴嵩畫手擅場，未能如此極姸盡態也。」（《漁洋詩話》，《清詩話》）又說：「《詩・國風》如《燕燕》《蒹葭》《豳風》《東山》《七月》諸篇，述情賦景，如化工之肖物。即如《小雅・無羊之什》云：『或降于阿，或飲于池，或寢或訛。爾牧來思，何蓑何笠，或負其餱。』『麾之以肱，畢來既升。』即使史道碩、戴嵩畫手擅場，未能至此，後人如何著筆。」（《池北偶談》，《帶經堂詩話》卷一）王士禎看到了詩畫的不同處，看到了詩歌比繪畫有更大的表現力。

根據中外學者的探討，詩歌與繪畫的不同處在於：相對來說詩歌適宜於表現動作、情感，繪畫適宜於表現物體、形態；詩宜記事，可表現持續進行的活動，反映出時間上的變化發展；畫宜狀物，能表現一剎那景物的再現。從總的方面來看，詩歌作為一門語言藝術，其表現面要比作為造型藝術的繪畫寬廣得多。特別是詩歌能細緻曲折地描寫人物複雜的感情、豐富的內心、流動的意識，情與景之間微妙的影響和交融，為繪畫所不及。以王士禎所列舉的上述《詩經》名篇來說，就充分體現出詩畫之間的這種差別。《燕燕》以雙燕飛翔時參差的羽毛、直著頸子的姿態、高低交化的聲音起興和烘托氣氛，描寫送別者對離人依依不捨的深情，再用殷勤的囑咐作結。繪畫只能繪影不能繪聲，更畫不出燕子的羽毛、姿態，聲音與人物感情之間細緻入微的比興關係。《竹竿》描寫遠嫁少婦思念家鄉的無限低回、無限惆悵的心情，這已使圖畫難以表達，而詩中以竹竿之長喻路遠難歸，這種比喻手法更使繪畫無法施其技。《蒹葭》一篇情景交融，寓情於景，主人公想像自己的情人在隱約縹緲之處難以尋覓，而又情思難收、望眼欲穿，殷切盼望和彷徨惆悵的兩種意識此消彼長，交替流動。《東山》寫士兵久戎而歸，對故園、妻子及和平生活無限懷念和嚮往，全詩想像較多，第三章用想像妻子對自己的刻骨思念和重逢時的喜悅來反襯自己的想念之情，第四章回憶新婚的情景和猜想現在妻子的情況，以反襯主人公對妻子的一往情深。全詩的思路來回跳動，叫畫筆如何捉摸。《碩人》的次章形容女子儀容之美，用了一連串的比喻，已令畫家大感棘手，末兩句兼及神態：「巧笑倩兮。美目盼兮。」前句寫露出美妙笑容的俊俏面孔，畫家尚可落筆，後句寫媚眼的黑白流動宛如秋波蕩漾，則更令畫家束手。另外如《小戎》寫女主人公懷念出征的丈夫，以至「愛屋及烏」，仔細想像起丈夫的兵車、戰馬和弓箭上的一切細節，車馬弓箭無不塗上女主人公濃厚的感情色彩。《七月》次章寫採桑女奴在辛勤地勞動，周圍是明麗的陽光和融融的春色、姑娘心

中卻濃罩著陰影和充滿著憂鬱。她們害怕遠嫁（或貴公子突然來臨，把自己搶去，難選污辱和摧殘）。外界的明媚內心的陰鬱形成強烈的對比。《無羊》表現勞動人民的智慧才能，從牧人從容的神態，牛羊馴服的行動，見出牧人高超的放牧技術，體物極深。凡此種種皆為圖畫所不能表達。

王士禎以《詩經》中的上述名篇名句為例，指出有些詩境即使名畫家也無法表達，可見他對「詩畫一律」的強調並未到過分的地步。他既看到詩、畫兩門藝術在美學原理上有相通之處，在創作經驗上互有可借鑒處，也看到這兩門藝術的不同處。

王士禎在研究詩畫相通時，不是停留在以詩喻畫和以畫喻詩的表面形式上，而是深入到美學原理的共通之處，並在理論上進行探討。這個探討不夠深入，但已在前人的基礎上前進了一步。

如果說王士禎重視對詩畫一律的研究，對中國古典詩論和美學的發展作出一定貢獻，那麼他喜歡以禪喻詩，鼓吹詩禪一致的觀點，卻應該批評。以禪喻詩並非完全沒有道理，以禪喻詩更不自王士禎始。宋代蘇軾等許多詩人都喜歡以禪論詩，以禪喻詩在北宋詩壇上引成了一種風氣。嚴羽的《滄浪詩話》也喜以禪論詩。王士禎和蘇軾、嚴羽等人相比，似更過之。他的那些以禪喻詩的言論佔了《帶經堂詩話》一書相當一部分的篇幅。有的言論也有一定道理，如說：「余偶論唐宋大家七古歌行，譬之宗門，李杜如來禪，蘇黃粗師禪也。」（《香祖筆記》，同上）以蘇軾、黃庭堅比喻為祖師禪未見恰切，因為他們的詩歌頗有獨創性，並不講宗派、門戶。不過這裡用「如來禪」、「祖師禪」比喻李、杜講究獨創、蘇、黃末流（江西派詩人）崇尚宗派門戶，跟著前人亦步亦趨，形象頗為生動，讀了令人解頤。但他的大多數以禪喻詩的言論讀了使人生厭。如他認為唐人五言絕句有得意忘言之妙是因為「往往入禪」，（同上，卷三）「知味外味者當自得之。」（同上，卷三）又講蘇軾、黃庭堅和「唐人如王摩詰、孟浩然。劉眘虛、常建、王昌齡諸人之詩，皆可語禪。」（《居易錄》，同上）「王裴輞川絕句，字字入禪。」（《蠶尾續文》，同上）「一再強調」詩禪一致，等無差別」（《香祖筆記》卷三），甚至說「釋語入詩最近雅」（同上，卷二），把詩禪一致發揮到難分難解，渾然一體的地步，實在大過分了。佛學屬於哲學中的一部分，與文學屬於不同的學科，兩者之間雖可適當地溝通，但決不能完全等同。王士禎這樣做，不僅給不懂佛學的讀者和研究者帶來障礙和誤會，加深人們對他的神韻說理論理解上的困難，給他的諸論蒙上一層唯心主義色彩，而且有些

言論還違背了王士禎自己探討形象思維規律的初衷。不僅文學和佛學的比擬要適當，我認為文學與其他學科的比較研究，都應當保持在適當的範圍和程度之內。

對詩歌創作經驗的總結

王士禎在闡述他的神韻說時，還涉及到好多學習寫作詩歌的方法和詩歌創作的經驗。這些方法和經驗都是他既作為詩論家又作為詩人在學習、研究前人和自己的創作實踐中探索、積累起來的，故而彌足珍貴，也是神韻說的重要內容之一。有人曾評「神韻說」空疏，不可捉摸，它有弱點，卻並非如此。

王士禎認為學習前人要有正確的方法。針對當時詩壇上擬古模仿的錯誤傾向，他強調對待前人要學其精華，棄其糟粕，不能迷信古人，不能照搬前人。他說「顏之推標舉王籍『蟬噪林逾靜，鳥鳴山更幽』，以為自《小雅》『蕭蕭馬鳴，悠悠旆旌』得來。此神契語也。學古人勿形橅，正當尋其文外獨絕處。」（《古夫于亭雜錄》卷一）即提出不要專從形式上學習古人，模仿古人，而應當學習其細緻而深入地觀察生活、反映生活的獨到之處。

針對前後七子錯誤的學習盛唐的方法，指出「善學古人者，學其神理；不善學者，學其衣冠、語言、涕唾而已。」（《晴川集序》，《蠶尾文集》卷一）

與學習方法上強調學習前人「神理」相聯繫，他又指導後學要用發展的觀點看待歷代詩歌：「《詩》《騷》以下，風會遞遷，乃自然之理，必至之勢。」「唐代李、杜、韓、柳、元、白、張、王、李賀。孟郊之輩，皆有冠古之才，不沿齊梁，不襲漢魏，因事立題，號稱樂府之變。……由是言之，唐三百年以絕句擅長，即唐三百年之樂府也。」（《萬首唐人絕句選自序》，《蠶尾續文》卷三）具備這樣的發展眼光，才能避免食古不化和專事模仿。

在學習和掌握詩歌的各種形式和體裁方面，他一面指出「詩之為道，無體不備，無美不臻。前賢於此競其長，後輩於此遵其規」。（《師友詩傳錄》，《清詩話》）一面也提醒後學說：「才之不能相兼也，自古然矣。謝之不能為陶也，顏之不能為謝也，以迨李、杜、韓、孟之徒，其不皆然。」（《蒙木集序》，《蠶尾文集》卷一）「予題華子潛《岩居稿》曰：向嘗與學子論詩云；工於五言，不必工於七言；工於古體，不必工於近體。觀鴻山及唐孟襄陽集可悟。今人自古樂府、《古詩十九首》已下無不擬者，乃妄人也。」（《居易錄》卷三）一個人的能力有限，不能樣樣精通，只能專攻一、兩樣。詩人也一樣。因此他「又嘗論五言，感興宜阮陳，山水閒適宜王韋，亂離行役、鋪張敘述宜老杜，未可限以一格。」（《池

北偶談》卷一）詩人固然要廣泛地學習前人，無善不學，兼收並蓄，但進行創作時，則要根據自己的才膽識力獨善一體。集中精力真正寫好一體，已極不容易了。當然也有人比較全面，如蘇軾，不僅掌握詩歌中的歌行、律詩、絕句諸體，各體都有佳作，且又擅長文、詞，精通書畫。但此種全才畢竟很少。王士禎提出獨善一體，創出一種風格的觀點，是符合實際的。

王士禎重視擺正詩歌中內容和形式的關係，強調內容和形式的完美結合。他反對六朝綺靡詩人「拘限聲病，喜尚形似」，反對「字字必有來歷」（《師友詩傳錄》，《清詩話》）地死扣形式，也民對為反陳言而反陳言，故作驚人句而；流於怪誕。他批評後一種人說：「至於盧仝、馬異、李賀之流，說者謂其『穿天心，出月協』，吾直以為牛鬼蛇神耳。其病於雅道誠甚矣。何驚人之與有」？（《師友詩傳錄》，《清詩話》）把李賀與盧、馬放在一起，不大公正，但他所提出的「驚人」不能流於怪誕、荒誕的原則是正確的。寫詩就應遵循詩的藝術規律，充分體現詩歌本身的特點，不能因追求新奇而隨意違背規律。

在詩歌語言上，王士禎繼承前輩文論家的正確觀點，很注重本色。他說：「論詩當先觀本色。《碩人》之詩曰：『巧笑倩兮，美目盼兮。』因尼父有『繪事後素』之說，即此可悟本色之旨。彼黃眉黑妝，折腰齲齒，非以增妍，祗益醜耳，矧效西子之顰，學壽陵之步哉！」（《趙怡齋詩序》，《蠶尾續文》卷二；又見卷五）孔子對詩歌（包括一切言論）的語言要求很高，既要求詩歌有文采，又強調「辭達而已矣。」講究對兩者的掌握要恰到好處。「繪事後素」也有此意。因此要求語言本色，包括二方面的內容：一力面強綱語言要樸素、自然，另一方面也不是講絕對不要文采，不要華美的語句和詞藻。有人請教王士禎：「鍾嶸《詩品》云：『吟詠情性，何貴用事？』白樂天則謂「文字須雕藻，兩三字文采，不得全直致，恐傷鄙樸。「二說孰是？」他答道：「仲偉所舉古詩，如『高臺多悲風』，『明月照積雪』，『清晨登隴首』，皆書即目，羌無故實，而妙絕千古，若樂天云云亦是，可其詩卻多鄙樸。」（師友詩傳續錄》，《清詩話》）他並不否認詩歌中「文字須雕藻。語言本色不是平淡無奇，不是蒼白無力，也不意味著全用通俗字眼。恰到好處地使用一些感情強烈，色彩濃鬱，辭藻華麗的語句，仍舊不違背詩貴本色的原則。恰當正確地挑選詞彙，即使單從字面上看去，綺麗纏綿，也仍不失本色之旨。對本色的要求是辯證的，而不是僵死的。不能脫離具體情況、具體條件籠統而論。關鍵是一切要服從內容的需要，反對的僅僅是脫離內容的需要，片面追求形式和語言的華美。反之，要求語言本色，當然

不是可以掉以輕心，隨手塗抹，恰恰相反，這要求詩人化費極大的氣力。因此王士禎又十分注重詩歌創作中的鍊句、鍊字。他讚揚王安石：「詩人一字苦冥搜，論古應從象罔求。不是臨川王介甫，誰知暝色赴高樓。」（《戲仿元遺山論詩絕句》）讚賞他在鍊字上所用的精細工夫。

王士禎又把鍊字、鍊句與精心排持結構結合起來。他說「修辭要以意為主，以辭輔之，不可先辭後意。」（師友詩傳續錄》，《清詩話》）王士禎此處所講的「意」，即指詩歌的結構。他解釋說：「意或謂安頓張章法，慘淡經營處耳。」（《古夫于亭雜錄》卷三）詩歌的結構（章法）和詞句的錘鍊都需竭盡全力：「蓋鍊字鍊句之法，與篇法並重，學者不可不知，於此可悟三昧。」（同上）

在鍊字鍊句的過程中，如何處理用典故、用數字等問題？他指出「作詩用事以不露痕跡為高」，（《池北偶談》卷十七）要使人「初以為常語，徐乃悟」用事。（《師友詩傳錄》，《清詩話》）學生問他：「詩中用古人及數目，病其過多。若偶一用之，亦謂之點鬼簿、算博士耶？」他答道：「唐詩如『故鄉七十五長亭』、『紅闌四百九十橋』皆妙，雖算博士何妨！但勿呆相耳。所云點鬼簿，亦忌堆垛。高手驅使，自不覺耳。」（同上）靈活而不死板，恰到好處而切忌堆垛，自然生動而不露痕跡，如此運用典故，確非高手莫為，是初學者應該努力的目標。詩人應有廣博而精確的歷史如識，對古人的衣飾、器物、典章制度都應熟如其詳，以備運用。他說：「畫家畫古人圖像，皆須考其時代，如冠舄、衣褶、車服之類，一有踏誤杜纂，後人得而指出，詩賦亦然。……作詩賦作畫，皆貴考據典故，乃不貽譏後人。」（《古夫于亭雜錄》卷十二）

王士禎其他論述詩歌創作中的具體問題還多，牽涉到音韻、格律等多個方面。他最有體會的是含蓄和自然這兩條。

他特到推崇唐詩，其中一大原因即唐詩中有不少作品講究蘊藉含蓄。他服膺司空圖、嚴羽兩家的詩論，其中也因為他們是很講究含蓄的。王士禎說：「表聖論詩，有二十四品，予最喜『不著一字，盡得風流』八字，（《香祖筆記》卷三）他又最喜歡引用嚴羽的「羚羊掛角，無跡可求」，「瑩徹玲瓏，不可湊泊，如空中之音，相中之色，水中之月，鏡中之象，言有盡而意無窮」數語。「不著一字，盡得風流」，即是含蓄，含蓄即能「言有盡而意無窮」。

他對如何做到含蓄，是通過對具體作品的分析來談的。他說：「景文云：『送君者皆自崖俄返，君自此遠矣。』令人蕭寥有遺世意。愚謂《秦風·蒹葭》之詩亦然。姜白石所云『言盡意不盡也』。（《古夫于亭雜錄》卷三）又說：「益都孫

文定公詠息夫人云：『無言空有恨，兒女粲成行。』諧語令人頤解。杜牧之『至竟息亡緣底事，可憐金谷墜樓人』，則正言以大義責之。王摩詰『看花滿眼淚，不共楚王言』」，更不著判斷一語，此盛唐所以為高」。(《漁洋詩話》卷二) 前面一個例子是「言盡意不盡」，詩意含蓄，引起讀者回味無窮；後面以王維詩為例，主張從字面上不讓人看出詩歌的傾向性，詩人的愛憎和諷喻暗寓在生動、鮮明、傳神的形象中，或者講詩人的感情和詩歌的形象天衣無運地交織在一起，分不出彼此。盛唐的好詩確有這個特點。這和盛唐詩在內容上講究興寄深微（寄託），在藝術上善用比興有密切關係。

含蓄是中國古典詩歌的一大傳統，是中國優秀詩人擅長的一種藝術手段。在王士禎前後和同時的文論家都看到這個問題。和王士禎詩論不合的沈德潛也說：「七言絕句，以語近情遙，含吐不露為主。隻眼前景、口頭語，而有弦外音味外味，使人神遠，太白有焉」「詩貴寄意，有言在此而意在彼者。李太白《子夜吳歌》，本閨情語，而勿冀罷征。」(《說詩晬語》) 另一個和他詩論不合的袁枚也說：「詩無言外之意，便同嚼蠟。」(《隨園詩話》) 桐城派作家劉大櫆也說：「文貴遠，遠必含蓄。」(《論文偶記》) 王士禎歿後二百餘年，馬克思的文藝理論從遙遠的西方傳到中國，於是我們又看到恩格斯這麼一段著名的話：「我認為傾向應當從場面和情節中自然而然地流露出來，而不應當特別把它指點出來。」講的也是含蓄。

近三十年來，不斷有人嚴厲指責王士禎前引文中「不著判新一語」是宣揚逃避現實云云，如果我們再仔細回味一下恩格斯講的：「作者的見解愈隱蔽，對藝術作品來說愈好」一語，便可發現，藝術見解多麼接近，雖然恩格斯的話是針對近代西方小說和戲劇而言的。「不著判所一語」就是「見解」非常「隱蔽」，也就是一種含蓄。含蓄和逃避現實沒有必然聯繫。王士禎中年後的詩歌有逃避現實的弊病，但他主張詩歌應「不著判斷一語」卻並不等於是宣揚逃避現實。他年輕時寫的《蠶租行》(《漁洋山人精華錄訓纂》卷一上) 一詩，用溫柔敦厚的筆調敘述蠶農夫婦因交不出軍租，而被迫雙雙自殺的悲慘故事。詩中並未表示顯明的態度，甚至連來逼軍租的里正窮凶極惡的態度也略去不寫。但是詩中說「里正且上坐，黽勉具晨炊。」蠶婦儘管連蠶也難養活，脫釵鬻襦。讓丈夫去換桑葉，卻要盡力燒早餐，招待高坐在上的里正。筆調儘管含蓄，而里正魚肉鄉民、窮凶極惡的形象卻呼之欲出。正是里正所代表的統治階級，逼得蠶農夫婦無路可走。「蠶應裏瘦盡，軍租持底當？」賴以活命的蠶也活不成，

連嫁妝也剛賣光，正在換取桑葉，用什麼來交軍租？一家人如何活命？只好丟下孤兒自殺。詩人儘管沒有用言辭直接表明態度，但血淋淋的事實在說話，詩人對蠶農夫婦的同情意在言外。封建社會中有些詩人，包括杜甫、白居易在內，一方面為封建皇朝服務，卻也同情人民疾苦，反對貪官污吏魚肉鄉民，反對統治階級用殺雞取卵的方法壓榨人民，置人民於死地，是常有的現象，應具體分析，區別對待，不可一概抹殺他們的進步性。王士禎青年時代的有些詩歌，能正視現實，只是每用含蓄蘊藉的手法來表現罷了。

含蓄是文學作品中經常應用的表現手法，一般反能增強作品的藝術魅力。含蓄，從表面上看沒有直露的東西那樣顯明，不能令人一望而知，似乎會增加讀者在理解上的困難；又似乎沒有直接議論和標語口號那樣有力，似乎會削弱宣傳效果，但含蓄的作品往往能吸引讀者深入思考，讀者通過欣賞和思考，賦於形象的意義有時比作者的直接表達更豐富，更深刻；由於它用具體形象說話，因此它有時比直接議論的作品說服力更強，其藝術效果卻反而更大，更顯著。這也是辯證法在藝術中的一種體現。

含蓄是神韻說藝術研究中的重要內容之一，不少人認為含蓄了就有神韻，神韻就是講究含蓄，實際上，與含蓄緊密相關的還有自然。王士禎的神韻說極其講究自然，並講究含蓄和自然的結合。因為含蓄如不自然，詩歌就會流於晦澀、費解，甚至令人不知所云。恩格斯清楚地看到這點，因此他在指出傾向「不應當特別把它指點出來」的同時，強調「應當從場面和情節中自然而然地流露出來。」

我國古代文論歷來講究「自然之美」，韓非子就已這樣提出來，後來詩論家對此論述漸多。如鍾嶸說：「自然英旨，罕值其人。」（《詩品序》）李白主張「清水出芙蓉，天然去雕飾」。（《亂離後天恩流夜郎憶舊遊書懷贈江夏韋太守良宰》）皎然認為詩的最高藝術標準是「真於情性，尚於作用，不顧詞采，而風流自然」。（《詩式》）司空圖讚賞「妙造自然」，他的《二十四詩品》中的自然品說：「俯拾即是，不取諸鄰，與道俱往，著手成春。如逢花開，如瞻歲新，真與不奪，強得易貧。幽人空山，過雨采蘋，薄言情語，悠悠天鈞。」姜夔將「自然高妙」作為詩歌四大要求中的最後一個要求，顯然也是最重要的要求。他還具體闡釋說：「非奇非怪，剝落文采，知其妙而不知其所以妙，曰自然高妙。」（《白石道人詩說》）嚴羽則通過對具體作家的評論，體現他崇尚自然的論詩主張。如他讚揚陶淵明詩歌說：「淵明之詩質田自然。」（《滄浪詩話》）他度評價王安石的集句

詩，認為「集句惟荊公最長，《胡籠十八拍》渾然天成，絕無痕跡，如蔡文姬肺肝間流出。」（同上）

王士禛繼承前輩文論家所用的「自然」這一最高標準來品評和要求詩歌。他認為盛唐詩「高不及如此」，是因為「自然入妙」。（《池北偶談》卷三）又說：「七律聯句，神韻天然，古人亦不多見。」（《香祖筆記》卷三）認為好詩好句皆「神韻天然，不可湊泊。」

他總結前人創作中崇尚自然的經驗，並作了一些發展。他所講的「自然」，含義非常豐富，包含有下面幾層意思。

首先，創作態度要自然，強調寫詩要有真感情，詩要肖其為人，反對率易應酬，無病呻吟，他提出興會神到，佇興而就、偶然欲書等一系列觀點包含有這層意思。他贊成「賦家之心，得之於內」，也包含有這層意思。張溥《漢魏六朝百三家集》的《司馬文園茶》題關中提出賦心與賦才之辨：「他人之賦，賦才也，長卿，賦心也。」賦心，即詩要有真情實感，緣情而發；賦才則實弄才華，依賴技巧，「為文而造情。」

其次，要體察、研究自然。包括天地萬物，風土人情。故而他主張詩人必須「憑軾萬里」，遊歷通都大邑、名山巨川，甚至叢祠荒冢。對客觀世界的觀察切忌走馬觀花，應細緻入微。這就需要在觀察時帶有巨大的熱情。他談自己觀察晚霞時的感受說：「江行看晚霞，最是妙境。余嘗阻風小孤三日，看晚霞極妍盡態，頓忘留滯之苦，雖舟人告米盡，不恤也。」（《漁洋詩話》，《清詩話》)

第三、追求語言的本色自然。詩歌語言之妙，以本色自然為高，前文已有論述，此處不贅。他學習前人和自己創作都持這個要求。以上三者之間也有緊密的聯繫，需要有機的結合和統一。

第四，自然，要有真性情，需要妙悟和別才別趣，但也需要根柢、學問。詩人必須培養敏銳而正確的觀察能力，練就高超而熟煉的藝術手段，需要深廣的學問基礎和高度的藝術修養。他說：「為詩須博極群書。如《十三經》《廿一史》，次及唐、宋小說，皆不可不看。」（《燃燈記聞》，同上）「學詩須有根柢。如《三百篇》《楚辭》、漢、魏，細細熟玩，方可入古。」（同上）又說：「為詩須要多讀書，以養其氣；多歷名山大川，以擴其眼界；宜多親名師益友，以充其識見。」針對三個「多」，何世璂反問道：「是則然矣。但寒士僻處窮巷，無書可讀，而又無緣歷名川大川，常憾不得好友之切磋。奈何？」他答道：「只是當

境處莫要放過。時時著意，事事留心，則自然有進步處。」（同上）。士禎強調
三「多」，強謂「時時著意，事事留心」，充分顯示詩人應在這方面做出自覺的
極大努力。

王士禎雖然以「自然」這個最高要求來對待前人，並以此作為自己所追求
的目標。他的有些成功之作也多少做到此點，但有時也不免因力不從心而違背
自己的藝術理想，士禎對自己也有清醒的認識，他批評自己「唯句句作意，此
其所以不及前人也。」（《分甘餘話》卷三）作為一個久負盛名的詩人，他肯作這樣
的自我批評，是難能可貴的。

王士禎關於自然的論述，雖未達到系統化，但經過整理排比，頗含精義，
有些地方比前代文論家的認識要深刻些和全面些。

「神韻」一詞在寫作方法上的基本含義，我以為即含蓄與自然。含蓄就能
產生一個附帶的藝術效果，即意味深長。明陸時雍主張「情慾其真，而韻欲其
長也。二言足以盡詩道矣。」認為詩應該「情韻綿綿」。又認為詩要有餘韻，
「有韻則遠」。（《詩鏡總論》）這些看法對我們理解神韻說也有幫助。

三、神韻說的侷限和後人的評論

王士禎的神韻說一出，當時的追隨者不少。但自他的後輩趙執信起，批評
者亦頗多。

趙執信批評王士禎主要有兩條：一、指責漁洋偏愛王孟，不喜杜甫，又薄
白居易；這個指則不正確，本文前已有辨。二、批評其空疏、空寂。《談龍錄》
云：「昉思嫉時俗之無章也，曰：『詩如龍然，首尾爪角鱗鬣，一不具，非龍也。』
司寇哂之曰：『詩如神龍，見其首不見其尾，或云中露一爪一麟而已，安得全
體？是雕塑繪畫者耳。』余曰：「神龍者屈伸變化，固無定體，恍惚望見者，
第指其一鱗一爪，而龍之首尾完好，故宛然在也；若拘於所見，以為龍具在
是，雕繪者反有辭矣。」洪昇只強調詩歌的完整漁洋只強調詩歌的精粹性，兩
人都失之於偏。如果只強調詩歌的精粹性，離開反映生活的完整性來追求詩歌
的精粹性，或者詩歌的精粹性不能反映生活的完整性，詩歌便會流於空疏，空
寂。趙執信指出漁洋詩論的這點不足，注意到完整性和精粹性之間辯證的統
一，是很精闢的。

這僅是兩人之間的小分歧，解放後的論者常常指出趙王之間的分歧，但
兩人的觀點也有很重要的相似處。從整體上說，趙執信受漁洋的影響很深，

《談龍錄》的論詩之旨，與漁洋的神韻說甚至毫無二致。如趙執信認為：「始學為詩，期於達意。久而簡淡高遠，興寄微妙，乃可貴尚。所謂言見於此而起意於彼，長言之不足而詠歌之者也。若相竟以多，意已盡而猶刺刺不休，不憶祖詠之賦《終南積雪》乎？」其崇尚詩之平淡、興寄，與漁洋並無二致。又如認為「次韻詩，以意赴韻，雖有精思，往往不能自由。……阮翁絕意不為，可法也。」

另外，趙執信對王士禛的詩歌總的評價也很高，認為他是詩歌大家，缺點是「愛好」，即太雕琢。王詩優秀之作當然有清新自然、含蓄古淡之美，但有時因功力不夠，力不從心，反可跌入雕琢。正如劉熙載所指出，級煉似不煉，而提煉的工夫不到家，就露出人工苦煉的痕跡。士禛自責「唯句句作意，故其不如前人也」，他自己也承認這個弱點。

在王士禛生前，還有人批評他的詩論有時因片面強調頓悟而失之虛無縹緲的弱點。他自己在《漁洋詩話》中記載了別人的這種批評：「洪昇昉思問詩法於施愚山，先述餘論詩大指。愚山曰：子師言詩，如華嚴樓閣，彈指即現；又如仙人五城十二樓，縹緲俱在天際。余即不然，譬作室者，瓴甓木石，一一須從平地築起。洪曰：此禪宗頓漸二義也。」施閏章批評漁洋過分強謂頓悟而失之於虛空。有的學者指出，王士禛能記載異己者對自己的婉轉批評，揭示學詩的兩種途徑，不伸己而絀人，使學者可以互觀向並取，其器量高出禪門的宗派之爭、主奴之見了。我有同感。

沈德潛論詩生張溫柔敦厚，著重格調，並推重明前後七子，與王士禛分歧很大。他批評王士禛說：「司空表聖云：『不著一字，盡得風流。』『采采洗水，蓬蓬遠春。』嚴滄浪云：『羚羊掛角，無跡可求。』蘇東坡云：『空山無人，水流花開。』王阮亭本此數語，定《唐賢三昧集》，木元虛云：『浮天無岸。』杜少陵云：『鯨魚碧海。』韓昌黎云：『巨刃摩天。』惜無人本此之語」，認為王漁祥不重氣魄雄偉和沉鬱頓挫之詩，實並不如此，前文亦已有所述。

袁枚也從這個角度批評過王士禛：「嚴滄浪以禪喻詩，所謂羚羊掛角，香象渡河，有神韻可味，無跡象可尋，此語甚是，然不過詩中一格耳，阮亭奉為至論，鈍吟笑為謬談，皆非知詩者。詩不必首首如是，亦不可不知此種境界。如作近體短章，不是半吞半吐，超超玄著，斷不能得弦外之音，甘餘之味，淪浪之言，如何可詆？若作七古長篇，五言百韻，即以禪喻自當天魔獻舞，花雨彌空，雖造八萬四千寶塔，不為多也，又何能一羊一象，顯渡河掛角之小神通

哉？總在相題行事，能放能收，方稱作手。」(《隨園詩話》卷八) 則不僅認為神韻只是詩中一格，且以為神韻只宜於小詩，不適於長篇。而實質上王士禛講神韻，並非如此，他是從審美的意義上對中國古典詩歌的藝術特徵作出基本概括，對詩歌的創作提出總的要求。

袁枚又批評漁洋：「阮亭好以禪悟比詩，人奉為至論，余駁之曰：毛詩《三百篇》，豈非絕調，不知爾時禪在何處，佛在何方？人不能答。」(《隨園詩話撰遺》卷一) 正確地指出王士禛喜以禪喻詩的偏頗。但這個批評不夠有力。

他儘管譏評士禛「一代正宗，而才力白薄」，(《隨園詩話》卷二) 又說「我奉漁洋如貌執，不相菲薄不相師」，(同上) 自立性靈說，可是在總的傾向上他並不反對神韻說。郭紹虞先生甚至認為「隨園對於神韻說還相當的推崇」。〔註12〕這是有根據的。袁氏《再答李少鶴尺牘》謂：「足下論詩，講體格二字固佳，僕意神韻二字尤為要緊。體格是後天空架子，可仿而能；神韻是先天真性情，不可強而至。」他也主張詩除學盛唐外，兼學中、晚、宋、元諸名家。並講究詩歌之本色與平淡。「詩宜樸不宜巧，然必須大巧之樸；詩宜淡不宜濃，然必須濃後之淡。」(《詩話》卷五) 又引《漫齋語錄》云：「詩用意要精深，下語要平淡。」並說：「余愛其言，每作一詩，往往改至三五日，或過時而又改。何也？求其精深，是一半工夫，求其平淡，又是一半工夫。非精深不能超超獨先，非平淡不能人人領解。」(《隨園詩話》卷八) 大巧之樸，濃後之淡及用意精深與語言平淡的結合，這些要求與王士禛的一些主張亦有相似之處。

翁方綱則將肌理說看作是對神韻說的補充和發展。他要救神韻說之空寂，面以肌理實之。他認為格調就是神韻，神韻即肌理，三者是統一的，對漁洋之說作了發展。他正確地指出：「神韻者棄風致情韻之謂也。今人不知，妄謂漁洋詩近於風致請韻，此大誤也，神韻乃詩中自具之本然，自古作家皆有之，豈自漁洋始乎？古人蓋皆未言之，至流洋乃明著之耳。漁洋所以拈舉神韻者，特為明朝李、何一輩之貌襲者言之，此特亦偶舉其一端，而非神韻之全旨也。」(《坳意詩集序》《復初齋文集》卷三) 頗得神韻之真義。又曰：「其實神韻無所不該，有於格調見神韻者，有於音節見神韻者，亦有於字句見神韻者，亦可執一端以名之也。有於實際見神韻者，亦省於虛處見神韻者，有於高古渾樸見神韻者，亦有於情致見神韻者，非可執一端以名之也。」(《神韻論》下) 他將神韻的範圍擴大許多，到「無所不該」之地步，則不免強調過分了。

〔註12〕郭紹虞《中國文學批評史》，第 566 頁。

　　紀昀在批評王士禎最重王孟和失之於空方面，與趙執信、袁枚的意見大致相同。他在《四庫總目提要》中云：「國初多以宋詩為宗，宋詩又弊，士禎乃持嚴羽餘論、倡神韻之說以救之，故其推為極軌者，惟王孟韋柳諸家。然《三百篇》尼山所定，其論詩一則謂歸於溫柔敦厚，一則謂可以興觀群怨，原非以品題泉石，摹繪煙霞。洎乎畸士逸人，各標幽賞，乃別為山水清音，實詩之一體，不足以盡詩之全也。」指出孔子論詩頗重溫柔敦厚和興觀群怨，而漁洋詩論重點不在此，作詩又多山水清音（雖論詩也不限此體），並批評「士禎不究興觀群怨之原，故光景流連，變而為虛響。」指出其創作上逃避社會現實的缺陷，是比較中肯的。

　　作為詩論家，王士禎能比較正確地對待各個時代、不同風格的詩人；作為詩人，他亦能博取前人之長。但正如他所說的鄧樣，一般來說，一個詩人因才力所限，只能獨善一體。加上他性分所近原與王孟所合，從小就學習裴、王詩法；所處的時代又對思想言論禁錮極嚴，他又過著高官厚祿的優裕生活，對民間疾苦的體驗、瞭解很少等主客觀的種種因素，他特別喜歡創作王孟一路的山水清音之作，這就會影響到他的評論。他的論述比較具體、精闢的多是這種沖和淡遠的詩作及此類詩歌的創作經驗，無怪不少人誤會他只重王孟。他論詩並非只重王孟，但其論詩內容之重點偏於王孟確是事實，這個缺點使他的詩論造成脫離現實的影響，當代不少學者對此提出嚴厲批評是有道理的。

　　但當今學者有不少人批評神韻說是唯心主義、反現實主義、純粹提倡形式主義，或宣揚不可知論等，筆者不同意這種近乎全盤否定的觀點，本文前已有所申述。又有人指責王士禎神韻說自覺地為清統治者的政治服務，對此要作分析。王士禎的確擁護滿清統治。他生也晚，明亡時只有十歲，尚不懂事。王士禎這代青年，和他稍後的蒲松齡、洪昇、孔尚任輩皆不似前輩遺老，有反請復明思想，他們都積極參加清政府的科舉活動，想在清政府的政權中有所作為。只以有否強烈的民族意識劃線，便會違反歷史條件地全盤抹然他們，有的學者認為他的詩作有懷念前朝之意，是缺乏根據的。王士禎忠於清室，是鐵的事實。但神韻說詩歌理論，多談藝術規律，與其政治態度無關。此其一。封建時代的地主階級知識分子，絕大多數都為當朝服務，即如杜甫、白居易也不例外。忠君愛國是舊時代詩人的共同思想。此中有侷限，但也還可以進行一點具體分析，王士禎所忠的君是康熙皇帝。他有殘酷鎮壓漢族人民反抗的一面，也有對外抵禦強敵，擊退俄國侵略者在北方邊境的侵犯，維護民族尊嚴和國土完

整，積極發展生產，使社會經濟迅速繁榮起來的一面，其政績與明代中後期那些無道昏君相比，有很大差別。玉士禎自己在官四十六年（二十五歲中進士，七十一歲被罷官），仕跡很好。他官揚州五年，「忽裝時，惟圖書數十簏。」（《年譜》）在翰林任國子監祭酒，主持秋試，力主公正，「公卿執綯請託不得行。」在戶部七年，「時捐納方開，鄉相緣為奸利，山人一無所預，戒司官凡捐納事，勿以一呈一稿至前」，「以廉潔自勵」，為官清白，以至「笑其愚者眾矣」。暮年「以申告冤抑一案失出罷官」，士禎並不辨明，未汲汲於功名。（皆見《年譜》）王士禎雖為統治者積極服務，但作為一個封建官僚，能夠如此，相當難能。他實踐了自己關於詩人要重視人品修養的觀點。此其二。作為詩人，其作品在思想性藝術性上雖比不上杜甫、白居昌、陸游諸大家，詩論中也沒有提倡寫正視現實的作品，但說神韻說在自覺地為清朝的致治服務，目的全是粉飾太平和麻痺人民，則不符事實。他的神韻說取得了很高的理論成就，是值得繼承和發展的。此其三。

四、神韻說的意義

王士禎是清初著名的詩人。詩論家和詩壇領袖。針對明代和清初擬古模仿、崇尚門戶的不正詩風，他提出自己一系列的論詩主張。他的論詩主張自青年至晚年，在具體問題上有幾次變化，但其論詩的核心則始終是神韻說。王士禎不像前人鍾嶸、司空圖和嚴羽等一樣，有較為系統而完整的論詩專著，他的言論散見於文集、詩集、筆記與詩話之中。因此要全面認識他的詩論，不能只抓住他的片言隻語，單獨立論，必須對他的全部言論化一番整理、研究的工夫。

要正確瞭解王士禎提出神韻說的意義，必須要明確認識它的針對性。任何新的學說都不是無緣無故提出來的，它總要糾正前人的侷限和弊病，然後建樹自己的東西。王士禎的神韻說當然也不例外。

針對明人「文必秦漢，詩必盛唐」的偏見，王士禎兼用創作家和理論家的雙重眼光觀照和評論我國自《詩經》至清初三千年的詩歌史。他用發展的眼光肯定了詩歌在各個時代的變化，對各個時代的詩歌成就都作出較為正確的評價。他自己雖然也非常崇尚盛唐詩人，但同時又主張詩人應向各個時代的優秀詩人學習，認為各個時代的詩人都有自己的成就和好的經驗，值得後人學習和繼承。他熱愛民間詩歌，讚賞詩人向民歌學習，寫作擬民歌的情詩。作為一個

正統文人和詩壇領袖，他不輕視戲曲和小說，熱情讚揚《聊齋誌異》等作品。凡此種種，說明王士禎是一位有相當識見的文論家，他的文藝思想中有一定的民主性和解放精神。

我國古代美學和文論自孔子以來一直比較強調詩歌的教化作用，因此前人在興觀群怨、溫柔敦厚、文以載道、言志「主賦」方面闡發較多，儒家正統文論家對詩歌內部規律方面的探索重視不夠。司空圖、嚴羽等人深入地研究詩歌的形象思維規律，除了重視雄渾詩風外，也推重沖淡的詩風，擴大審美的範圍，作出傑出的理論貢獻。他們的詩論一方面引起了一些人的重重視，但另一方面也產生過不少誤會。王士禎特別愛好這兩家的詩論，也愛好王孟一路清淡沖和的詩風。他的詩論發揚司空圖、嚴羽之說，於言情、比興、含蓄、自然方面闡發較多，見解較深、較精。中國的詩歌理論原是非常豐富的，王士禎的神韻說在前人較為欠缺的方面作了補充，在一定程度上開拓了審類的範圍，豐富了觀照的對象，頗有意義。

王士禎氏對當世詩人為作詩而作詩，無聊應酬、無病呻吟之作，強調興寄深微，興會神到。結合自己的創作實踐，探討靈感的規律，總結前人和自己詩歌創作的經驗；繼承前人的成就，進一步探索了詩畫相通的藝術規律，給中國的詩歌理論作出了一些新的貢獻。

王士禎提出神韻說後，引起很大爭論，產生了格調說、性靈說、肌理說等不同流派。神韻說至今受到批評，爭論也未停止，這說明它對人們，不管是贊成它的、反對它的，都有啟發。不同學說、流派的爭論推動了我國詩歌理論的繁榮和發展。

王國維在總結中國古典詩歌中後期的美學理論發展時，曾把它分為三個階段：嚴羽的興趣說，王士禎的神韻說和他自己的境界說。王士禎的神韻說是在嚴羽的興趣說基礎上發展起來的，它又為王國維更科學、更深入地研究詩歌理論和美學理論，並發展為更成熟的境界說創造了條件。

王士禎的神韻說是中國文學批評史和美學史上很重要的一家詩歌理論。吸收它的合理部分、學習、借鑒它所總結的藝術規律和創作手法，古為今用。可以繁榮和發展我們社會主義的文化，也有助於建立具有我們民族特點的馬克思主義的文藝理論。

1982 年 1 月初稿，1982 年 3 月修訂

主要參考書目

1. 《中國文學批評史》，郭紹虞，商務印書館，1934 年、上海古籍出版社，1979 年。

2. 《中國文學批評史大綱》，朱東潤，古典文學出版社，1957 年。

3. 《中國文學批評簡史》，黃海章，廣東人民出版社，1981 年。

4. 《中國文學理論批評史》，敏澤，人民文學出版社，1981 年。

5. 《中國文學批評小史》，周勳初，長江文藝出版社，1981 年。

6. 《古代山水持和它的藝術論》，錢仲聯，《文藝理論研究》，1981 年第 2 期。

7. 《論王士禛的神韻說》，鄭朝宗，《廈門大學學報》，1954 年第 5 期、1955 年第 2 期。

8. 《論王士禛的創作和詩論》，劉世南，《文學評論》，1982 年第 1 期。

9. 《管錐篇》，錢鍾書，中華書局，1979 年。

10. 《舊文四篇》，錢鍾書，上海古籍出版社，1979 年。

11. 《古代文學理論研究》（叢刊）第 1～5 輯，上海古籍出版社，1979～1981 年。

此文為筆者的碩士學位論文，原刊
《中國古典文學文學論叢》第 6 輯，人民文學出版社，1987 年

王漁洋的山東詩人作家評論述評

　　清代康熙一朝是中國文學的又一高峰時期，此時文壇，名家林立，燦若繁星，還出現了四位一流文學巨匠：王士禛、蒲松齡、孔尚任和洪昇。其中三位是山東的詩人作家，顯示著山東文學在康熙時期處於中國的領先地位。

　　當時地位最高、影響最大的是王士禛（1634～1711，後因避雍正胤禛諱，先改士正，繼由乾隆詔命改稱士禛），字子真，一字貽上，號阮亭，又號漁洋山人，山東新城（今山東桓臺）人。其他三人，洪昇是王漁洋的門生，孔尚任和蒲松齡都是王漁洋的詩文摯友。王漁洋與南洪北孔、蒲翁松齡結成真摯熱忱、牢不可破的友誼，並以其極大的人格魅力、非凡的學識才華和創作、理論成就，成為全國眾多詩人作家眾星捧月、眾望所歸的文壇中心。

　　王漁洋是中國文學史上極為傑出的詩論家、詩人作家和文壇領袖，又是一位聲譽卓著的權威評論家。王漁洋作為康熙時期聲望隆盛的文壇領袖，熱誠貫注著全國的文壇，又一貫熱心提攜、揄揚各地才俊，他那卓特的評論眼光注視著全國的詩壇、文壇，也極為重視戲曲、小說的創作，給以頗為深入、及時、精到的評論。作為從山東故鄉來到京城、周遊全國、領袖宇內的傑出文藝評論家，他對來自山東故鄉和未離山東故土的詩人作家，更有令人矚目、全面精當的研究和評論，本文於此略作評述。

一、傑出的詩論家、詩人作家和文壇領袖王漁洋

　　明末清初是中國文學史的又一高潮時期，詩詞、古文、戲曲、小說和理論諸領域皆湧現出一批一代高手，更不乏劃時代的大家。王漁洋在此高手林立、人材薈萃的時代，繼錢謙益，吳偉業之後，入主文壇。李雲度《國朝先正事略》

評論說：「國家文治軼前古，挖雅揚風，鉅公接踵出。而一代正宗，必以新城王公稱首。公以詩鳴海內五十餘年，士大夫識與不識，皆尊之為泰山北斗。」「公以大雅之才，起而振之，獨標神韻，籠蓋百家，其聲望足以奔走天下。雖身後詆諆者不少，然論者謂本朝有公，如宋之東坡、元之道園、明之青邱，屹然為一代大宗，未有能易之者也。」近人郭紹虞還將「大雅之才」一段引入其《中國文學批評史》中，認為漁洋影響清代前期文壇達百年之久。

王漁洋作為一個詩人和作家，是成就卓著的全材。他既是大詩人，詞也寫得很好，清新流麗，自成一家。王國維認為他的《衍波詞》僅次於納蘭性德而高出其他清代所有的詞家（拙編《人間詞話彙編匯校匯評》），當時人因其名句妙語而美稱其為「王桐花」；他的文章寫得好，筆記小說也是一流作品，是頗有成就的小說家；他更是一位傑出的詩論家和美學家，所倡導和總結的神韻說不僅是中國美學史，也是世界美學史上劃時代的成就。作為詩人，他二十四歲在濟南大明湖賦《秋柳》詩，立即聞名天下，倡和者竟達千餘家，極一時之盛；在嘉慶以後《秋柳詩箋》竟先後出現三部之多。二十八歲在金陵寫《秦淮雜詩》十四首，「年來腸斷秣陵舟，夢繞秦淮水上樓」諸句，流麗俳惻，再次震動詩壇。三十一歲在揚州寫《冶春絕句》二十首，時人盛傳「五日東風十日雨，江樓齊唱冶春詞。」漁洋的《真州絕句》：「江干多是釣人居，柳陌菱塘一帶疏。好是日斜風定後，半江紅樹賣鱸魚。」與諸多名詩名句，江淮間多寫為圖畫，達到詩中有畫的高妙境界。他在揚淮、南京和蘇南居住、遊歷過，足跡遍及半天下，後又居京三十幾年，到處留下詩歌吟唱，有的堪稱令人心醉神往的優美詩篇。漁洋的詩作，不僅諸體皆精，而且能學到歷代詩歌之菁華。無論是創作、理論，都有大量著述，而且還編選多種選本，其著述的勤奮，亦屬罕見。這些成就的綜合，促成了他文壇領袖地位的形成。

漁洋不僅對一般詩人的佳作好句大力鼓勵獎掖，而且非常重視民間無名詩人的著作，記錄木工、衣匠、擔者、鋤者、僧人、閨秀，甚至乞丐等的佳篇妙言，讚譽宣揚，故其詩論名著展現了完整一代文壇之勝景。而其對山東故鄉的詩人作家未免情有獨鍾，予以著意評論。

二、王漁洋對古代和前代山東詩人作家的評論

山東自春秋時代《孫子兵法》至《論語》《孟子》，還有既是歷史著作又是文學著作的《左傳》、《國語》等，著作興盛，文化創造處於全國的領先地位，

且對以後的中國和東亞文化史、文學史起著指導的作用。這些經典名著，文采斐然，對文學創作的影響也很大。此後在宋代和清代，出現了多位國內一流的詩詞、戲曲和小說大家，影響巨大。

　　王漁洋熱愛山東故鄉，極為敬重和熱愛山東古代和前代詩人作家，重視他們的創作。他博覽群書，注意挖掘先賢遺存的吉光片羽。如他注意辛棄疾稀有的詩作說：

　　　　辛稼軒詞中大家，而詩不多見。《劉後村詩話》載其《送別湖南部曲》一詩云：「青衫匹馬萬人呼，幕府當年急急符。愧我明珠成薏苡，負君赤手縛於菟。觀書到老眼如鏡，論事驚人膽滿軀。萬里雲霄送君去，不妨風雨破吾廬。」稼軒，吾濟南人，故錄之。其長短句，予家有舊刊本。（《居易錄》，《帶經堂詩話》卷二十一）

　　　　辛稼軒詩，傳者甚少，後村又記其一聯云：「身為僧禪老，家因赴詔貧。」稼軒墓在鉛山州南十五里陽原山中，見《研北雜志》。（同上）

他還注意搜尋寺廟中古代孑遺的前人詩句，如：

　　　　濟南長清縣靈巖山寺，有元至治元年，忽都虎郡王太夫人八達氏詩云：「岩前松檜年年綠，殿上君王歲歲春。（《居易錄》），《帶經堂詩話》卷二十一）

更留意地方文獻記載的前代文人的詩歌。如康熙四十四年（1705）五月，漁洋途經平原縣，觀《永平府志》，得明代本邑名士徐準詩《盧龍塞》一首，他高興地記錄：

　　　　余邑先輩文獻無徵，每以為恨，故於群書中遇邑人逸事遺文，輒掌錄之。乙酉再至安德（今山東平原縣），觀《永平府志》（永平府，在今河北盧龍縣），得邑方伯徐公準詩一首《盧龍塞》云：「燕呼黑水作盧龍，塞北風沙泣斷蓬。漢將已隨羌笛老，秦人莫恨久從戎。」公即詩人夜字東癡之曾祖也，萬曆中嘗為永平太守。（《香祖筆記》卷九）

他非常熱心於整理前輩的遺著。康熙三十八年（1769），漁洋刻《華泉集》於京師。《香祖筆記》卷二云：「吾鄉風雅盛於明弘、正、嘉、隆之世，前有邊尚書華泉，後有李觀察滄溟。《滄溟集》盛傳於世，《華泉集》一刻於胡中丞可泉，再刻於魏推官允孚，又逸稿六卷，刻於方伯桃溪，又有李中麓太常選本，山西臺察趙俟齋刻於太原。予所及見者前三本，而中麓選本獨未之見，諸本亦

漸就澌滅矣。康熙己卯，予乃選刻於京師，凡四卷。予兒啟涑以予私淑先生之切也，移書宗侄蘋，訪其後裔。久之，蘋乃詳其家世，報涑曰：『先生二子，長子翼，以蔭官光祿寺丞，其後無聞；次子習，歷城諸生，字仲學，號南洲，有詩名。習子治禮，治禮子節，節子庶，皆以諸生奉祀事。庶子材，材子紹祖。自先生至紹祖凡七世，其家尚有先生畫像云。』先生祀郡邑鄉賢，其奉祀至材始失之。材今年老，為人佃田，紹祖始十餘歲，亦失學傭工。辛巳假歸，涑乃為予述之，而濟南諸生某某以書導材，攜紹祖及先生畫像謁予里第。比予過郡，因與巡撫王中丞東侯、提學徐僉事章仲備言先生名德，而後裔僅有存者，遂以紹祖奉先生祀焉。（先生墓在萊莊，亦蘋云。）」（《香祖筆記》卷二）又於《香祖筆記》卷十一云：「予既選刻邊尚書《華泉集》及其仲子習逸詩，又訪其七世裔孫紹祖，請於當事，為公奉祀。歷城諸生張洰，字澄源，邊氏子佃主也。又訪其集於臨邑故家，得魏允孚刻本，為重鐫之，書來請序，並謀新公祠宇，置祭田，可謂好事喻義者，因書之。乙酉七月廿一日記。」

邊貢，字廷實，號華泉，明文學家，山東歷城人。弘治進士，官至南京戶部尚書。倡為文學復古運動，與李夢陽，何景明，徐禎卿、王廷相、康海、王九思稱「前七子」。其詩風格婉約，但內容貧乏。有《華泉集》。李滄溟，名攀龍，字于鱗，號滄溟，明文學家，山東歷城人，倡導文學復古運動，與王士貞、謝榛，宗臣、梁有譽，徐中行、吳國倫稱為「後七子」，有《滄溟集》。漁洋先生恐其作品湮滅，選其精華刊刻之。

又曾擬刻印邊貢的《邊習詩集》：「順治癸巳，曾假閱此集於東癡先生。康熙癸卯，予在揚州，作《論詩絕句》，中一首云：『濟南文獻百年稀，白雲樓空宿草菲；不及尚書有邊習，猶傳林雨忽沾衣。』著其事也。今歲癸亥，在京師，復假此集，先生報書云：『大水之後，藏書盡付波臣，獨此集以高閣幸免。』嗚呼，豈非神物護持之以待後人之表暴邪？予因回思往事，自癸巳至癸卯十年，自癸卯至癸亥又二十年，忽如旦暮，而予且由少而壯，由壯而老，而東癡已稱七十翁矣。不勝感歎，遂點閱一過，為錄副，謀刊之，而歸原本於東癡，聊跋數語以志歲月。」「予癸亥跋此集，意欲刻之京師，而以刊本並原本卻寄東癡，共一愉快。不謂是歲東癡歿於江西，是集因循未付梨棗，事之不可料如此。言念夙昔，為之惘然。」（《漁洋文》卷十二《跋邊習詩集二則》）

康熙四十四年（1705）六月，他收到門人陸廷燦所寄《風雅》，決計搜集整理前代鄉賢遺文。《香祖筆記》卷十云：「《梁園風雅》，明雍丘趙彥復微生、臨

清汪元范明生所撰，自李獻吉、何仲默，王子衡，高子業以下凡八人，義例嚴潔。予常勸宋中丞牧仲合劉欽謨《中州文表》刻之吳中，以備河南文獻。乙酉六月，適寄到《風雅》新刻本，乃嘉定門人陸廷燦校刊者。予笑謂座客曰：『吾為朋友謀則善矣，吾鄉文獻乃聽其放失。可乎？故嘗欲輯海右六郡前輩作者遺集五十家，斷自洪，永已來，如許襄敏彬、黃忠宣福……徐東癡夜、董樵谷樵輩，括其菁華，都為一集。守官京師四十餘載，匆匆未暇。今歸田矣，而髦及之，耳目神理非復故吾，不知斯志能終焉否也。聊志此以俟他日。乙酉六月廿二日西堂書。」

此外，他曾介紹《野亭文集》及其作者劉忠的事蹟：「曲阜陳見智力庵，以陳留知縣入為兵部主事，貽明少傅文蕭劉公《野亭文集》凡八卷。公相武宗，以木強聞，不悅於瑾、永之黨，在位僅三月，致仕歸，武宗嘗語於朝曰：『劉先生真老幹板也。』公既歸於南郭，積土為山，引水為池，構亭其上，題曰野亭。著《樵牧餘音》一卷，《歸來亭曲》一卷。此集有郭文簡公朴、鄒文莊公守益二序，崔文敏公銑作傳。」（《居易錄》卷八）

還推重王道《王文定公文錄》並評論說：「吾鄉武城王文定公道，嘉靖中官吏部侍郎，名臣也。其《文錄》議論純正，節錄數條於此。論鄭、衛二國風曰：《鄭風》二十一篇，其的為淫泆之詞者，《野有蔓草》、《溱洧》二篇。可疑而難決者，《丰》一篇而已。其他《緇衣》、二《叔于田》、《清人》、《羔裘》、《女曰雞鳴》、《出其東門》七篇，語意明白，難以誣說。至於《將仲子》、《遵大路》、《有女同車》、《山有扶蘇》、《籜兮》、《狡童》、《褰裳》、《東門之墠》、《風雨》、《子衿》、《揚之水》凡十一篇，序說古注，皆有事證可據。而朱子一切翻倒，盡以淫奔目之，而蔽以『放鄭聲』之一語，殊不知孔子論治則放聲，述經則刪詩正樂，刪之即所以放也，刪而放之，即所以正樂也。若曰放其聲於樂，而存其詞於詩，則詩、樂為兩事矣。且使諸篇果如朱子所說，乃淫沃浹狎蕩之尤者，聖人慾垂訓萬世，何取於此而乃錄之以為經也邪？反正詭道，侮亂聖言，近世儒者若馬端臨、楊鏡川、程篁墩諸人皆已辨之矣。又曰：鄭、衛多淫聲，如《桑中》、《溱洧》男女戲謔之詩，蓋亦多矣，孔子盡刪而放之。其所存者，發乎情，止乎禮義，而可以為法戒者也。中間三、四篇，蓋皆刪放之餘，習俗所傳，而漢儒於經殘之後，見三百之數有不足者，乃取而補之，而不知其為世教之害也。（《古夫子亭雜錄》卷一《論鄭風衛風》）又說明：「按《左傳》：韓起聘鄭，鄭六卿餞於郊。宣子請皆賦。子齹賦《野有蔓草》，宣子曰：『孺子善

哉，吾有望矣！」子太叔賦《褰裳》，子游賦《風雨》，子旗賦《有女同車》，子柳賦《蘀兮》。宣子曰：『二三君子，數世之主也，可以無懼矣！』夫餞大國之使，而所賦皆淫奔之詩，辱國已甚，宣子又何以歡其為數世之主乎？此亦一證，且知《野有蔓草》亦必非淫詩也。」(《薑尾續文》卷二十《跋王文定公文錄》)反覆辯論淫聲正聲之別，伸張詩歌評論必須切合實際的原則。

他不僅介紹和推重在朝庭任職的有地位的詩人作家，也介紹、評論隱居的文人之作，如《張仲集》及其作者：「張光啟，字元明，章丘人，世居白雲湖上。少為諸生，有名，為梅長公、朱未孩二公所知。崇禎庚辰年四十，遂棄諸生，闢一圃曰『省園』，以種樹藝花自樂。亂後，足不履城市，年八十餘卒。有《張仲集》，詩若干篇，予刪存百餘首，往往可傳。嘗有句云：『盡日閒看《高士傳》，一生怕讀早朝詩。』即其志可知也。」(《居易錄》卷十)讚譽其不慕榮華甘於淡泊的志向和忠貞堅誠的民族氣節。

對於明末清初戰亂時期的詩人作家在清兵南下時所受的艱難困苦，也不迴避，例如他記載和評論明末清初的《王若之集》云：「偶過慈仁寺市，得琅邪《王若之集》，若之字湘客，故明戶部尚書基之孫也。歷官參議，孤情絕照，清淡如晉人。服官留都，放情山水，買舟遊武林，窮湖山之勝。三竺奄寺，罷官居金陵。乙酉避亂姑孰，干戈崎嶇，獨載三代古鼎彝法書名畫，兼兩連舳，寢食與俱。其《答人書》云：『正惟草莽之中，當堅守一之節。』遂死。所與遊者，鄒南皋、馮少墟、鍾龍淵、張藐姑、李懋明、左蘿石諸公，皆一代偉人。湘客詩清真，無啟、禎氣習。最工赤牘，單辭片語，逼似晉、宋間人。絕句云：『素宇流孤月，清光照雁聲；似從千里外，寄與故鄉明。』『驢背肩似山，笠下眼如海；偶見漁樵人，行歌互相待。』『恰遇青山白水，忽來細雨斜風；俗駕還多高寄，便止宿於此中。』『若言造物勞人，那得伯師遮道，清涼是大藥王，一拂一濯甚好。』『片時眼界澄清，鼻觀與之俱省，脫巾解帶匡床，消受荷花百頃。』『圖書蓑笠載輕舲，雨雨風風去不停，疑是煙波垂釣者，居然呼吸有樵青。』『三十寒香繞屋栽，果然林下美人來，狂夫自許非寥落，眷屬妻孥總是梅。』聯句如：風雨松堂集，燈殘經不明。風煙無市色，時令屬山秋。半將春事負，始有故人來。戶外惟羅雀，床間復斗牛。如何橫白雨，忽已失青山。雨餘春尚冷，江上柳初眠。正是春潮長，還富暮雨時。登高逢九日，不速恰三人。扁舟乘曉霽，歸棹作浮家。學語兒呼汲，消閒婦鬥茶。休端秋露滴，草際候蟲鳴。碧藻浮沉處，白蓮三兩枝。皆非凡語。」(《居易錄》卷十二)讚譽王

若之的詩歌成就，照實寫出他在清兵南下的戰亂中保護文物的艱辛和堅貞而死的民族氣節。

王漁洋還評論了自己前輩親屬的詩文集，如明萬曆進士三伯祖王象蒙（養吾）的《王象蒙詩草》（《分甘餘話》卷一）、明姚安府知府八叔祖王象晉的《迂園詩集》（《居易錄》卷十四）、以詩名萬曆間、仕南吏部考功郎中的十七從叔祖王象春的《問山亭前集、後集》（同上）、十八叔祖王象明的《鶴隱集》和《雨蘿集》（同上），明甲辰進士、中書舍人再從伯王與玟的《籠鵝館集》（同上）等。

王漁洋對本鄉先賢的文化創造抱著真誠的敬意，熱情記錄和評論。由於搜集資料的困難，這方面的內容不算多，但王漁洋已經盡了他的心力。至於同時代的山東詩人作家，王漁洋接觸方便，交遊極廣，他的記載和評論就非常豐富了。

三、王漁洋對同時的山東詩人作家的評論

王漁洋評論了眾多同時代的山東詩人作家，包括有名、無名的文人的詩作，也有自己親屬、前輩的作品。

王漁洋論及他的親人的作品，在親切中都含公正，尤其重視他們的人品，遵循著人品與詩品、文品統一的評論原則。如他的祖父方伯公卒時，年九十四（1560～1653），鄉人私諡「康節先生」。《池北偶談》卷五云：「先祖方伯公年九十餘，讀書排纂不輟。雖盛夏，衣冠危坐，未嘗見其科跣。常揭一聯於廳事云：『紹祖宗一脈真傳，克勤克儉；教子孫兩行正路，惟讀惟耕。』齋中一聯云：『容人所不能容，忍人所不可忍。』癸巳歲作祭文有云：『不敢喪心，不求滿意。能甘淡泊，能忍閒氣。九十年來，於心無愧。可偕眾而同遊，可含笑而長逝。』蓋世錄云。公年雖大耋，時時夜夢侍先曾祖司徒府君。或跪受撲責，如過庭時焉。」

他評論叔兄王士祜拔貢云：「山人王氏諱士祜，字叔子，一字子側，別號東亭，前戶部尚書贈少師見峰公曾孫，封國子監祭酒賜經筵講官、戶部侍郎康宇公孫，封國子監祭酒贈經筵講官、戶部侍郎匡廬公第三子，幼沉默寡言笑，讀書好深湛之思，為文章刻深窈杳，不取悅時目。與弟士禛同學於兄考功氏，嘗夜雪集東堂，同和《輞川集》，山人得句云：『日落空山中，但聞發樵響。』考功驚歎。」（《蠶尾集》）

王漁洋的一位族兄王抃是著名戲曲家。王漁洋高度評價他的戲曲創作

說：「吾宗鶴尹兄抃，工於詞曲，晚作《籌邊樓傳奇》，一褒一貶，字挾風霜。至於維州一案，描摹情狀，可泣鬼神。嘗屬予序之，而未果也。今鶴尹歿數年矣，憶前事，為之憮然，聊復論之如此，將以代序，且以見傳奇小技，足以正史家論斷之謬誣也。」(《香祖筆記》卷十二)這個評價固然有因禮貌和客套而過高的成分，但他對戲曲傳奇的重視和高度評價，顯出他寬闊宏遠的批評眼光。

漁洋的妻兄張實居，字賓公，號蕭亭。他是漁洋敬重的詩人，也是探討詩藝的知音，兩人合著《詩友詩傳錄》。他隱於大谷，彈琴詠歌自娛。著有《蕭亭詩選》，漁洋定而序之。漁洋敬重其人品學問，相交與好。《漁洋詩話》曰：「內兄張蕭亭(實居)，鄒平少保忠定公孫也。家有湄園，擅丘壑之趣，今荒矣。嘗有詩云：『桃花乍放柳初生，葉底春禽送好聲。人在西園山翠裏，斜風細雨度清明。』予刻其詩四卷。」又曰：「蕭亭古、今詩盈千首，樂府、古選，尤有神解。予為擇其最者五百餘篇(一本作三百)，別為選集。後世頌其詩者，庶以知其人焉。」

王漁洋評論對同時代的著名詩人徐夜、宋琬、施閏章、趙執信等，還有小說家丁耀亢和戲曲家孔尚任等人，多有評論。

丁耀亢，字西生，號野鶴，一號紫陽道人，又號木雞道人。山東諸城人。明末諸生，入清後官容城教諭。從事小說及戲曲創作，亦能詩。著有《續金瓶梅》、《丁野鶴詩詞稿》及傳奇《赤松遊》、《表忠記》等。《池北偶談》卷十二《丁野鶴詩》云：徐夜少時曾讀其七律云：「陶令兒郎諸葛妻，妻能炊黍子烝黎；一家命薄皆躭隱，十載形勞合靜棲。野徑看雲雙展蠟，石田耕雨半犁泥；誰須更洗臨流耳，戛戛幽禽盡日啼。」「野鶴晚遊京師，與王文安鐸諸公倡和，其詩亢厲，無比風致矣。」又評論他的詩集《天史詩》：「諸城丁耀亢野鶴與丘石常海石友善，而皆負氣不相下。一日飲鐵溝園中，(東坡集有《鐵溝行》，即其地。)論文不合，丘拔壁上劍擬丁，將甘心焉，丁急上馬逸去。丁著《天史詩》，多奇句，如《老將》云：『低頭憐戰馬，落日大江東。』《老馬》云：『西風雙掉耳，落日一回頭。』此例皆警策。丘晚為夏津訓導，《過梁山泊》詩云：『施羅一傳堪千古，卓老標題更可悲。今日梁山但爾爾，天荒地老漸無奇。』丁遷惠安令，丘遷高要令，皆不赴。」(《古夫子亭雜錄》卷五《丁耀亢丘石常》)不僅記載和評論其詩歌佳作，還記載兩位老友評詩論文的頂真執著，以至於「用武器的批判作為批判的武器」的有趣軼事，令人動容而又忍俊不禁。

王漁洋與孔尚任是非常知心的朋友。在他們正式結交之前，孔尚任即對

這位大詩人極為敬佩和心儀。康熙二十六年（1687）春三月三日，孔尚任與諸名士宴集揚州紅橋修禊，回憶起漁洋當年在揚州為官時的風流年華和詩詞佳作。漁洋《居易錄》云：「丙寅、丁卯間，曲阜孔東塘以濬河至揚州，題詩紅橋云：『阮亭合是揚州守，杜牧風流屬後生。廿四橋頭添酒社，十三樓下說詩名。曾維畫舫無閒柳，再到紗窗只舊鶯。等是竹西歌吹地，煙花好句讓多情。』」（《帶經堂詩話》卷八）阮元《廣陵紀事》卷七介紹：「紅橋為詩人聚集之地，王阮亭、宋荔裳皆嘗觴詠於此。後孔東塘在廣陵時，上巳日，招同吳園茨、鄧孝威、費此度、李艾山、黃仙裳、宗定九、宗子發、查二瞻、蔣前民、閔賓連、王武徵、喬東湖、朱其恭、朱西河等共二十四人，紅橋修禊，賦詩紀事。」

康熙二十九年（1691）十一月，王漁洋與孔尚仁定交。孔尚任《長留集》五古卷有《王阮亭先生招飲，同顧梁汾、孫孝堪》詩，云：「陋巷稀晴光，北風吹屋瓦。擁衾晝眠時，酒餞無人假。羨君寵新命，朱門隔廣廈。誰知一片心，卻向寒僚寫。巍巍冕與軒，對客意瀟灑。列坐書帷中，居然見董賈。書整如廊廟，書散如草野。譬之行山陰，耳目不暫捨。況復同坐人，顧孫皆大雅。欲讀妨高談，欲談誤杯斝。一室溫如春，四體就陶冶。月照西峰明，扶醉上疲馬。行行俯首思，鳳麟出世寡。賤子日無長，雙手等閒把。四海抱奇人，無限思君者。」孔尚任對漁洋給他的友誼極感溫暖。

漁洋一直關心著作為文物收藏家的孔尚任的活動和有關創作。如記載「戶部主事孔尚任東塘有《龍卵聯句》，云：燕市得一卵，其堅如石，圓尺有三寸，鵝子形，色類漬象牙，遍體黧點，有紋蟠結如蛟螭狀；古雲龍蛇卵有黧點，蛇圓、龍長，龍卵經火不毀，試之良然。」（《居易錄》，《帶經堂詩話》卷十六）又如：「國子博士孔尚任東塘，精於音律，常得漢玉羌笛、唐制胡琴各一枚，形制古雅，自為跋刻之。又嘗於慈仁寺市得前代內府琵琶二，賦詩曰：『喬木世臣事已革，零書破琴存故國。每逢舊物重摩挲，必詰此物何從得。廟市曾收兩琵（仄）琶，製作不同各臻極。其一龜錦裹周身，剪犀鏤牙如樓織；背上雙紐蹲盤螭，盈尺曲柄一玟瑉飾；雲揪作面波濤生，三十六峰更奇特；橫挾不起斜按難，滿輪明月遮胸臆。其一瘦削美人肩，螳螂匙頭蜻蜓翼；水波雷文到四邊，碎砌檀槽百衲式。異寶妝成兩樹花，牡丹秋菊真氣逼。不似螺絢非碑碌，剔硃填漆無顏色。次第傳觀反覆猜，旁有老伶長太息：前朝琵琶屬教坊，玉熙宮中數承直；方響前列琵琶隨，一派韶音揚舜德；先皇顧曲愛繁絃，天府之藏示樂職。大者名為大海潮，南宋流傳今到北；四絃彈動殷殿庭，卻疑腕中萬斛

力。小者斷從萬曆初，內府金錢費千億；年年風露催白頭，才人懷袖聲啾唧；聽來恰似秋蟬吟，針鋒細字將名刻。大聲宏亮小聲清，雄鳴雌和無差忒。龍錦囊中只兩張，舊時中侍皆能識。可惜淪落在市廛（疑當作塵），四十八年塵漬黑。折軸斷品誰安排，玉帶銀撥漫拂拭。有腹無弦訴怨難，撫今懷古中心惻。造者前王毀者誰，甲申三月遭流賊。』」（右《詠大海潮、小吟蟬兩琵琶歌》）（《居易錄》，《帶經堂詩話》卷二十二）

漁洋在孔尚任受冤去職、生活落入困頓後，不時給以接濟，還不時邀他一起飲酒做詩。如康熙三十五年（1696）漁洋奉命祭告西嶽，歸後，冬，漁洋招龐塏、龍燮、黃元治，汪棣園、孔尚任等集飲邸舍，分韻酬倡。龐塏《從碧山房詩集四》卷四有《丙子冬日，王阮亭先生歸自秦蜀，招同龍雷岸、黃自先、汪棣園，孔東塘飲宅中，用右丞「抱琴好倚長松」為韻分賦得松字》詩，詩云：「嶽瀆千古靈，秦蜀萬里道。主公祭告歸，行裝何草草。置酒招故人，高言展懷抱。是日大雪交，黃花猶未老。燈前態轉佳，發興恣幽討。古來六言詩，君家右丞好。主客數既葉，分賦各屬稿。初更月已沉，六市人如掃。他宴逝不留，此宴彌傾倒。顧盼惜群賢，誰忍歸獨早？」康熙四十一年（1703）孔尚任作《謝阮亭先生送米炭》詩，其中有句云：「新城清風天下聞，乃有大被暖鐵漢。詩窮還待詩人療，詩人以外堪長歎。」（《長留集》七言卷）描寫自己在「早餐大如軍國謀」、「餓腹雷鳴從者散」的這樣狼狽的困境中得到漁洋接濟的感激之情。

由於漁洋對尚任有如此真摯深厚，罕與倫比的情誼，故而尚任對漁洋的愛戴崇敬也極其真摯深厚並念念在心。當尚任在漁洋任職舊地旅遊時，也會情不自禁地思念漁洋起來。如《西江月·平山堂懷阮亭》：「花事清明五度，衣香人影匆匆。（一作「幾度平山高會，詞成人去堂空。」）風流司李管春風，又覺揚州一夢。楊柳千株剩綠，芙蕖十里殘紅。重來誰識舊時翁？只有江山迎送！」孔尚任離京時，作《留別王阮亭先生》長詩一吐怨苦，並對漁洋多年一貫的友情和關懷表示由衷的深切感謝。詩中「揮淚酬知己」一語，充分表達了對漁洋給他的無比深厚的情誼的感激之情。漁洋逝世後，孔尚任特赴新城弔唁，送別這位情誼真摯高貴的詩友。

王漁洋評論過的眾多詩人中，他對徐夜、宋琬和施閏章的評價最高。

徐夜（1614～1686），初名元善，字長公，後更字嵇庵，號東癡。山東新城（今桓臺）人。諸生。工詩。有《東癡詩集》，漁洋為之定稿並作序。

早在順治七年（1650），漁洋即與著名詩人徐夜定交。《漁洋山人自撰年譜》云：「東癡為季木先生外孫，順治癸巳年山人始與定交。」《居易錄》云：「未幾，中辛卯鄉試，始與邑隱君徐夜（東癡）定交」《分甘餘話》云：「徐東癡隱居係水，高尚其志，李容庵（念慈）為新城令最敬禮之，與相倡和。」《漁洋詩話》云：「徐夜，字東癡，叔祖季木考功（象春）外孫，與予兄弟為從兄弟，詩學陶、韋。巉刻處似孟東野。予目之為『澗松露鶴』。西樵少有贈詩云：『美人自牧能貽我，名士如蠅總附君。』予時尚羈卯，亦有句云：『湘東品第留金管，江左風流續《玉臺》。』徐答：『野雁想潛窺，摹繪得其真。』」。

康熙十三年（1674）徐夜因追慕三國時魏末著名文學家、思想家嵇叔夜之為人，更名夜，字嵇庵。嵇康（224～263），字叔夜博學多藝，曠邁不群，性好老莊，講求養生服食之道，尤其是不滿司馬昭篡魏野心，故被其所殺。臨刑之際，索琴奏《廣陵散》，稱廣陵絕響。清新城進士郝毓春《徐隱君詩集序》：「先生為明季諸生，乃心明室始終不變。其改名夜也，乃思明之意，別號東癡，亦嚮明之意，嚮明思明而不能復明，故曰『癡』。一癡字最有味。余曾於大庭廣眾之中，與諸友之有深識者研論及此，皆以為然。」王漁洋對徐夜改名乃因思明復明，了然於胸，對他的改名極讚賞，並在《漁洋文略》中鄭重記載：「徐夜先生初名元善，字長公，慕嵇叔夜之為人，更名夜，字嵇庵，又字東癡，世為濟南新城人。先生束髮工為詩，五言似陶淵明，巉刻處更似孟郊。中歲以往，屏居田廬，邈與世絕。寫林水之趣，道田家之致，率皆世外語，儲玉已下不及也。予在京師數寄書索其稿，先生遜謝而已，乃就篋中所藏斷簡編綴之，得百餘首，刻梓以傳。」（《帶經堂詩話》卷五）漁洋在母葬一週年後，作的第一首詩，便是為《徐五兄自號嵇庵》詩。他與徐夜終生保持著真誠的友誼，並記錄了他們友誼的足跡。《漁洋山人自撰年譜》記載熙十三年（1674），漁洋四十一歲時：「處士徐東癡（夜）遊宛、鄧歸，閉門卻掃。山人居廬日，嘗與往還。小祥後，多贈答詩。」康熙十八年（1679）中秋節，徐夜至漁洋里第作客，並作《月華》詩。《居易錄》：「康熙己未、庚申間，先司徒府君以中秋夜召客，客散，留徐隱君東癡（夜）宿，而府君獨座月中。徘徊未寢，漏下三鼓，急見月華如前所云，五彩金光，灼爍射人，不可名狀，急呼隱君起，重命觴酌達旦。明日，隱君賦《月華篇》紀事，載《新志》中。」

王漁洋在康熙詩壇上，對宋琬和施閏章的評價最高。他說：「康熙以來詩人，無出南施北宋之右，宣城施閏章愚山、萊陽宋琬荔裳也。昔人論《古詩十

九首》，以為驚心動魄，一字千金，施五言云：『秋風一夕起，庭樹葉皆飛。孤
宦百憂集，故人千里歸。岳雲寒不散，江雁去還稀。遲暮兼離別，愁君雪滿
衣。』此雖近體，豈愧《十九首》耶！己未在京師，登堂再拜求予定其全集。
宋浙江後詩頗擬放翁，五古歌行時闖杜韓之奧。康熙壬子春在京師，求予定其
詩壽筆為三十卷。其秋與予先後入蜀，予歸之明年，宋以梟使入覲，蜀亂，妻
孥皆寄成都，宋鬱鬱歿於京邸，此集不知流落何地矣。」（《池北偶談》，《帶經堂詩
話》卷九）又說：「餘論當代詩人，目曰南施北宋，施謂愚山，宋謂荔裳，二君
集皆經余刪定。又嘗取愚山五言近體詩，為《主客圖》一卷。今施集尚存其家，
未能版行；宋集經蜀亂失其本矣。」（《漁洋詩話》，《帶經堂詩話》卷九）

又記敘自己和宋、施兩人在京的過往最持久、親密：「康熙辛亥，宋荔裳
（琬）、施愚山（閏章）皆集京師，與余兄弟倡和最久。明年壬子，荔裳補官蜀
梟，余典蜀試，先後出都門；既而余以十月下峽，荔裳以明年春上峽，遂不相
見。是歲荔裳入覲，歿於京師。後二十八年庚辰，余官刑部尚書，荔裳之子思
勃來京師，以《入蜀集》相示，亟錄而存之。集中古選歌行，氣格深穩，余多
補入《感舊集》，略其二三短章於此，《次黃州》云：『賦成《赤壁》人如夢，
江到黃州夜有聲。』《憶故鄉海錯絕句銀刀》（一名八帶魚。）云：『銀花爛熳委筠
筐，錦帶吳鉤總擅場。千載鱘諸留俠骨，至今匕箸尚飛霜。』《筆管鯹》云：
『雕蟲小伎舊知名，食邑由來號管城。會與江郎書《恨賦》，莫將刀筆博公
卿。』《題督郵爭界石》云：『蜀國至今悲杜宇，楚人終是戀鴻溝。』可謂精切
著題。」（《漁洋詩話》，《帶經堂詩話》卷九）於《池北偶談》卷十一又云：「宋以梟
使入覲，蜀亂，妻孥皆寄成都。宋鬱鬱歿於京邸，此集不知流落何地矣。」梅
耦長《知我錄》云：「新城先生著述甫脫稿，輒已流佈。獨《感舊集》一書，
編成逾廿年不以示人。因別有微指。」此乃「微指」之一也。

宋琬（1614～1674），字玉叔，號荔裳，又號二鄉亭主人，山東萊陽人。
順治四年進士。歷官戶部主事，累官浙江按察使，被誣下獄。其詩辭意淒清，
情調感傷。與施潤章齊名，當時有「南施北宋」之稱。所著《雅安堂集》乃漁
洋所定。《入蜀詩》一卷，先生輯入《感舊集》。詩風蒼勁，有《陋軒詩集》，
漁洋為其作序。

施潤章（1618～1688），字尚白，一字屺雲，號愚山，又號蠖齋，矩齋，安
徽宣城人。順治六年進士，授主事，因試高等，順治十三年曾任山東提學僉事、
山東學政，取士有「冰鑒」之譽。（《濟南府志》卷三十七）康熙時舉博學鴻詞，官

至侍讀。能詩文。詩與宋琬齊名，以溫柔敦厚勝。漁洋《池北偶談》卷十一曰：「康熙以來，詩人無出南施北宋之右，宣城施潤章愚山，萊陽宋琬荔裳也。」潤章稱讚漁洋詩法並與己作比較說：「子師言詩如華嚴樓閣，彈指即現，又如仙人十二樓，縹緲都在天際。予即不然，譬作室者，瓴甓、瓦石須從平地築起。」而漁洋稱其詩：「有風人之旨，其章法之妙，如天衣無縫。」

愚山雖是安徽人，但曾在山東任職，且政跡斐然，所以也是山東文學史上的重要人物。更兼他不僅是《聊齋誌異》中小說名篇《胭脂》中的著名主人公，而且還是蒲松齡的老師。蒲松齡《聊齋誌異‧胭脂》末段說：「愚山先生，吾師也。方見知時，余猶童子。竊見其獎進士子，拳拳如恐不盡。小有冤抑，必委屈呵護之，曾不肯作威學校，以媚權要。真宣聖之護法，不止一代宗匠衡文無屈士已也。而愛才如命，尤非後世學使虛應故事者所及。」這篇小說生動描寫他平反冤獄的認真態度和出眾智慧，並極贊他「賢能稱最」。

漁洋與愚山的友誼，前已言及。漁洋作為著名清官能吏，對同樣才華傑出、清廉有為、忠於職守的施愚山大有惺惺相惜的知音之感。康熙九年（1670），施閏章作詩《賣船行》：「誰言在官有餘祿，倒篋購書猶未足。誰言薄宦無長物，故人贈船如大屋。載書千卷船未滿，四座詞人命絃管。清江白鷺伴往還，楚歌騷急吳歌緩。自擬相將汗漫遊，歸來蕭索妻孥愁。親朋環顧只空手，不如棄此營苑裘。近日括船軍令急，戰艦連檣如雨集。大船被報小船破，長年竄伏吞聲泣。去官那敢說官船，泛宅終輸枕石眠。欲藏無壑賣不售，且係青溪蘆荻邊。」漁洋讀了愚山此詩後，即作長詩《題施愚山〈賣船詩〉後》，極贊愚山為官清廉，詩曰：「國家急廉吏，將以風百僚。如何十年來，吏道紛吳敖。哀哉此下民，鞭扑分安逃？魯山與陽城，斯人竟難招。江西飽亂離，白骨填蓬蒿。石田廢不治，遺黎雜山魈。一二老寡妻，煢煢困征徭。昔者數守令，為政嚴風飆。峻令盛誅求，細不遺龇齙。金玉競輦致，樂哉共宣驕。憲府前上壽，鞠跽一何勞！公堂侮下民，意氣一何豪！寡妻哭向天，血淚埋荒郊。亂後幾子遺，乃以資汝曹！是時宛陵公，持節吉臨交。為政貴簡易。潔己先清儉。放荷苔蘚淨，飛鳥營其巢。賦詩彈子嶺，慷慨同石壕。白鹿與青牛，斯道誰鼓橐？公獨奮百世，皋比陳唐堯。廉恥存綱維。義利窮毫毛。蘭芷變荊棘，孔鸞革鴟梟。汝曹即不仁，寧終肆闚覦。七載一舸歸，無物充官艘。兩郡萬黔首，留公但號眺。讀公賣船詩，中心何忉忉！填膺抒此詞，庶以備風謠。他年韋丹碑，會見留江皋。翹首望宇中，煙火尚蕭條。安得百施公，為時激頑

澆？」（《漁洋山人精華錄》卷四）

　　漁洋多次記載自己與愚山同遊、一起做詩的愉快經歷。除前引之記載外，另如康熙十八年（1679）冬，同愚山、藹公集王弘撰昊天寺寓舍觀唐棣《水仙圖》，漁洋有詩《同施愚山、陳藹公集山史昊天寺寓觀唐子華〈水仙圖〉》。康熙十九年（1680）年二月，漁洋與施閏章遊宏衍庵看海棠，有《同愚山侍講宏衍庵看海棠東梅耦長四首》詩，《居易錄》云：「康熙庚申春，予與施侍讀愚山同過宏衍庵看海棠，各有四絕句。」

　　除施愚山外，漁洋還頗有一些詩友是王漁洋與蒲松齡共同的朋友。如高珩（1612～1697），字蔥佩，號念東，別號紫霞居士，淄川（今淄博市淄川區）人。明崇禎十六年進士，選庶吉士。入清，曾任國子祭酒、吏部侍郎、刑部侍郎等職。能詩文，著有《荒政考略》《棲雲閣集》（一作《棲雲詩文閣集》）。生平事蹟見乾隆《淄川縣志》卷五、《碑傳集》四三。與漁洋過從甚密。他為蒲松齡《聊齋誌異》作序。

　　康熙十八年冬，淄川友人高珩（念東）辭官返里，漁洋與在京同邑人和名士宴集聖安寺餞送。《池北偶談》卷十七《松筠庵詩》曰：「康熙庚申，刑侍高公（珩）再致政，歸淄川，未行，移居宣武門西松筠庵。相國益都馮公溥過之，流連竟日。高公贈詩云：『戶倚雙藤禪宇開，無人知是相公來。相看一笑忘市朝，風吹依然兩秀才。』馮公和云：『隱几僧僚戶不開，天親無著憶從來；而今老去渾忘卻，只識維摩是辯才。』予亦和云：『二老前身二大士，相逢半日畫爐灰，它年古寺經行地，記取寒山拾得來。』「京師外城西南隅聖安寺，寺殿有商喜畫壁。康熙庚申冬，高念東刑侍將歸淄川，予與施愚山，宋牧仲諸詞人飲餞於寺，共為聯句五十韻。」《池北偶談》卷十四曰：「高念東侍郎（珩），以康熙戊申奉命祭告南嶽，在湖湘間有詩數百篇，予喜其絕句，錄之如：『行人到武昌，已作半途喜；那識武昌南，煙水五千里。』『未入衡州郭，先看衡州城；城門垂薜荔，大抵似巴陵。』『綠淨不可唾，此語足千古；天水澹相涵，中有數聲櫓。』『花放不知名，稻秀猶能長。芳草隱清流，但聽清流響。』『兩岸層層嶂，孤城畫面山。橫襟憑一葉，睥睨洞庭間。』『幾月舟行久，今朝倦眼開。千峰翔舞處，一片大江來。』『南嶽雲中盡，東流海上忙。他年圖畫裏，著我在瀟湘。』『芋火夜經聲，悲喜塞岩寺。宰相世間人，何與山僧事。』『磨磚竟不成，磨銅何不可；寄語馬大師，努力庵前坐。』高又有送人詩云：『故園小圃又東風，杏子櫻桃次第紅。明日春明門外路，清明消遣馬蹄中。』」（《池

北偶談》,《帶經堂詩話》卷十)又介紹他歸隱後的生活和詩歌創作的情況:「高公蕙佩,別字念東,歸田坐臥一小閣,不接賓客,几上唯梵夾旁行,《金剛》《淨名》數卷外,不復觀他書,常和寒山子詩以見意。公為詩如麻姑擲米,粒粒皆成丹砂,然不自愛惜,緣手輒散去。」(《蠶尾續文》,《帶經堂詩話》卷十)

另如王漁洋和蒲松齡共同的朋友蔣虎臣,他曾介紹他的奇怪經歷和詩作說:「蔣修撰虎臣(超)順治丁亥及第,不樂仕進,自言前身峨嵋老僧也,後竟歿於蜀。常題金陵舊院云:『錦繡歌殘翠黛塵,樓臺已盡曲池湮。荒園一種瓢兒菜,獨佔秦淮舊日春。』」(《漁洋詩話》,《帶經堂詩話》卷十一)有趣的是,王漁洋和蒲松齡都將這位朋友的奇異經歷作為自己的小說創作題材,有名篇問世。

四、王漁洋對蒲松齡和《聊齋誌異》的評論

王漁洋與蒲松齡建立了至死不渝的創作友誼,他們的持久友誼還建築在王漁洋對蒲松齡的詩文和《聊齋誌異》真純而又出色的評價之上,王漁洋是蒲松齡的知音。這樣的友誼是世界上人與人之間崇高、純潔的感情的出色典範,令後人稱羨讚美不已。(下略,內容參見《王漁洋〈聊齋誌異〉評批述評》)

本文收入《地域文化與文學研究論集》
(李少群、喬力主編),中國社會科學出版社,2007 年

論王漁洋的小說評論

　　王漁洋作為著名詩人、詩論大家和詩壇領袖，能突破正統文壇和文人的偏見，重視和高度評價戲曲、小說、民歌等通俗文學文體，並給戲曲、小說作家以很大鼓勵，作為文壇領袖，可謂千古一人。王漁洋的主要成就無疑在於詩歌的創作和理論方面，但其小說創作和評論在清代文學史上有重大影響，成就亦不容忽視。

　　王漁洋對小說這種文體的認識，在清初來說，是處於時代前列的。從他對小說尤其是《聊齋誌異》的評批來看，他頗重視小說內容和人物形象對讀者的教育作用和向讀者提供社會、人生知識的認識作用。故而他在《池北偶談序》中，不僅肯定小說的「或灑闌月墮，間舉神仙鬼怪之串，以資溫噱」，有娛樂、消遣的功能，更鄭重強調小說和筆記中的其他作品「大之可以畜德，小亦可以多識」的意義。

　　上述漁洋言論兼指文言和白話小說。對白話小說，他在《香祖筆記》卷十說：

　　　　小說演義亦各有所據，如《水滸傳》、《平妖傳》之類，予嘗詳之《居易錄》中。又如《警世通言》有《拗相公》一篇，述王安石罷相歸金陵事，極快人意，乃因盧多遜謫嶺南事而稍附益之耳。故野史傳奇，往往存三代之直，反勝穢史曲筆者倍蓰。前輩謂村中兒童聽說三國事，聞昭烈敗則顰蹙，曹操敗則歡喜踊躍，正此謂也。禮失而求之野，惟史亦然。《平妖傳》多目神借用呂文靖事，指使馬遂乃北寺留守賈魏公所遣，借作潞公耳。鄭毅夫有《馬遂傳》，嚴三點已詳予《居易錄》。

　　儘管由於時代的侷限和認識的不同，上文對王安石的評價可以商榷，漁洋認為「野史傳奇」一類的文言和白話小說，「往往存三代之直，反勝穢史曲筆者倍蓰」和「禮失而求之野，惟史亦然」，將小說與歷史著作相提並論，評價無疑是極高的，在封建社會中是極為不易的罕見之論。

　　在上引言論中，漁洋強調「小說演義亦各有所據」，將小說與歷史著作在一定程度上作等量齊觀，強調小說的藝術真實與生活真實、歷史真實的一致性，漁洋對小說的具體評論，幾乎都著眼於此。

　　一類是批評小說描寫失實。有關三國的小說，漁洋談到：「小說記漢昭烈帝有一玉人，常置甘夫人帳中，月映之，與玉人一色，此真不經之談，昭烈在劉景升座上感髀裏肉生，慨然流涕，乃屑作此兒女態乎！唐人有《題劉郎浦》詩云：『吳蜀成婚此水潯，明珠步幛幄黃金。誰將一女輕天下，欲換劉郎鼎峙心。』此語差識得英雄本色。」（《古夫于亭雜錄》卷五）又曾批評：「《姑蘇志》古蹟類『滄浪亭』之後載梅都官園引《祝樵野錄》云：『聖俞晚年謝事，卜築滄浪之旁，與子美為鄰』云云。按歐陽文忠作聖俞墓誌及集序，初無『晚年謝事，卜居蘇州』之文，但云『累官至尚書都員外郎，命編修《唐書》。書成，未奏而卒，年五十有九。』其卒在京師，亦未嘗謝事也。小說之妄如此，王文恪顧取之，何也？」（《居易錄》卷二十五）前者批評人物形象和行為的描寫失真，後者批評記載人物經歷的失實。

　　第二類是肯定小說描寫內容原有事實根據。此類談得最多的是《平妖傳》和《水滸傳》。關於《平妖傳》前已引及，又《居易錄》卷二十五談及：「今小說演義記貝州王則事，其中人亦多有依據。如馬遂擊賊被殺是也。其云成都神醫嚴三點者，江西人，能以三指間知六脈之病，以是得名。見《癸辛雜識》。」另《古夫于亭雜錄》卷三、卷六兩次簡要談到：「元至正間，有範益者，京師名醫也。一日，有嫗攜二女求診，曰：『此非人脈，必異類也，當實告我，』嫗泣拜曰：『我西山老狐也，』與之藥而去，今小說《平妖傳》實借用其事。而所謂嚴三點，則南昌神醫也，予已別記於《居易錄》、又傳中杜七聖與蛋子和尚鬥法斬葫蘆事，見《五雜俎》，乃明嘉、隆間事，皆非杜撰也。」「《平妖傳》載蛋子和尚三盜猿公法，亦有所本。廣州有大溪山，有一洞，每歲五月始見。土人預備墨瀋、紙刷入其中，以手捫石壁上有若鐫刻者，急拓出，洞亦隨閉，持印紙視之，或咒語，或藥方，無不神驗者。見焦尊生《說楛》。不僅嚴三點、杜七聖、馬遂之有所本也、」關於《水滸傳》，《古夫于亭雜錄》卷五抄

錄丁耀亢《過梁山泊》詩云：「施羅一傳堪千古，卓老標題更可悲。今日梁山但爾爾，天荒地老漸無奇。」漁洋抄錄此詩，顯然同意丁的詩中觀點，在給《水滸傳》以極高評價（「堪千古」）、贊成李贄稱此書為「忠義水滸傳」的一系列進步觀點之同時，堅信宋江義軍確於梁山泊做過一番轟轟烈烈的事業，大致猶如小說所描寫者，故而有後兩句之感歎。另於《居易錄》卷七、卷二十四分別抄錄有趣的資料：

> 稗官小說不盡鑿空，必有所本。如施耐庵《水滸傳》微獨三十六人姓名見於龔聖予贊，而首篇敘高俅出生與《揮塵後錄》所載一吻合。俅本東坡先生一史，工筆札。坡出帥中山，留以予曾子宣，辭之，以屬王晉卿。晉卿一日遣俅送箆刀子於端王邸，值王在園中蹴鞠，俅睥睨之，王呼前來詢曰：「汝亦解此邪？」曰：「能之。」令對蹴，大喜，呼隸云：「往傳語都尉，謝箆刀之貺，並送人，皆輒留矣。」逾月，王登大寶，眷渥甚厚，不次遷拜，數年間持節至使相，父敦復復為節度使，兄仲亦登八座，子俣皆為郎。傳所云小蘇學士即東坡，而稍變其文耳。都尉即詵也，俅富貴不忘蘇氏，每子弟入都，問恤甚厚，亦有可取。時梁師成自詭東坡之子，二人皆嬖倖，擅權勢而叔黨，卒終於小官，可以知其賢矣。或謂二蘇黨禁方嚴，幸公麟遇蘇氏子弟，至以扇障面而過之。坡族孫元老上時相啟乃至云「與黨人偶同高祖」，此輩愧俅、師成不亦多乎？！宋張文忠公叔夜招安梁山濼榜文云：「有赤身為國不避凶鋒，拿獲宋江者，賞錢萬萬貫，雙執花紅；拿獲李進丈者，賞錢百萬貫，雙花紅；拿獲關勝、呼延綽、柴進、武松、張清等者，賞錢十萬貫，花紅；拿獲董平、李進者，賞錢五萬貫，有差。」今鬥葉子戲，有萬萬貫、千萬貫、百萬貫、花紅遞降等，采風叔夜榜文中語也！又傳中方臘賊黨呂師囊，台州仙居人，亦非杜撰、但賊所陷，乃杭、睦、歙、處、衢、婺六州耳。詳《泊宅編》。又《七修類稿》言《錄鬼簿》元汴梁鍾繼先作，載宋元傳記之名，而於此傳之事尤多。

以上皆以筆記、野史記載之資料，與小說描寫的內容相對照，認為小說的描寫一般都有史實和事實的一定根據。

另有幾則言論則從其他角度議論小說與真實的關係。《池北偶談》卷十三云：「雙文詩，世以為元微之自寓。然吾觀元氏《長慶集》中誨侄等詩云：『吾

生長京師，朋從不少，然而未嘗識倡優之門。』觀此，則小說未必真微之事也。」認為小說並非全都據真人真事描寫，亦有虛構者。同書卷十四云：「《中山狼傳》，見馬中錫《東田集》。東田河間故人，正德間右都御史，康德涵、李獻吉皆其門生也。按《對山集》有《讀中山狼傳》詩云：『平生愛物未籌量，那記當年救此狼。』則此傳為馬剌空同作無疑。公入唐人小說，亦如《天祿閣外史》之類。」指出小說亦可借物諷刺，影射醜惡的世態和人物。另《古夫于亭雜錄》卷五：「小說有唐解元詭娶華學士家婢秋香事，乃江陰吉道人，非伯虎也。吉父為御史，以建言譴戌。道人於洞庭遇異人，得道術，能役鬼神。嘗遊虎丘，時有兄之喪，上襲麻衣，而內著紫綾褲。適上海一大家攜室亦遊虎丘，其小婢秋香者，見吉衣紫，顧而一笑，吉以為悅己也，詭裝變姓名，投身為僕。久之，竟得秋香為室。一日遁去，大家跡之，知為吉，厚贈奩具，遂為翁婿。華則吉之本姓云。」此亦從小說可以虛構的角度，指出小說描寫的人事實為別人的真人真事。《香祖筆記》卷七云：「佛經幻妄，有最不可究詰者。如善意菩薩白兜率天宮下作佛，在摩耶夫人母胎中，晨朝為色界諸天說種法，日中時為欲界諸天亦說諸法，晡時又為諸鬼神說法，於夜三時，亦復如是。雖稗官小說如《西遊記》者，亦不至誕妄如是。」漁洋極其尊重佛教，對佛禪理論有一定研究，尤其對禪宗學說極為尊奉，引入詩學研究和詩歌創作實踐之中。但他畢竟不是佛學研究家，故而他對佛經的有些評論，我們可置之不論。從此言中可知，他認為《西遊記》是荒誕類小說，但其中仍有情理，並非誕妄不經之作。

綜上所述，漁洋對小說與真實的關係，有比較正確的認識。他認為小說的描寫常有事實、史實之依據（儘管由於時代條件和資料缺乏，他據引的例子並非完全妥當），但有些小說也是屬於虛構的，如《鶯鶯傳》（儘管這個具體結論也不一定對），尤其如《中山狼傳》《西遊記》之類以動物為主人公的擬人小說。由於時代和認識的侷限，漁洋在論述時有過分強調小說（尤其如《水滸傳》）是紀實作品的傾向。當時作家、理論家多有此傾向，故而筆者認為這是時代的侷限。

第三類評論是批評有些小說作品的缺點，他批評有些唐人傳奇小說是「浮誕豔異之說」（《居易錄·自序》）。又批評有些筆記小說輾轉傳抄別人的東西，甚至以訛傳訛：「司馬相如，藺相如。果相如否？長孫無忌，費無忌，能無忌否？右對見《齊東野語》，後人傅會作李獻吉督學江西事。小說剿竊傳訛，

往往如此。」(同上卷六)

另有評論是注釋性的,如《居易錄》卷二十八:「唐人小說謂張祜之子為冬瓜,蓋瓠子冬瓜為謔耳。《紫桃軒雜綴》謂祜曾為秀州冬瓜堰官,則是以所官之地,名其子耳。」此言前半指出唐人小說以諧音、歇後語為戲謔,後半則引書說明其取名之因。漁洋博覽群書,知識淵博,故而注釋或書明小說之來歷和掌故,往往給人啟示良多。

縱觀漁洋的全部著述,可見他對歷代文言個說和明代白話小說十分熟悉,不僅細加閱讀,而且讀書得間,十分有心地寫出自己的看法與評論,並提供了值得後人重視的一些研究資料和學術見解。而在他關於小說的全部言論中,最有成就的無疑是他對於《聊齋誌異》的評論。這些評淪,由於蒲松齡的手稿本僅存一半,而可能造成一些散佚,但至少是大部尚存,值得我們珍視。

蒲松齡的《聊齋誌異》是中國和世界文學史上的一代偉著,王漁洋是這部偉大作品的第一位評論家。「第一位」乃有三層意義:一、在時間上,漁洋是最早給以具體評論的文學家,二、在學術界和文壇上,漁洋是第一個給蒲著以正確、高度評價的理論家,三、在作者心理上,漁洋是己作最重要的評論家,作者對漁洋的評論極其重視、極其感激。近人張友鶴在其輯校之《聊齋誌異》三會本《後記》中正確指出:

> 《聊齋誌異》完成之後,作者首先以求教王士禛,王氏「加評騭而還之。」作者把這些評語謄錄在稿本裏,可以看出對它的重視。這是因為,王士禛當時既有政治地位,又在文壇上享有很高的聲譽,作者不免要藉他的評價以自重。另一方面,王評雖然只挑選某些作品作一總評,但寥寥數語十分概括,有其精闢之處。

此論精闢但過簡,筆者試略作具體述評。

漁洋是蒲著最早的評論者,史實昭昭,自不必再作論證。漁洋對蒲著之正確、高度評價,包括蒲著之詩文和小說,對於詩文之評價,筆者《傑出的文壇領袖王漁洋》一文已論及,此不贅言。這裡細察其評《聊齋誌異》之具體言論。

漁洋評《聊齋》之言論,今存者凡 27 則。〔註1〕其內容可歸納為四類。其一論藝術與生活真實,凡九則。其中三則乃補充事實,《王六郎》篇敘王六

〔註1〕 《聊齋誌異》之作者手稿本所錄漁洋評語較後起之刻印本略多,但手稿本僅存一半,所佚之另一半可能有刻印本所未載者,但不會多。

郎雖悲慘地淪為落水鬼，猶

懷仁愛之心，他任冥官後又不忘舊時的貧賤朋友。文末，蒲翁感歎封建社會中「一闊臉就變」的司空見慣現象，並舉自己家鄉某人闊後不認少年舊遊，其族弟聞訊作「月令」譏評之，漁洋的評語指出：「月令乃東郡耿隱之事。」《蔣太史》篇敘蔣超篤信佛教，自記前世為峨嵋山僧人，後特回蛾嵋山而終。漁洋《池北偶談》卷八也有《蔣虎臣》篇，記敘蔣的生動事蹟，多為《聊齋》所未載。漁洋在《聊齋誌異》此篇後寫道：「蔣，金壇人，金壇原名金沙；其字又名虎臣，卒子峨嵋伏虎寺；名皆巧合，亦奇。予壬子典試蜀中，蔣在峨嵋，寄予書云：『身是峨嵋老僧，故萬里歸置於此。』尋化去。予有挽詩曰：『西風三十載，九病一遷官。忽憶峨嵋好，真忘蜀道難。法雲晴浩蕩，春雪氣高寒。萬里堪埋骨，天成白玉棺。』蓋用書中語也。」漁洋為小說中人物的文字交，故為蒲翁小說的內容作重要補充；再與其《蔣虎臣》篇合觀，則這位奇人之奇事庶幾可見完璧。又，《邵士梅》篇記邵見舊人而記起前世的故事，漁洋於文後補充說：「邵前生為棲霞人，與其妻三世為夫婦，事更奇。高東海以病死，非獄死。邵自述甚詳。」按漁洋《池北偶談》卷二十《記前生》亦記邵士梅事，且介紹與漁洋乃「同年」之進士，兩人相互熟識。此言後半則糾正《聊齋》原文記邵前身高東海死因之誤。糾正原文記事之誤的另有《噴水》篇之評語。此篇記清初著名詩人宋琬（字玉叔，號荔裳）家中奇事。宋為漁洋之詩友，漁洋熟知其身世，故而其評語指出「玉叔襁褓失恃，此事恐屬傳聞之訛。」而後來道光時的何守奇認為：「漁洋評甚明。」（經綸堂刻何守奇評本）

從以上四則評語可看出漁洋認為文言小說一般應是紀實作品，以描寫真人真事為職能的一貫觀點。漁洋還有三則評論從文言小說必須描寫真人真事的原則出發，認為《汪士秀》篇記敘汪夜泊洞庭湖時巧遇在錢塘落水被妖物抓去的生父而救歸的故事，怪異瑰奇，似離生活真實較遠，故評曰：「此條亦恢詭。」於《酆都御史》則云「閻羅天子廟，在酆都南門外平都山上，旁即五方牛洞，亦無他異。但山半有九蟒御史廟，神甚獰惡，事亦荒唐。」又《閻羅》篇：「中州有生而為河神者，曰黃大王。鬼神以生人為之，此理不可曉。」按漁洋在《池北偶談》卷二十五《黃大王》記活人為河神，而蒲翁《閻羅》記活人為閻羅，皆違背常理，故云。但漁洋深信這些篇目記錄的是真人真事，故有此評。

另有兩則評語批判封建社會的黑暗，充分顯示了王漁洋憂國愛民的進步

立場。他評《聊齋》名篇《促織》說：「宣德治世，宣宗令主，其臺閣大臣，又三楊、蹇、夏諸老先生也，顧以草蟲織物，殃民至此耶？惜哉！抑傳聞異辭耶？」對殃民之舉深為痛惜。《於去惡》篇借陰司的科舉考試不公，譏諷順、康時的科舉時弊，並借陰司考題，批判當世：「自古邪僻固多，而世風至今日，姦情醜態，愈不可名，不惟十八獄所不能盡，抑非十八獄所不能容。」小說寫桓侯（張飛死後之諡號）糾正陰世科場之不公，蒲松齡於文末為此大發感慨，王漁洋批道：「數科來關節公行，非啖名即壟斷，脫有桓侯，亦無如何矣。悲哉！」公開嚴厲批評當世科場之黑暗，頗為不易。

第二類評小說的人物形象，有十一則。《郭安》篇描寫兩個昏庸的縣令胡亂判決命案，讓殺人兇手逍遙法外，受害者則冤沉大海，漁洋於篇中夾評另舉故鄉縣令為例，譏諷有些地方官之昏聵無能：「新城令陳端庵凝，性仁柔無斷。王生與哲典居宅於人，久不給直，訟之官，陳不能決，但曰：『詩云：「維鵲有巢，維鳩居之。」生為鵲可也。』」如此判詞，令人啼笑皆非。漁洋此評，用另一事實來肯定和強調蒲著原作的真實性，他和蒲松齡一樣，對封建時代的法制不全極為不滿並鞭撻當時人治之黑暗。《柳秀才》中的主人公幫助災區人民避免蝗蟲殘害農作物，漁洋評道：「柳秀才有大功德於沂，沂雖百世祀可也。」愛憎非常分明，標準在於對待人民的態度。

在人物形象的評論中，漁洋對婦女形象的態度值得注意《武技》篇描和歌頌少年女尼的高強武藝，漁洋評道：「此尼亦殊蹤跡詭異不可測。」對其十分讚佩，在「女子無才便是德」的時代，漁洋和蒲松齡一樣，讚頌婦女中的強者，顯屬進步觀念。《金陵女子》敘金陵某女流落他鄉，喪夫後嫁路遇之人，後又不辭而別，飄然回鄉尋父，性格超異脫俗，漁洋驚歎：「女子大突兀！」《商三官》描寫商三官為報父仇，女扮男裝，投身戲班，借機接近並手刃仇人而自縊；《俠女》記敘少女飛劍殺狐、隱姓埋名伺機誅殺仇人，又為報恩憐貧而為鄰居書生生子，最後飄然而隱，不知所之。漁洋讚美前者：「龐娥、謝小娥，得此鼎足矣。」稱頌後者：「神龍見首不見尾，此俠女其猶龍乎！」眾所周知，「神龍見首不見尾」是對漁洋倡導的神韻派詩歌的最高評價，而龍是封建時代至高無上的神物。漁洋用神龍比喻俠女，在婦女沒有地位並大受歧視的封建時代，是非常難能可貴的。聯想到漁洋在自己的著作中努力收集、保存並高度評價明末清初的婦女詩作，可見其婦女平等的觀點在當時是極顯突出的。而《連城》篇記敘少女連與喬生死而復生的曲折戀情，其情其事其精神頗有與《牡丹亭》

相似、相通者,故而漁洋讚歎:「雅是情種,不意《牡丹亭》後,復有此人。」對《牡丹亭》及其民主精神和少男少女真摯堅貞的愛情大加肯定。可見漁洋和蒲翁一樣,「亦詩亦俠亦溫存」,是極富情感,正義感強烈,又有詩意——既是詩人,同時又是詩人式的作家和理論家。

漁洋另有三則讚頌狐女的評語,既表現出他對浪漫主義文學作品的理解和熱愛,又因被讚頌者皆為狐中女性,顯示了他進步的婦女觀。《蓮香》篇描寫狐女蓮香愛慕書生桑曉,又同情少年夭折的李女與桑曉的戀情,她救了桑之性命,又成全桑、李的婚姻,居心仁厚,樂為成人之美。漁洋的評語為:「賢哉蓮娘!巾幗中吾見亦罕,況狐耶!」《紅玉》篇描寫豪門欺凌貧苦書生,奪其妻而使書生馮相如家破人亡。狐女紅玉救其孤兒,又為之操持生理,用真誠的愛為馮生重建幸福的家庭。漁洋不禁讚歎:「程嬰、杵臼,未嘗聞諸巾幗,況狐耶!」將史學經典著作《左傳》、《史記》中描寫的搭救趙氏孤兒的英雄人物來比擬狐女紅玉,給予崇高評價。而《狐諧》篇描寫狐女思路敏捷,出口成章,妙語如珠。且善惡謔,一群書生雖能說會道,善辯擅謔,而每與此狐交鋒則一敗塗地,無招架之力。此狐女之才氣與文化層次遠高於明代小說中的快嘴李翠蓮,漁洋認為「此狐辯而諧,自是東方曼卿一流。」比之於西漢著名的歷史人物。以上評語無不見出漁洋進步的文學觀和婦女觀,其卓特的見解和評論,在當時有頗大的指導意義。

另有一則《酒友》評語是「車君灑脫可喜」。評篇中主人公車生家雖貧而豪放好客,與狐酒逢知己而結為好友的灑脫可愛之性格。

第三類評語是總結和論述《聊齋》中佳篇的高超寫作手法和傑出藝術成就。此類凡三則,其評《張誠》篇為「一本絕妙傳奇,敘次文筆亦工」。評《連瑣》篇:「結盡而不盡,甚妙。」讚美其言有盡而意無窮的結尾手段。又評《青梅》篇:「天下得一知己,可以不恨,況在閨閫耶!青梅,張之知己也,乃王女者又能知青梅。事妙文妙,可以傳矣。"此語讚頌狐女情義深重,在讚頌狐女的愛情與友誼精彩動人的同時稱譽《聊齋》此篇文字綺麗精妙,結構嚴謹精妙,是可以傳之後世的典範作品。

第四類將《聊齋誌異》作品與書內別的作品和漁洋或他人之作作比較。漁洋評《鴝鵒》「可與鸚鵡、秦吉了同傳」,此與《聊齋》之《阿英》篇比較。評《趙城虎》:「人云:王子一所記孝義之虎,予所記贛州良富裏郭氏義虎,及此而三。」《口技》篇則「頗似王於一(猷定)集中李一足傳」。這些都是將作品

中的人物或動物形象與內容相近、相通的他作作比較。

此外，另有一則是史料性的補充說明。《王司馬》篇描寫王象乾主持東北明清戰爭時的抗清戰績，當時的明清邊界，「今撫順東北哈達城東，插柳以界蒙古，南至朝鮮，西至山海，長亙千里，名『柳條邊』。私越者置重典，著為令。」這是漁洋治學有「考據」愛好的反映。

縱觀漁洋的現存全部評語，我們可以看出漁洋閱讀、評批《聊齋志昇》的態度是認真、熱情的，口吻是平等的，觀點是公允而精闢的，由於漁洋本人也是說部巨匠，善於創作文言小說，因此，從小說藝術角度所下的評語也是中肯的。值得注意的是，漁洋的評語沒有一條批評性的意見，全部是肯定性的或讚賞性的觀點。漁洋慧眼識人，對蒲松齡的詩文、小說評價都很高，甚至極高，可見其公正的態度和卓特的眼光，人所難及。這樣的評價，在漁洋和蒲翁之時代，別人未見發表，而其後之正統丈人紀昀則訾議《聊齋志昇》為「才子之筆，非著書之體」，可見漁洋對《聊齋誌異》的精闢評價，當時的確為人所不及。

王漁洋的小說評論在清代文學史和文學批評史上有重大影響，其理論成就值得我們重視。

首先，王漁洋關心、鼓勵蒲松齡《聊齋誌異》的創作，對蒲松齡一代小說偉著的最後完成起了促進作用。王培荀《鄉園憶舊錄》說：「《誌異》未盡脫稿時，王漁洋先生士禛按篇索閱，每閱一篇寄還，按名再索，來往書札，余俱見之。」漁洋在認真閱讀蒲松齡給他的《誌異》部分成稿後也有書信詢問：「尚有幾卷？統望惠教。」他還曾作《戲題蒲生〈聊齋誌異〉卷後》：「姑妄言之姑聽之，豆棚瓜架雨如絲。料應厭作人間語，愛聽秋墳鬼唱時。」不僅正面肯定蒲松齡在豆棚瓜架之下收集民間傳說故事、深入下層人民生活的創作態度，讚賞蒲松齡大寫陰世、鬼魂、狐精的瑰異題材，更暗寓他對《聊齋誌異》批判人間不平與黑暗的贊許之意。蒲松齡對王漁洋的賞識，有絕處逢生之感，他答王漁洋的和韻詩說：「《誌異》書成共笑之，布袍蕭索鬢如絲，十年頗得黃州意，冷雨幽燈夜話時。」首句說自己創作小說幾乎受到親友的一致反對，「十年頗得黃州意」一句，深感漁洋對《誌異》一書能真正賞識真意，並給以高度、恰當的評價。漁洋的評批無疑對蒲翁的小說創作有很大的鼓舞作用。

其次，漁洋自己有小說創作的實踐，是當時的說部巨匠，他又大量閱讀明代和清初小說，並作評論，對清代小說創作的發展和繁榮，起了很大的推動作

用，觀鑒我齋《兒女英雄傳序》甚至認為：「自王新城喜讀說部，其書始浸浸盛。」誠非虛言。

第三，漁洋對小說這種文體的總體評價，體現了理論巨匠應有的時代高度。在封建時代，史學著作具有崇高的地位。在小說與歷史著作關係的問題上，明末清初的小說家和理論家總把小說與歷史相比擬，並以此為榮。漁洋則從內容的真實性角度肯定小說有時還高於史著，這就徹底糾正了自班固《漢書·藝文志》以蔑視小說為「街談巷語」之「小道」的成見與偏見，在內容上確立了小說在文化史上的地位。

第四，漁洋評論《聊齋誌異》的優秀之作「結盡而不盡」，「神龍見首不見尾」。眾所周知，前者是唐宋詩歌「言有盡而意無窮」的最高評價，後者是神韻派詩歌的最高評價，可見漁洋在藝術上將小說的優秀之作與詩歌的優秀之作作等量齊觀，在藝術上確立了小說在文學史上的崇高地位。

此外，漁洋評論小說的眼光寬闊、觀點公允，對後世有頗大影響。他既肯定《三國演義》、《水滸傳》這類史詩性的宏著巨篇、陽剛之作，也讚賞短篇小章、歌頌愛情的陰柔之作。既肯定書生意氣，又讚賞巾幗精神，既肯定批評黑暗現實的戰鬥性作品（如《促織》、《郭安》），又讚賞狐仙，鬼神之類的浪漫主義傑作。在他本人的創作和評論中都重視特異功能的題材，也重視劍俠題材——一反自韓非以來的「俠以武犯禁」的維護封建秩序的觀點，繼承了司馬遷的進步觀點，在一定程度上肯定有進步意義的叛逆精神和反抗精神，十分難得。這對清代俠義小說的空前盛行也有推動作用。

由於漁洋具有刑部尚書、國子監祭酒的政治地位和人詩人大理論家、文壇祭酒的領袖地位，因此他的小說創作和評論，在清代文學史上的影響不僅是巨大的，而且也是深遠的。

1993（4月27～30日）·山東桓臺·山東大學等主辦「國際王漁洋研討會」論文，《桓臺國際王漁洋討論會論文集》，山東大學出版社，1995年

王漁洋《聊齋誌異》評批述評

　　蒲松齡的《聊齋誌異》是中國和世界文學史上的一代偉著，王漁洋是這部偉大作品的第一位評論家。「第一位」乃有三層意義：一、在時間上，漁洋是最早給以具體評論的文學家；二、在學術界和文壇上，漁洋是第一個給蒲著以正確、高度評價的理論家；三、在作者心理上，漁洋是己作最重要的評論家，作者對漁洋的評論極其重視、極其感激。近人張友鶴在其輯校之《聊齋誌異》三會本《後記》中正確指出：

> 《聊齋誌異》完成之後，作者首先以求教王士禎，王氏「加評
> 騭而還之」。作者把這些評語謄錄在稿本裏，可以看出對它的重視。
> 這是因為，王士禎當時既有政治地位，又在文壇上享有很高的聲譽，
> 作者不免要藉他的評價以自重。另一方面，王評雖然只挑選某些作
> 品作一總評，但寥寥數語十分概括，有其精闢之處。

此論精闢，但過簡，筆者試略作具體述評。

　　漁洋是蒲著最早的評論者，史實昭昭，自不必再作論證。漁洋對蒲著之正確、高度評價，包括蒲著之詩文和小說；對於詩文之評價，與《聊齋誌異》也有關係。因為《聊齋誌異》作為文言小說，是用文言散駢結合的文體出現的，根據內容和人物描寫的需要，作品內時有詩歌出現，更且不少作品本身即富蘊濃鬱的詩意。可見，《聊齋誌異》所取得的偉大藝術成就，與蒲松齡的詩、文藝術成就有很大關係。而漁洋認真閱讀了蒲松齡的詩文作品後，認為蒲的詩作「近古」，「纏綿豔麗」，「蒼老幾近少陵矣」，評其文「得《離騷》之神」，「一粟米現大千世界，真化工之筆」，「寫惡官勢焰，摘心挽膽，令此輩無可躲閃。

至詞氣古茂，是兩漢手筆」，「竟是一篇驅鱷魚文字。」〔註1〕將他的詩文比作屈原、《史》、《漢》、杜甫和韓愈，又認為達到「化工」的境界，簡直給以至高無上的評價。還特撰《題聊齋文後》：「聊齋文不斤斤宗法震川，而古折奧峭，又非擬王李而得之，卓乎成家，其可傳於後無疑也。」認為蒲文是可傳之後世的卓越的大家之作。漁洋對蒲翁詩文的高度評價，與他對《聊齋誌異》的極高評價，顯然有密切的相輔相成、相得益彰的聯繫。

蒲松齡將自己生平最得意的著作《聊齋誌異》完成稿呈漁洋閱讀，希望得到漁洋的承認，關心和支持。漁洋一貫慧眼識人，以識拔、諭揚困厄的才子為己任。他那卓特的文學、美學眼光，當然立即看出蒲松齡著作的偉大價值。他在《聊齋誌異》的一些篇章之後寫上精闢的評批，給以極高的評價；更且詢問；「尚有幾卷統望惠教。」對蒲翁繼續創作《聊齋誌異》起了極大的鼓勵作用。他還詩贈蒲翁《戲題蒲生〈聊齋誌異〉卷後》；「姑妄言之姑聽之，豆棚瓜架雨如絲。料應厭作人間語，愛聽秋墳鬼唱時。」不僅正面肯定蒲松齡在豆棚瓜架之下收集民間傳說故事、深入下層人民生活的創作態度，讚賞蒲松齡大寫陰世、鬼魂、狐精的瑰異題材，更暗寓他對《聊齋》批判人間不平與黑暗的讚許之意。蒲松齡對王漁洋的賞識，有絕處逢生之感。他和答王漁洋之詩說：「《誌異》書成共笑之，布袍蕭索鬢如絲。十年頗得黃州意，冷雨寒燈夜話時。」「十年頗得黃州意」，是對漁洋能真正賞識《聊齋誌異》真意的一個回答。他又有《偶感》一詩；「潦倒年年愧不才，春風披拂凍雲開。窮途已盡行焉往？青眼忽逢涕欲來。一字褒疑華袞賜，千秋業付後人猜。此生所恨無知己，縱不成名未足哀。」對漁洋高度評價自己詩文、小說的感激涕零之情，噴薄而出。松齡每次鄉試，都鎩羽而歸，未得下層考官的賞識，屈辱之感難免常鬱鬱於胸。漁洋不僅是文壇宗師，且又曾任國子監祭酒，是太學「校長」和國家最高主考官的身份，得到他的讚許，而且是幾乎至高無上的公正評價，怎不令處於窮途中的蒲松齡極度興奮！蒲松齡科場不利，家境貧困，只能以作幕或坐館為生計，前程十分渺茫，他醉心於《聊齋誌異》的創作，又遭到親朋好友幾乎一致的反對，認為他不務正業，故而「誌異書成共笑之，布袍蕭索鬢如絲。」「潦倒年年愧不才」、「窮途已盡行焉往？」漁洋對《聊齋誌異》的賞識與鼓勵，無疑極大地鼓舞了蒲松齡更大的創作熱情。蒲松齡在《聊齋誌異》成書十年後，又將定本中漁洋評批過的各篇輯成兩冊寄奉漁洋。並說：「惟先生

〔註1〕抄本《南遊草》，轉引自侯岱麟《蒲松齡與王士禎》，《讀書》，1979 年第 6 期。

進而教之。古人文字，多以遊揚而傳，深愧讕陋，不堪受宣城獎進耳。」可見在他的心中，漁洋是他最為重視和珍視的評論家。

漁洋評《聊齋》之言論，今存者凡27則〔註2〕。其內容可歸納為四類。

其一論藝術與生活真實，凡九則。其中三則乃補充事實，《王六郎》篇敘王六郎雖悲慘地淪為落水鬼，猶懷仁愛之心，他任冥官後又不忘舊時的貧賤朋友。文末，蒲翁感歎封建社會中「一闊臉就變」的司空見慣現象，並舉自己家鄉某人闊後不認少年的舊遊，其族弟聞訊作「月令」譏評之，漁洋的評語指出：「月令乃東郡耿隱之事。」《蔣太史》篇敘蔣超篤信佛教，自記前世為峨嵋山僧人，後特回峨嵋山而終。漁洋《池北偶談》卷八也有《蔣虎臣》篇，記敘蔣的生動事蹟。多為《聊齋》所未載：

> 翰林修撰蔣虎臣先生超，金壇人，自號華陽山人。幼耽禪寂，不茹葷酒，祖母夢峨嵋山老僧而生。生數歲，嘗夢身是老僧，所居屋一間，屋後流泉適之，自伸一足，入泉洗濯，其上高山造天，又數夢古佛入己室，與之談禪。年十五時，有二道人坐其門，說山人有師在峨嵋，二百餘歲，恐其墮落云云，久之乃去。順治丁亥，先生年二十三，以一甲第三人及第，入翰林二十餘載，率山居，僅自編修進修撰，終於史官。性好山水，遍遊五嶽及黃山、九華、匡廬、天台、武當，不避蛇虎。晚自史館以病請告，不歸江南，附楚舟上峽，入峨嵋山，以癸丑正月卒於峨嵋之伏虎寺。臨化有詩云：「偶向鑊湯求避熱，那從人海去翻身；功名傀儡場中物，妻子枯髏隊里人。」嘗自謂蜀相蔣琬之後，在蜀與修《四川通志》，以琬故，遍叩首巡撫、藩臬諸司署前。其任誕不羈如此。

此篇較《聊齋誌異·蔣太史》為詳，蒲文為：

> 蔣太史超，記前世為峨嵋僧，數夢至故居庵前潭邊濯足。為人篤嗜內典，一意臺宗，雖早登禁林，嘗有出世之想。假歸江南，抵秦郵，不欲歸。子哭挽之，弗聽。遂入蜀，居成都金沙寺；久之，又之峨嵋，居伏虎寺，示疾恒化。自書偈云：「憒然猿鶴自來親，老衲無端墮業塵。妄向鑊湯求避熱，那從大海去翻身。功名傀儡場中物，妻子骷髏隊里人。只有君親無報答，生生常自祝能仁。」

〔註2〕《聊齋誌異》之作者手稿本所錄漁洋評語較後起之刻印本略多，但手稿本僅存一半，所佚之另一半可能有刻印本所未載者，但不會多。

　　漁洋在《聊齋誌異》此篇後寫道：「蔣，金壇人，金壇原名金沙，其字又名虎臣，卒於峨嵋伏虎寺，名皆巧合，亦奇。予壬子典試蜀中，蔣在峨嵋，寄予書云：『身是峨嵋老僧，故萬里歸骨於此。』尋化去。予有挽詩曰：『西風三十載，九病一遷官。忽憶峨嵋好，真忘蜀道難。法雲晴浩蕩，春雪氣高寒。萬里堪埋骨，天成白玉棺。』蓋用書中語也。」漁洋為小說中人物的文字交，為蒲翁小說的內容作重要補充，又《漁洋詩話》載：「蔣修撰虎臣超，順治丁亥及第，不樂仕進，自言前身峨嵋老僧也，後竟歿於蜀。嘗題金陵舊院云：『錦鏽歌殘翠黛塵，樓臺已盡曲池湮。荒園一種瓢兒菜，獨佔秦淮舊日春。』」再與其《蔣虎臣》篇合觀，則這位奇人之奇事庶幾可見完璧。又《邵士梅》篇記邵見舊人而記起前世的故事，漁洋於文後補充說：「邵前生為棲霞人，與其妻三世為夫婦，事更奇。高東海以病死，非獄死，邵自述甚詳。」按漁洋《池北偶談》卷二十《記前生》亦記邵士梅事，且介紹邵與漁洋乃「同年」之進士，兩人相互熟識：

　　　　同年濟寧邵嶧輝士梅，自記前生為寧海州人，纖細不爽。後以己亥登進士，為登州教官，親至所居里，訪其子，得之，為謀生事，且教之讀書，為諸生。又自知官止縣令，及遷吳江縣知縣，遂辭疾歸。又其妻早卒，邵知其再生館陶某氏，俟其髻而聘之，復為夫婦。河南張給事文光能記三生事，李御史嵩陽、樂安李貢士煥章，皆能記前生事。此耳目睹記之尤著者。

　　張友鶴《聊齋誌異》三會本《邵士梅》附錄所抄錄之《池北偶談》篇較上引中華書局據康熙辛巳刊本更詳，惜未標明何種版本，其文為：

　　　　同年進士濟寧邵士梅，字嶧暉，順治辛卯舉人，登己亥進士。自記前生為棲霞人，姓高名東海；又其妻某氏死時自言：「當三世為夫婦。再世當生館陶董氏，所居濱河，河曲第三家。君異時罷官後，獨寓蕭寺繕佛經時，訪我污此。」後謁選得登州教授。一日，檄署棲霞教諭，暇日訪東海故居，已不存。求得其孫某，為置田宅。已而遷吳江知縣，謝病歸，殊無聊賴。有同年知館陶縣，因訪之，館於蕭寺。寺有藏經一部，寂寥中取閱之。忽憶妻言，沿河覓之，果得董姓者於河曲第三家。家有女未字，邵告以故，且求其宰縱史，遂娶焉。後十餘年，董病且死，復與邵訣曰：「此去當生襄陽王氏，所居濱江，門前有二柳樹。君幾年後，訪我於此，當再合，生二子。」

邵記其言。康熙己未在京師時，屢為予及同年傅侍御彤臣（辰）、潘
吏部陳伏（揚言）言之。

以上兩段雖取自同一著作，內容卻大異。但漁洋所記遠較《聊齋誌異》為
詳，且多次聽邵本人自述後所記，屬第一手資料。又當時陸次山《邵士梅傳》
（作於康熙七年五月晦日）對邵士梅再生和成年後重訪高氏故里情況言之歷歷，文
末言邵「作令吳江，吳中人士盛傳其事。余初未之信也，適登州明經李曰白，
為余同年曰桂胞弟，便道過訪，余偶言及，曰白曰：『得非我登州學博邵嶧暉
先生乎？其事甚真，余所稔聞。』因述邵在登時，嘗以語同官李簹，簹以語曰
白者，縷悉如此。」可見此事在當時十分有名，且再世之人物、地點，言之鑿
鑿，故事引人入勝，故而蒲、王、陸皆據以為文，各有詳略。

按，《聊齋誌異·邵士梅》之全篇為：

> 邵進士，名士梅，濟寧人。初授登州教授，有二老秀才投刺，
> 睹其名，似甚熟識；凝思良久，忽悟前身。便問齋夫：「某生居某村
> 否？」又言其豐範，一一吻合。俄兩生入，執手傾語，歡若平生。
> 談次，問高東海況，二生曰：「獄死二十餘年矣，今一子尚存。此鄉
> 中細民，何以見知？」邵笑云：「我舊戚也。」先是，高東海素無賴；
> 然性豪爽，輕財好義。有負租而鬻女者，傾囊代贖之。私一媼，媼
> 坐隱盜，官捕甚急，逃匿高家。官知之，收高，備極拷掠，終不服，
> 尋死獄中。其死之日，邵生辰。後邵至某村，恤其妻子，遠近皆知
> 其異，此高少宰言之，即高公子冀良同年也。

前引漁洋評語「高東海以病死，非獄死，邵自述甚詳。」則糾正《聊齋》
原文記邵前身高東海死因之誤。糾正原文記事之誤的另有《噴水》篇之評語。
此篇記清初著名詩人宋琬（字玉叔，號荔裳）家中奇事。宋為漁洋之詩友，漁洋
熟知其身世，故而其評語指出「玉叔襁褓失恃，此事恐屬傳聞之訛。」而後來
道光時的何守奇認為：「漁洋評甚明。」（經綸堂刻何守奇評本）對漁洋評語的評價
很高。因為漁洋熟識蒲松齡小說中的人物，故而他能補充小說中描寫的人物
事蹟和描寫內容，並糾正蒲著之誤。有趣的是，漁洋不僅親自聽過蒲著中的人
物如邵士梅講他自己的故事，他還與書中的人物如蔣虎臣有詩、信往來，因此
他比蒲松齡從間接渠道的傳聞而記錄、描寫的內容更詳盡、準確些。值得注意
的是，王漁洋和蒲松齡一樣，都篤信佛教中的三世觀點，對蔣虎臣、邵士梅的
前世故事堅信不疑、津津樂道，對鬼神故事也如此。漁洋自己在這些題材上也

有不少小說作品。他顯然引蒲松齡為同道，平時十分留心此類異事，並有心動筆寫作此類作品。關於這些，筆者另有論文探討，茲不展開詳述。

以上四則評語可與漁洋認為文言和白話小說一般應是紀實作品，以描寫真人真事為職能的一貫觀點完全相一致。漁洋還有三則評論從文言小說必須描寫真人真事的原則出發，認為《汪士秀》篇記敘汪夜泊洞庭湖時巧遇在錢塘落水被妖物抓去的生父而救歸的故事，怪異瑰奇，似離生活真實較遠；故評曰：「此條亦恢詭。」他評《酆都御史》說：「閻羅天子廟，在酆都南門外平都山上，旁即五方平洞，亦無他異。但山半有九蟒御史廟，神甚獰惡，事亦荒唐。」評《閻羅》篇：「中州有生而為河神者，曰黃大王。鬼神以生人為之，此理不可曉。」按漁洋在《池北偶談》卷二十五《黃大王》記活人為河神，而蒲翁《閻羅》記活人為閻羅，皆違背常理，故云。但漁洋深信這些篇目記錄的是真人真事，故有此評。

另有兩則評語批判封建社會的黑暗，充分顯示王漁洋憂國愛民的進步立場。他評《聊齋》名篇《促織》說：「宣德治世，宣宗令主，其臺閣大臣，又三楊、蹇、夏諸老先生也，顧以草蟲織物，殃民至此耶？惜哉！抑傳聞異辭耶？」對殃民之舉深為痛惜。《於去惡》篇借陰司的科舉考試不公，譏諷順、康時的科舉時弊，並借陰司考題，批判當世：「自古邪僻固多，而世風至今日。姦情醜態，愈不可名，不惟十八獄所不能盡，抑非十八獄所不能容。」小說寫桓侯（張飛死後之諡號）糾正陰世科場之不公，蒲松齡於文末為此大發感慨，王漁洋批道：「數科來關節公行，非啖名即壟斷，脫有桓侯，亦無如何矣。悲哉！」公開嚴厲批評當世科場之黑暗，頗為不易。

其第二類評小說的人物形象，有十一則。《郭安》篇描寫兩個昏庸的縣令胡亂判決命案，讓殺人兇手逍遙法外，受害者則冤沉大海。漁洋於篇中夾評另舉故鄉縣令為例，譏諷有些地方官之昏聵無能：「新城令陳端庵凝，性仁柔無斷。王生與哲典居宅於人，久不給直，訟之官。陳不能決，但曰：『詩云：「維鵲有巢，維鳩居之。」生為鵲可也。』」如此判詞，令人啼笑皆非。漁洋此評，用另一事實來肯定和強調蒲著原作的真實性。他和蒲松齡一樣，對封建時代的法制不全極為不滿並鞭撻當時人治之黑暗。《柳秀才》中的主人公幫助災區人民避免蝗蟲殘害農作物，漁洋評道：「柳秀才有大功德於沂，沂雖百世祀可也。」愛憎非常分明，標準在於對待人民的態度。

在人物形象的評論中，漁洋對婦女形象的態度值得注意。《武技》篇描寫

和歌頌少年女尼的高強武藝，漁洋評道：「此尼亦殊蹤跡詭異不可測。」對其十分讚佩，在「女子無才便是德」的時代，漁洋和蒲松齡一樣，讚頌婦女中的強者，顯屬進步觀念。《金陵女子》敘金陵某女流落他鄉，喪夫後嫁路遇之人，後又不辭而別飄然回鄉尋父，性格超異脫俗，漁洋驚歎：「女子大突兀！」《商三官》描寫商三官為報父仇，女扮男裝，投身戲班，借機接近並手刃仇人而自縊；《俠女》記敘少女飛劍殺狐、隱姓埋名伺機誅殺仇人，又為報恩憐貧而為鄰居書生生子，最後飄然而隱，不知所之。漁洋讚美前者：「龐娥、謝小娥，得此鼎足矣。」龐娥故事，見《三國志‧魏志‧龐淯傳》：「外祖父趙安為同縣李壽所殺。淯舅兄弟三人，同時病死。淯母娥，自傷父仇不報，乃幃車袖劍，白日刺壽於都亭前。訖，徐詣縣，顏色不變，曰：父仇已報，請受戮。」謝小娥的故事流傳很廣，李公佐因親為小娥解出兇手申蘭，申春之姓名之謎，其《謝小娥傳》成為唐代傳奇的名篇之一，後北宋《太平廣記》全文抄錄，其他小說作者改編、傳寫者亦眾。謝小娥因父、夫為申氏兄弟所殺，她改扮男傭，偵訪並隱身仇家二年有餘，伺機手刃春蘭，又呼鄉人擒獲春申，得報血海深仇。小娥乃削髮為尼，經修行度過餘生。商三官與龐娥、謝小娥一樣都是堅韌不拔、敢報父、夫之仇的熱血女性和復仇天使，漁洋抓住了人物形象的共同特點。漁洋的評語稱頌《俠女》篇中的俠女：「神龍見首不見尾，此俠女其猶龍乎！」眾所周知，「神龍見首不見尾」是對漁洋倡導的神韻派詩歌的最高評價，而龍是封建時代至高無上的神物。漁洋用神龍比喻俠女，在婦女沒有地位並大受歧視的封建時代，是非常難能可貴的。聯想到漁洋在自己的著作中努力收集、保存並高度評價明末清初的婦女詩作，可見其婦女平等的觀念在當時是極顯突出的。而《連城》篇記敘少女連城與喬生死而復生的曲折戀情，其情其事其精神頗有與《牡丹亭》相似、相通者，故而漁洋讚歎：「雅是情種。不意《牡丹亭》後，復有此人。」對《牡丹亭》及其民主精神和少男少女真摯堅貞的愛情大加肯定。可見漁洋和蒲翁一樣，「亦詩亦俠亦溫存」，是極富情感，正義感強烈，又有詩意——既是詩人，同時又是詩人式的作家和理論家。

　　漁洋另有三則讚頌狐女的評語，既表現出他對浪漫主義文學作品的理解和熱愛，又因被讚頌者皆為狐中女性，顯示了他進步的婦女觀。《蓮香》篇寫狐女蓮香愛慕書生桑曉，又同情少年夭折的李女與桑曉的戀情；她救了桑之性命，又成全桑、李的婚姻，居心仁厚，樂為成人之美。漁洋的評語為：「賢哉蓮娘！巾幗中吾見亦罕，況狐耶！」《紅玉》篇描寫豪門欺凌貧苦書生，奪其

妻而使書生馮相如家破人亡。狐女紅玉救其孤兒，又為之操持生理，用真誠的愛為馮生重建幸福的家庭。漁洋不禁讚歎：「程嬰、杵臼，未嘗聞諸巾幗，況狐耶！」將史學經典著作《左傳》、《史記》中描寫的搭救趙氏孤兒的英雄人物來比擬狐女紅玉，給予崇高評價。而《狐諧》篇則描寫狐女思路敏捷，出口成章，妙語如珠，且善惡謔，一群書生雖能說會道，善辯擅謔，而每與此狐交鋒則一敗塗地，無招架之力。其才氣與文化層次遠高於明代小說中的快嘴李翠蓮，漁洋認為「此狐辨而諧，自是東方曼卿一流。」比之於西漢著名的歷史人物。以上評語無不見出漁洋進步的文學觀和婦女觀，其卓特的見解和評論，在當時有頗大的指導意義。

另有一則《酒友》的評語是「車君灑脫可喜。」評篇中主人公車生家雖貧而豪放好客，與狐酒逢知己而結為好友的灑脫可愛之性格。

第三類評語是總結和論述《聊齋》中佳篇的高超寫作手法和傑出藝術成就。此類凡三則，其評《張誠》篇為「一本絕妙傳奇，敘次文筆亦工。」評《連瑣》篇；「結盡而不盡，甚妙。」讚美其「神龍見首不見尾」的高明結尾手段。又評《青梅》篇：「天下得一知己，可以不恨，況在閨闥耶！青梅，張之知己也，乃王女者又能知青梅。事妙文妙，可以傳矣。」此語讚頌狐女情義深重，在讚頌狐女的愛情與友誼的故事精彩動人之同時盛讚此篇文字綺麗精妙，結構嚴謹精妙，是可以傳之後世的典範作品。

第四類評語是將《聊齋誌異》作品與書內別的作品和漁洋或他人之作作比較。前面論及的商三官與龐娥、謝小娥「鼎足」而三之評，雖是人物形象之比較，實也可看作是作品之比較。此外另有三則。漁洋評《雛鵲》：「可與鸚鵡、秦吉了同傳。」指此篇內容與《聊齋誌異·阿英》篇相似。雛鵲即八哥，此篇敘養八哥者攜八哥外出忽缺盤纏還鄉，八哥為之定計，請主人將自己售給藩王，讓主人順利回家，自己則伺機逃脫，也飛回主人處。《阿英》篇鸚鵡阿英和秦吉了兩次救助甘玉、甘玨兄弟逃過盜賊之禍，而甘氏兄弟乃阿英舊主之子，故而兩篇內容有相似相通之處。評《趙城虎》：「人云：王於一所記孝義之虎，予所記贛州良富裏郭氏義虎，及此而三。何於菟之多賢哉！」《聊齋》此篇敘山西趙城縣老嫗之子被虎所食，老嫗失子，無人贍養，虎知此事，投案自首，經常送獵物給老嫗，幫助維持生計，直至嫗死才止。漁洋所記郭氏義虎與之相似，又於《池北偶談》卷二十復述「王於一所記孝義之虎」：「汾州孝義縣狐岐山多虎。明嘉靖中，一樵入朝行，失足墮虎穴，見兩虎子臥穴內，深數丈，

不得出，彷徨待死。日將晡，虎來，銜一生麋，飼其子既，復以餕予樵，樵懼甚，自度必不免。迨昧爽，虎躍去，暮歸飼子，復以餕與樵。如是月餘，漸與虎狎。一日，虎負子出，樵夫號曰：『大王救我！』須臾，虎復入，俯首就樵，樵遂騎而騰上，置叢箐中。樵復跪告曰：『蒙大王活我，今相失，懼不免他患，幸導我通衢，死不忘報。』虎又引之前至大道旁。樵泣拜曰：『蒙大王厚恩無以報，歸當畜一豚縣西郭外郵亭下，以候大王，某日日中當至，無忘也。』虎頷之。至日，虎先期至，不見樵，遂入郭，居民噪逐，生致之，告縣。樵聞之，奔詣縣廳，抱虎痛哭曰：『大王以赴約來耶？』虎點頭。樵曰：『我為大王請命，不得，願以死從大王。』語罷，虎淚下如雨。觀者數千人，莫不歎息。知縣，萊陽人某也，急趣釋之，驅之亭下，投以豚，大嚼，顧樵再三而去。因名其亭曰『義虎亭』。宋荔裳琬作《義虎行》，王於一猷定作《義虎傳》紀其事。」《聊齋誌異·趙城虎》篇末也云趙城人感於虎對老嫗之情誼，「土人立『義虎祠』於東郊，至今猶存。」以上三文在描寫義虎形象方面生動而曲折，有異曲同工之妙。漁洋評《口技》篇則「頗似王於一（猷定）集中李一足傳」〔註3〕都是將內容相似的作品作比較，而且都是將相似作品中的人物或動物之形象作比較，肯定《聊齋誌異》所取得的藝術成就。

此外，另有一則是史料性的補充說明。《王司馬》篇描寫王象乾主持遼東地區明清戰爭時的抗清戰績，漁洋指出當時的明清邊界，「今撫順東北哈達城東，插柳以界蒙古，南至朝鮮，西至山海，長亙千里，名『柳邊條』。私越者置重典，著為令。」〔註4〕

縱觀漁洋關於《聊齋誌異》的現存全部評語，他的藝術眼光是寬廣而超越的。他對於《聊齋誌異》的諸種題材都頗為讚賞：批判黑暗現實的如《促織》、《郭安》、《於去惡》，批判世道黑暗與愛情，描寫相結合的如《紅玉》，歌頌愛情的題材如《連城》，歌頌狐女與書生的真摯戀情的如《蓮香》，描寫狐女智慧的如《狐諧》，描寫陰世、鬼怪的如《酆都御史》、《王六郎》，刻畫動物形象的如《雛鴿》、《趙城虎》，稱頌特異技能的如《口技》、《武技》，表彰女俠和復仇天使的如《商三官》，等等。可見他對《聊齋誌異》的各種題材作全面肯定，

〔註3〕 呂湛恩認為李一足傳與《口技》事不相類，此乃漁洋誤記，其友人認為與李一足傳同刊於《虞初新志》之林鐵崖《秋聲詩自序》則頗相似。錫山按：林氏此文即著名的《口技》一文，而此文實照抄金聖歎《第六才子書水滸傳》之評批。
〔註4〕 《池北偶談》卷二「柳條邊」一則，內容與此評相同。

— 503 —

而他對此書具體篇目的藝術成就之讚美，實為對全書之稱賞。漁洋作為大詩人和大理論家，又在小說方面也是創作家兼評論家，故而眼光敏銳、見解深刻、評論全面，無怪蒲松齡感到他的評語彌足珍貴。

　　縱觀漁洋的現存全部評語，我們還可以看出漁洋閱讀、評批《聊齋誌異》的態度是認真、熱情的，口吻是平等的，觀點是公允而精闢的。由於漁洋本人也是說部巨匠，善於創作文言小說，因此，從小說藝術角度所下的評語也是中肯的。值得注意的是，漁洋的評語沒有一條批評性的意見，全部是肯定性的或讚賞性的觀點。漁洋慧眼識人，對蒲松齡的詩文、小說評價都很高，甚至極高。這樣的評價並未輕許過別人，可見其公正的態度和卓特的眼光，人所難及。這樣的評價，在漁洋和蒲翁之時代，別人未見發表，而其後之正統文人紀昀則訾議《聊齋誌異》為「才子之筆，非著書之體」，可見漁洋對《聊齋誌異》的精闢評價，當時的確人所不及。

《蒲松齡學刊》，1995 年第 1 期

王漁洋的山東題材創作

　　王漁洋一生創作豐富，體裁多樣。他熱愛自己的家鄉山東，故而頗多山東題材的創作。他用詩文和小說描繪山東的山水風景和故事人物，兼及歷史和風土人情。

　　王漁洋在順治十五年（1658）殿試、居京而離開家鄉之前，生活在故鄉山東，此時創作了多首描寫山東山水、田園風景的詩歌。

　　王漁洋的詩集編年始於順治十三年丙申（1656），時年 23 歲。其《丙申詩自序》云：「丙申之歲，予始釋褐里居，卻掃杜門，發藏書讀之，益肆力為歌詩。春遊長白，信宿范文正公祠下。夏五之海上，省家兄西樵於官舍。登三山亭，一觀滄海，泓崢蕭瑟，蓬丘、方丈近在眉際，翠然有褰裳濡首之思焉。秋弔欒公社之故墟，與海石往復甚久。是歲得詩二百許篇，刪存若干首，釐為三卷。」〔註1〕次年《丁酉詩自序》：「丁酉春，濟南諸州邑苦旱，夏秋又苦雨潦。予端居多憂，篇什稍減。」第三年《戊戌詩自序》：「予自乙未舉南宮，歸臥山中三載。至戊戌，始射策成進士。用新例，當出官曹。留滯京師，久之不自得，與長洲汪琬……輩相切劘，為古文詩歌。」其自序敘述在家鄉的創作軌跡十分清晰：他於順治十二年乙未（1655）二十二歲時中進士，未殿試而歸，在故鄉三年。至順治十五年戊戌（1658）赴殿試後，在京蹉跎三年。在故鄉的三年中，自順治十三年丙申（1656）二十三歲至順治十五年（1658）二十五歲進京前，在家鄉做詩，描繪家鄉山水題材的作品頗多。

　　如順治十三年丙申（1656）詩人二十三歲時作的詩歌中，《清明後三日鄒平

〔註 1〕　惠棟《漁洋山人年譜補》引，《王士禎年譜》，中華書局，1992 年，第 61～63頁。下同。

西郭賦詩》等詩皆描繪鄒平景色。鄒平縣,屬濟南,在濟南府城東北一百八十里。尤多描繪長白山景色之詩:《自石橋尋黛溪遂至魔訶峰下》、《由柳庵逾西山最高頂之醴泉寺拜范祠》、《醴泉寺高閣瞻眺有懷范文正公》、《書堂》、《阮亭秋霽有懷西山寄徐五》等。

　　長白山,在山東省鄒平縣一帶,是當地名山。宋范仲淹少時家貧,隨母寓居鄒平,讀書長白山醴泉寺。漁洋《長白山錄》曾記載,上書堂在長白山會仙峰之南,堂西有范公泉。惠棟注引于欽《齊乘》:「長白山在長白縣南三十里,山阿有醴泉,宋范文正公讀書寺中,偶見窟銀,覆之而不取。後為西師僧求為修寺,公使發之,取窟中銀,適周於用。」范仲淹在此山的讀書處稱「書堂」。漁洋《香祖筆記》也說:「鄒平長白山東峰之書堂,西峰下之醴泉寺有范公泉,蓋文正公幼隨其母流寓長白山,讀書山中。」以上諸詩描寫長白山的各處景物和古蹟,也表達了漁洋對北宋名臣能吏和傑出文學家範仲淹的仰慕:「夙昔思古人,三歎讀書處。」〔註2〕

　　此時,又觀窟室畫松,作《和窟室畫松歌》,《漁洋山人集》說:「孫黃門家園,今為林氏別墅。石几上有黃門畫松歌,頗極奇偉,乃和之。」漁洋《蠶尾續集》又介紹:「濟南郡城西北五里,有洗硯池,流為大溪,曰硯溪,孫氏別墅在焉。」

　　順治十四年(1657),作《蠡勺亭觀海》《蠡勺亭觀海二首和家兄西樵》。王漁洋之兄王士祿,字伯受,一字子底,自號西樵,順治己未進士,官吏部考功,清吏司員外郎。順治十二年十二月,士祿赴萊州府學教授。十三年五月,漁洋專程省兄。五日,同遊龍溪,同遊蠡勺亭,觀海。〔註3〕《蠡勺亭觀海》開首即寫出海的氣勢:「登高丘而望遠海,坐見萬里之波濤。長天寥廓雲景異,春陰偃蹇魚龍高。怒潮乘風立千丈,虎蛟水兒紛騰逃。」

　　漁洋熱愛故鄉山水,即使暫時離鄉,也禁不住懷念起故園,《息齋夜宿即景有懷故園》說:「夜來微雨歇,河漢在西堂。螢火出深碧,池荷聞暗香。開窗臨竹樹,高枕憶滄浪。此夕南枝鳥,無因到故鄉。」

　　此詩作於順治十五年戊戌,時作者年二十五歲。方赴殿試,客居北京友人徐啫鳳寓中(息齋即其室名),至九月始歸里。錢仲聯父子分析此詩:為即景感懷

〔註2〕　《由柳庵逾西山最高頂之醴泉寺拜范祠》,《漁洋精華錄集注》上冊,齊魯書社,1993年,第18頁。
〔註3〕　王士禎《王考功年譜》,《王士禎年譜》,中華書局,1992年,第72頁。

之作，於靜謐幽清的夜景描寫中，抒發了思念故鄉的情懷，代表作者早期神韻詩的風格。首二句點息齋之夜，三、四句寫即景，五句承前啟後，六句落到夜宿及懷故園，末句因暫不得回鄉而寄感，承第六句而翻進一層。這詩因三、四兩句而著名。陳衍《石遺室詩話》云：「漁洋山人自喜其『螢火出深碧，池荷聞暗香』之句，謂可擬范德機『雨止修竹間，流螢夜深至』二語。漁洋最工摹擬，見古人名句，必唐臨晉帖，曲肖之而後已。持斯術也，以之寫景，時復逼真，以之言情，則往往非由衷出矣。」按：此二句漁洋之友葉方藹極喜之，取入《獨賞集》。元范元樨二句，題為《蒼山秋感》。凌廷堪《讀范德機詩口占》云：「雨止修竹流螢至，此句見賞王漁洋。果然幽澀如鬼語，尚遜池荷聞暗香。」此論評范、王高下，殊有見地。錢鍾書《談藝錄》云：「『深碧』二字尤精微，下句『暗香』二字，花氣之幽，夜色之深，融化烹煉，更耐尋味。」〔註4〕

　　順治十六年（1659）所作《南園二首》、《南園池上》，描寫的是王方伯康宇公在南郭之別業南園。後《漁洋集》庚申稿還有《懷南園》〔註5〕。順治十六年歲暮自京回鄉，途中有《即目》、《澠山道中》、《夜經古城作》等詩描繪山東境內路途所見之佳景。如《即目》：「蒼蒼遠煙起，槭槭疏林響。落日隱西山，人耕古園上。」描寫農村景象。《夜經古城作》：「我行牛山下，寒墟帶平楚。不見齊王宮，空城半禾黍。疏星耿不明，白楊夜深語。」惠（棟）注引《國雅》：「『惟見碧水流，曾無黃石公』。此意少解者。」此詩借景發揮，反映山東經過明末清初之際，清兵數次犯境和攻略，燒殺劫掠的景象近二十年後尚未消除，故而「空城半禾黍」，可惜沒有黃石公再世，調教出張良這樣的治國平天下的奇才，造成今日的悲慘局面：人煙稀少，天地荒蕪，只有白楊在夜深的風吹之下，發出沉重的歎息。心中的矛頭指向殺戮成性的滿清政權，而用意隱晦，所以《國雅》說「此意少解者。」

　　與此詩相似，漁洋在二十四歲所作的《秋柳》四首，也有對明亡的憑弔之意，可是讀者讀懂了這個深意，故而此詩名聞遐邇，和者眾多。

　　漁洋《蠶尾續文集》卷二《菜根堂詩集序》自記此詩的創作經過說：「順治丁酉（1657）秋，予客濟南。時正秋賦，諸名士雲集明湖。一日，會飲水面亭，亭下楊柳千餘株，披拂水際，綽約近人。葉始微黃，乍染秋色，若有搖落之態。予悵然有感，賦詩四章，一時和者數十人。又三年，予至廣陵，則四詩

〔註4〕錢仲聯、錢學增選注《清詩三百首》，嶽麓書社，1994年，第123～124頁。
〔註5〕《南園二首》金注，《漁洋精華錄集注》上冊，齊魯書社，1993年，第89頁。

流傳已久，大江南北和者益眾。於是《秋柳》詩為藝苑口實矣。」又於《阮亭詩選》卷四《丁酉詩》自序：「丁酉春，濟南諸州邑苦旱，其夏秋又苦雨潦。余端居多憂，篇什稍減。八月在明湖，與諸公文讌於北渚之亭，時秋水始波，涼吹初起，亭下楊柳漸就黃落，偶有蘭成枯樹之感，賦詩四章，一時和者幾遍海內，為近今詞流美譚。然蕉萃搖落，殆咸詩讖。今居廣陵，回憶曩事，才如旦暮，為之慨然歎息。」而《秋柳》四首之詩序說：

> 昔江南王子，感落葉以興悲；金城司馬，攀長條而隕涕。僕本恨人，性多感慨。情寄楊柳，同《小雅》之僕夫「致託悲秋，望湘臬之遠」者。偶成四什，以示同人，為我和之。丁酉秋日，北渚亭書。〔註6〕

漁洋少年才俊，自小在優裕的生活和學習環境中成長，成年後婚姻美滿，又於兩年前二十二歲時高中進士，年少得志，為何還要自稱：「僕本恨人，性多感慨」？恨人是失意抱恨的人，他抱恨何事？感慨何事？此中因由，當時友朋皆有同感也，大家心照不宣，但結合其家世，在溫柔敦厚的詩句之後，讀者深能體會其中隱含著的家國之恨，是顯然的。其詩曰：

> 秋來何處最銷魂？殘照西風白下門。他日差池春燕影。只今憔悴晚煙痕。愁生陌上黃驄曲，夢遠江南烏夜村，莫聽臨風三弄笛，玉關哀怨總難論。

> 娟娟涼露欲為霜，萬縷千條拂玉塘。浦裏青荷中婦鏡，江干黃竹女兒箱。空憐板渚隋堤水，不見琅琊大道王。若過洛陽風景地，含情重問永豐坊。

> 東風作絮糝春衣，太息蕭條景物非。扶荔宮中花事盡，靈和殿裏昔人非。相逢南雁皆愁侶，好語西烏莫夜飛。往日風流問枚叔，梁園回首素心違。

> 桃根桃葉鎮相鄰，眺盡平蕪欲化煙。秋色向人猶旖旎，春閨曾與致纏綿。新愁帝子悲今日，舊事公孫憶往年。記否青門珠絡鼓，松枝相映夕陽邊。

惠棟注引陳允衡《國雅》評云：「和者甚多，以原倡為白雪，凡次韻詩，多強合之。……書家云：偶然欲書，大抵詠物，亦從偶然得之乃妙。彼極力刻

〔註6〕《漁洋集序》。末四句，《丁酉詩序》作：偶成四什，遍索同人，輒復籤揚之前，用為嚆矢云爾。

畫者,皆俗筆也。」「元倡如初寫《黃庭》,恰到好處。諸名士和作,皆不能及。」汪琬評云:「嚴給事沉稱,『東風作絮糝春衣』一首,如朔鴻關笛,易引羈愁,讀之良然。」

關於漁洋此詩之意,論者一般都認為是弔明亡之作。

當時和詩者之作,今尚可見八家:其兄王士祿、清初著名文學家和詞人陳維崧、朱彝尊、曹溶、汪懋麟,另有前朝遺民三人:徐夜、冒襄、顧炎武。

和詩者最值得重視的無疑是顧炎武,他的和詩《賦得秋柳》,人們都認為是哀南明君臣之作。當時是他離開江南的第一年,初蒞魯境,即和少年詩人的原唱;且與這位少年詩人、新朝新貴論交,並保持情誼達十數年之久。漁洋「感時懷舊,輯平生故人詩」的《感舊集》卷五「顧絳」條,收顧炎武詩七首,又於《居易錄》撰顧炎武小傳:「友人顧炎武,字寧人,別號亭林。按:顧野王讀書處名顧亭林,在華亭。又,潘次耕寄所刻顧亭林《日知錄》三十二卷。顧,潘之師也。」稱顧炎武為友人,而顧之學生曾寄他所刻印的乃師名著。顧炎武本人生前也曾寄贈過這部名著,王漁洋《池北偶談》卷一十五「談藝五」《勞山說》曰:「勞山,在萊州府即墨縣境中。崑山顧寧人炎武序《勞山圖志》曰……楊太史觀光《致知小語》曰……。二說未知孰是?以理揆之,顧說為長(自注:顧近寄所著《日知錄》,內辨勞山三則,又與前說不同)。」顧炎武的《日知錄》初刊於康熙九年(1670),八卷,乃亭林躬自刻於淮上,是年五十八歲。顧炎武來山東後,與當地多人結交為友,這些人多為漁洋的熟友,尤其是具有民族氣節、終身隱居的徐夜,是漁洋的親戚兼密友。他們兩人結交的其他地方的共同朋友也不少,其中最著名的是施愚山。漁洋與愚山兩人有書信往還,施愚山還有詩歌、文章提及顧炎武,或相贈。尤其是《顧寧人關中書至》有句云:「抗志遺民在,論交直道難。」施愚山雖在清廷為官,但詩中不諱言顧的反清立場。

顧炎武分明通過漁洋的原詩的迷離悱惻,讀出了詩中隱含的故國之思、傷亂之感和家國不幸的憤恨,正因為此,他的和作《賦得秋柳》:「昔日金枝間白花,而今搖落向天涯。條空不繫長征馬,葉少難藏覓宿鴉。老去桓公重出塞,罷官陶令乍歸家。先皇玉座靈和殿,淚灑西風夕陽斜。」根據王漁洋原詩中的故國之思,抒發自己念念於反清復明而「老驥伏櫪,志在千里;烈士暮年,壯心不已」的豪情壯志,詩意悲涼慷慨。

另一位令人注目的和詩者當然是作為著名的明末四公子之一、秦淮八豔

之一董小宛的情人和著名遺老詩人的冒襄（1611～1693，字辟疆，號巢民），他的和作與原唱一樣深情纏綿，但表現的是一種前朝遺民生不逢時、無力回天的無奈和悲哀，如其《和阮亭秋柳詩原韻》之二云：「紅閨紫塞晝飛霜，顧影羞窺白玉塘。近日心情惟短笛，當年花絮已空箱。夢殘舞榭還歌榭，淚落岐王與薛王。回首三春攀折苦，錯教根種善和坊。」與顧炎武的《賦得秋柳》旨同而趣異。

漁洋離開山東後，經歷了四十多年的宦遊和居京生涯，期間創作了一些懷念故鄉山水的詩歌。如《絕句》：「石帆山後黃茅屋，一樹寒梅作意香。長憶花開風雪裏，臥聞春雨滴糟床。」此詩敘寫懷念故居石帆山的情景。石帆山，是漁洋新城故居西園假山名。山上有亭，名石帆亭。漁洋曾有《西城別墅記》一文描寫自己的故居。

另如康熙三年（1664）三十二歲在揚州時作《憶明湖》：

> 一曲明湖照眼明，越羅吳縠剪裁輕。煙巒濃淡山千疊，荷芰扶疏水半城。歷下亭中坐懷古，水西橋畔臥吹笙。鵲山寒食年年負，那得樵風引棹行。

濟南大明湖，為一大勝景，湖西即大明寺。不管身在何處，山東的山水永遠藏在他的心懷。

除詩歌外，漁洋描寫山東風景的文章如《山市》〔註7〕記敘文登昆崙山「海市蜃樓」的奇景。《池北偶談》卷十一載錄徐夜《錦秋亭辨》，附載自己的遊記，描述新城縣（今山東省桓臺縣）境錦秋湖地形，及湖上風光，以供考證此湖所資。他曾作《錦秋湖竹枝》詩，此文則說：「自夏莊橋渡時水（俗名烏河）而東，並河北行，內河外湖，浩渺無際。十里至灣頭，新、博二邑分界處也。時水自南而北，小清故河自西而東，匯於灣頭，與湖相望，中互長堤。灣頭煙火數百家，夾河以居。艖舟漁艇，鱗次市橋。再渡灣頭橋西北，市廛盡處，堤直如弦，屬於博昌城，凡十里，櫸、柳夾之。兩岸皆稻塍、荷塘，籬落菜圃與緯蕭交錯。時十月下澣過之，煙雨空濛，水禽矯翼，黃葉滿地。人行其中，宛若畫圖。時見牧人簑笠，御穀餗歸村落間，邈然有吳、越間意。明日晴，遂由東城騎行而南，捨騎過石樑，登架筆山。山疊土為之，三峰起伏，雜植桃柳。錦秋亭在東峰，此亭元中統所建。《齊乘》以為在東南城上，而山乃嘉靖甲辰僉事黃鼇所築，則亭之移當在是時也。北枕城堞，西望河堤，東南俯臨極浦，

〔註7〕《池北偶談》卷二十六「談異七」，中華書局，1989年，第620～621頁。

備煙波曠渺之趣。

　　至於漁洋記敘山東人物的詩歌，主要是懷念親人的詩作，如《秋暮與家兄禮吉叔子小飲有懷》，另如康熙三年（1664）三十二歲在揚州時作《奉酬西樵先生閣夜聞鶴之作》：「楚江煙鶴鳴，風雪蕭蕭夜。十載離別心，相對寒燈下。」用眼前的孤獨之景色思念親人。

　　漁洋記敘和懷念山東人物的最著名的作品是記敘其夫人去世的悲悼之作的《悼亡詩（哭張宜人作）》二十六首。張宜人（宜人，封號，明清時五品官的正妻封宜人），漁洋元配，漁洋於順治七年（1650）十七歲時與之成婚。夫人時年十四歲，為山東鄒平人，出身於官宦、書香門庭：曾祖一元，明河南巡撫。祖父延登，明萬曆二十年壬辰進士，歷官南京都察院右都御史。父萬鍾，拔貢，南渡官鎮江府推官。康熙十五年（1676）丙辰九月逝世，時漁洋四十三歲。漁洋與張夫人接縭二十六年，伉儷情深。由於漁洋篤於愛情，深痛喪妻，在此年冬與次年春（故在漁洋集中歸入丁巳稿），撰寫此悼亡組詩，而組詩竟有二十六首之多，連綴成長歌當哭，動人至深。其中佳者如：

　　　　小閣垂簾日掃除，爐薰茶具宛精廬。紅囊揀得釵頭茗，手淪清
　　泉伴著書。

釵頭茗，一種精製的香茶名。陸游《眉州郡宴》詩：「釵頭玉茗妙天下，瓊花一樹真虛名。」此詩以愛國詩人陸游的詩句作為典故，敘寫張宜人灑掃供茶，追懷書房相伴，追憶平生琴瑟諧和之樂，以此清高、淡靜的人生場面表達夫婦相得的高雅情趣和漁洋著書得到知音夫人相伴的珍貴人生境界。

　　　　千里窮交脫贈心，蕪城春雨夜沉沉。一官長物吾何有，卻捐閨
　　中纏臂金。

此詩後漁洋自注：「辛丑春，閩中許天玉公車過廣陵，以匱乏告余，適無一錢，宜人解腕上條脫付予贈之。」脫贈，把自己的所有，解贈與人。此指夫人因為自己在揚州革除鹽政陋規，杜塞取錢渠道，當清官而窮得兩袖清風、家無餘財，為了資助遠自福建去京趕考的貧窮書生，當場脫下腕上戴著的少女時代父母給予的金質手釧，慷慨相贈。漁洋無力為夫人添置金器首飾，夫人佩戴的還是未婚前娘家的首飾，但是詩中毫無「貧賤夫妻百事哀」的百無聊賴的悲歡，只有貧窮中慷慨助人的豪情。「脫贈心」，出自孟浩然《送朱大入秦詩》：「分手脫相贈，平生一片心。」精切寫出夫人平生高潔浩蕩的寬廣心胸，感人至深。

　　　　雪白花紅繡祿齊，頻年靧面祝中閨。牙牙學語今何似，忍聽嬌
　　兒索母啼。

　　此詩中的首句言母親為孩子密密縫製的衣帽齊全，次句「靧面」即洗臉，出自虞世南《史略》：北齊盧士深妻，崔林玉之女，有才學，春日以桃花靧兒面，稱道：「取花紅，取雪白，與兒洗面作光悅（光采喜悅的面容）。」二句以此借稱張宜人生前對兒女的精心愛護。據汪琬《張宜人墓誌銘》載，夫人亡故時，遺子名啟沐，方五歲，還是嬌兒牙牙學語之時。後兩句以小兒思母，更增自己悼念之痛。

　　　　遺掛空存冷舊薰，重陽闐闐雨紛紛。方諸萬點鮫人淚，灑向窮
　　泉竟不聞。

　　此首，敘寫見遺物傷情，睹物思人的悲愴心情。首句「遺掛」，指宜人遺留的衣物，典出潘岳《悼亡》詩中的名句：「餘芳未及歇，遺掛猶在壁。」薰，香氣。舊時燃香料薰衣，使有香氣。冷舊薰，謂舊香已冷，暗喻夫人亡故。鮫人淚，典出晉張華《博物志》，謂南海外有鮫人，水居如魚，眼泣則出珠。萬點鮫人淚，極言流淚之多。窮泉，猶言「重泉」，指深深的地下。這比韋莊〔菩薩蠻〕詞中的名句「凝眼對斜暉，憶君君不知」更其沉痛。韋莊訴說生離的痛苦，漁洋抒發死別的悲戚，人天遙隔，情何以堪。

　　　　年年辛苦寄征衣，刀尺聲中玉漏稀。今日歲殘衣不到，斷腸方
　　羨雉朝飛。

　　前半首借用李白《子夜吳歌》「長安一片月，萬戶搗衣深」，和「素手抽針冷，那堪把剪刀，何日平胡虜，良人罷遠征。」的意境，回憶夫人年年為他製備冬衣，夜深堅持勞作的款款深情，和今日痛欲腸斷的思念之情。《雉朝飛》為樂府歌曲名。崔豹《古今注》云，齊有處士，年五十無妻。採薪於野，見雉雌雄相隨，意動心悲，作《雉朝飛》之操以自傷。詞云：「雉朝飛兮鳴相和，雌雄群遊兮山阿。我獨何命兮未有家，時將暮兮可奈何？時將暮兮可奈何？」

　　　　宦情薄似秋蟬翼，愁思多於春繭絲。此味年來誰領略，夢殘酒
　　渴五更時。

　　「宦情」二句，借用陸游《宿武連縣驛》「宦情薄似秋蟬翼，鄉思多於春繭絲」的詩意，意謂做官的心思（宦情）十分淡薄，思念在家鄉的妻子的愁念則連綿不斷。而今嘗到人生三大不幸之一的中年喪妻的苦味，此中傷心，非過來

之人，難以領會。哀歎自從宜人亡故，生活感到了無生趣。

漁洋四年後於痛定思痛之後又作《閨中秋夜不寐悼亡（時張淑人歿四年矣）》，抒發長夜難寐，念念不忘髮妻的深厚情誼。

漁洋的《悼亡詩》栩栩如生地描寫夫人生前幸福的家庭生活場面和身後的悲切場景，深切自然地表現了清官夫婦清純高雅的生活情趣和樂於助人的浩蕩胸襟，顯現了極高的精神境界，在這兩個方面取得了高於前人悼亡諸作的高度成就。漁洋此後一直沒有續娶，所以他的詩歌中的真情貫徹了他的後半輩的生活。

王漁洋的文學創作，除詩歌外，前已言及，詞和筆記小說的創作也皆屬當時一流。

王漁洋的詞集《衍波詞》有多首是山東題材的創作，有的描寫山東風貌，有的與山東詞人唱和。其中寫的最多的是「和漱玉詞」，王漁洋極其欽佩和心儀宋代大家、山東閨秀李清照的詞，集中「和漱玉詞」多達十六首，其佳者如《念奴嬌‧和漱玉詞》：

> 疏風嫩雨，正撩人時節，屠蘇（一作金閨）深閉。幾日園林春漸
> 老，遍是鶯聲花氣。紅友樽殘，青奴夢醒，寂寞渾無味。關山萬里，
> 飄搖（一作飄零）尺素誰寄。　香閣曲曲回欄（一作回闌），殘朱零落，
> 都為傷春倚。厭說鴛鴦還待闊，繡被朝朝孤起。額淺（一作額洗）鴉
> 黃，眉銷螺碧，鞞盡相思意。春來情思（一作清思），小姑將次知未。

程村評此詞曰：「『殘朱零落』二語，又不但清照所無，人皆意盡。」其和李清照詞之最佳者無疑是《蝶戀花‧和漱玉詞》（副題一作閨怨）：

> 涼夜沉沉花漏凍。欹枕無眠，漸聽荒雞動。此際閒愁郎不共。
> 月移窗罅春寒重。
> 憶共錦裯（一作金衾）無半縫。郎似桐花，妾似桐花鳳。往事迢
> 迢徒入夢。銀箏斷絕（一作斷續）連珠弄。

此詞用流轉的妙句和美麗的意象，情思流轉，盪氣迴腸，令人心旌動搖，傾倒了無數的讀者，於是年輕的王漁洋名聞遐邇、飲譽詞壇，得到了「王桐花」的美稱。

汪蛟門曰：「阮亭嘗稱易安、幼安俱濟南人物，各擅詞家之勝。《衍波》一集，既和《漱玉》，復仿稼軒，千古風流，遂欲一身兼併耶？」〔註8〕

〔註8〕沈雄《古今詞話‧詞評》卷下，澄暉堂刊本。

另有《念奴嬌‧開元盛日》等多首，皆清新可讀。

他本人描繪山東風情的詞作，如作於康熙四年己巳的繡江園題詞：

> 百脈泉在章丘縣南明水鎮，澄泓一畝，清鑒毛髮。北流為清水，即繡江也。予同年劉石洲溽家回村，有繡江園。康熙己巳四月，過宿其居，題《點絳唇》詞一闋於壁云：「小雨班班，垂楊影裏青青麥，越阡度陌，好個南村宅。　雁塔同題相對，俱頭白，今何夕？修篁怪石，留我狂吟客。」（《居易錄》卷二）

此文描寫小池澄泓瑩徹的深水，如明鏡般地明亮；詞則描繪小雨均勻輕灑在大地上，灌溉青麥，田埂縱橫，和朋友小園中，修篁怪石，引我「越陌度阡，更為主客。」借用《古詩源》所錄古諺名句，並借用其意，形容自己跋涉來訪的悠長情誼。詞句清朗，情意高雅。

王漁洋撰寫了多部筆記小說，如《居易錄》《香祖筆記》《池北偶談》《古夫于亭雜錄》等。他的小說中所描寫的山東人物，前朝有《林四娘》〔註9〕記述明代青州衡王宮嬪林四娘的故事。蒲松齡《聊齋誌異》，亦有同名著名小說記載，陳雲銘也有《林四娘記》，而情節稍異，可以對照閱讀。漁洋此篇云：

> 閩陳寶鈅字綠崖，觀察青州。一日燕坐齋中，忽有小鬟，年可十四、五，姿首甚美，搴簾入曰：「林四娘見。」陳驚愕莫知所以，逡巡間，四娘已至前萬福，蠻髻，朱衣繡半臂，鳳嘴靴，腰佩雙劍。陳疑其仙俠，不得已揖就坐。四娘曰：「妾故衡王宮嬪也，生長金陵。衡王昔以千金聘妾入後宮，寵絕倫輩，不幸早死，殯於宮中。不數年，國破，遂北去，妾魂魄猶戀故墟。今宮殿荒蕪，聊欲假君亭館延客，固無益於君，亦無所損於君，願無疑焉。」陳唯唯。自是日必一至，每張筵，初不見有賓客，但聞笑語酬酢。久之，設具讌陳，及陳鄉人公車者，十數輩咸在坐。嘉肴旨酒，不異人世，然亦不知何從至也。酒酣，四娘敘述宮中舊事，悲不自勝，引節而歌，聲甚哀怨，舉坐沾衣，罷酒。如是年餘，一日黯然有離別之色，告陳曰：「妾塵緣已盡，當往終南，以君情誼厚，一來取別耳。」自後遂絕。有詩一卷，長山李五弦司寇（化熙）有寫本云。又程周量（會元）記其一詩，云：「靜鎖深宮憶往年，樓臺簫鼓遍烽煙。紅顏力弱難為厲，黑海心悲只學禪。細讀蓮花千百偈，閒看貝葉兩三篇。梨園高唱升

平曲，君試聽之亦惘然。」

青州，清代府名，治今山東省益都縣。此文記敘陳寶鈃任官青州觀察（官名，清代道員的稱呼）時，林四娘的鬼魂竟然前來拜訪，並自我介紹是衡王（明憲宗子祐楎，封於青州，建國名衡，歷四世。因罪被廢，國除。）的宮嬪（宮中女官名）。國破（指封國被廢除）後移往北地，因懷念故地而鬼魂南歸。《孫廷銓異徵》則是當代名臣的遭遇的鬼怪故事：

> 益都孫文定公（廷銓）為諸生時數有異徵，一日，天未明，自家
> 赴塾，過大街西關（街名），見一人負簷而立，長過於簷，無他徑趨
> 避，其怪忽直前摔之。文定急奔溪西鳳山玉皇宮，怪物亦涉水隨至。
> 文定方皇遽無計，忽自覺身驟長，與之相等，乃手搏之，怪物錯愕
> 逃去。又常讀書家塾，有狐夜遺金豆十餘枚，後既貴，人稱金豆孫
> 家。公順治中歷官吏、戶、兵三部尚書，康熙元年拜相。〔註10〕

以上兩則，敘事、記言生動，描敘的鬼狐故事和人物表現，與《聊齋誌異》的內容相似，可見他高度評價《聊齋誌異》，是同道之間的知音之言。

關於明代山東人士的記載有多則，其中《周將軍》歌頌抗清將領的英勇故事：「前明崇禎十五年，本朝大兵入畿輔、山東，次年始北歸。封疆大帥無敢一矢加遺。周將軍遇吉，時調防天津。大兵至，巡撫馮元揚令出戰，周以五百騎伏楊柳青，大兵至，邀擊之，自辰鏖戰及酉，其夜大兵徙營北去。聞滿洲諸公言：『壬癸入關之役，往來數千里，如入無人之境，惟見此一戰耳。』周後與其夫人御闖寇，死偏關，最烈。」〔註11〕《王烈女》歌頌不甘入侵清兵的凌辱，不屈而死的事蹟：「張秋王烈女名嬌，諸生王碧侯女，風姿絕世，而骯宕不羈。崇禎辛巳冬，張秋被兵，將抱烈女，女大罵而死，血凝河冰，經春不化。」〔註12〕而《侍御公殉節》則記敘自己伯父的氣節：

> 伯父侍御百斯公（與胤），登崇禎元年戊辰進士，入翰林，改御
> 史。甲申，公家食已八年矣。聞三月十九日之變，同妻子盡節，於
> 几案間得手書一紙云：「京師卒破，聖主殉社稷。予聞之雪涕沾衣，
> 不及攀龍髯而殉命，遂偕妻于氏、子士和並命寢室，命也奈何，葬
> 從薄從速，隨時也。」公清介忠信，言笑不苟，鬚眉若神。葬日，會

〔註10〕 《分甘餘話》卷二，中華書局，1989年，第47頁。
〔註11〕 《池北偶談》卷七「談藝三」，第156～7頁。
〔註12〕 《池北偶談》卷五「談藝一」，第98～99頁。

者萬人，莫不流涕。南城陳伯璣允衡論次公遺集，比之宋江文忠萬里云。崑山歸莊元恭詩云：「鼎湖痛絕競攀龍，城守諸公繼扈從；誰是簡書無誚責，獨捐頂踵又從容。九泉骨近平原廟，千古名齊日觀峰；欣慕執鞭嗟隔世，好憑詩句想遺蹤。」〔註13〕

另有漁洋的親友徐夜於明亡後以氣節自任的事蹟，《徐東癡》說：

　　吾邑徐隱君夜，字東癡，又字嵇庵，年二十九，棄諸生。隱居東皋鄭潢河上，掘門土室，絕跡城市，有朱桃椎、杜子春之風。癸亥春，予及先兄過之，欲約同志為構草堂，又遣書縣令云：元道州狀舉處士張季秀，請縣官為造草舍十數間，給水田二一頃，免其當戶徭役，令得保遂其志，使士庶識廉恥之方。又楊君謙《蘇談》所記中峰和上草堂，乃馮海粟煉泥、趙松雪搬運、中峰塗壁。吳人至今傳為美談。明府能為此盛舉，繼三公之後者，亦佳話也。竟不果。〔註14〕

另有記載忠君愛國、清廉有守的前明官員事蹟的有《王劉二奇士》〔註15〕等多篇，如《邊尚書》記敘著名詩人邊貢的事蹟：

　　弘治末，孝宗上賓。予郡邊尚書華泉（貢）為兵科給事中，疏劾太監張瑜、太醫劉泰、高廷誤用御藥，逮瑜等下獄。大理卿楊守隨謂同讞諸臣曰：「君父之事，誤典故同；例以《春秋》許世子之律，不宜輕宥。」此事與泰昌時孫文介（慎行）論紅丸事相類。尚書工詩博雅，為弘正間四傑之一，世但知其文章，而不知其豐裁如此。又先生仲子習，字仲學，頗能詩。其佳句云：「野風欲落帽，林雨忽沾衣。」又「薄暑不成雨，夕陽開晚晴。」而老鰥貧窶，至不能給朝夕以死，則先生清節可知也。〔註16〕

《張昭》敘述此君忠於職守，敢於直言，「位卑而議論甚高，官小而事業則大」的高尚品格：

　　張昭，濟南蒲臺人，忠義前衛右千戶所司吏。英宗復辟，石亨、曹吉祥等恃寵賣官，至三千餘員，昭奏之。直隸、山東大饑，復上書言六事，上皆從之。後任南昌府司獄，學士張元禎謂之曰：「君昔

〔註13〕《池北偶談》卷七「談藝三」，第115頁。
〔註14〕《池北偶談》卷六「談藝二」，第125～126頁。
〔註15〕《池北偶談》卷五「談藝一」，第116～7頁。
〔註16〕《池北偶談》卷九「談藝五」，第200頁。

三疏，位卑而議論甚高，官小而事業則大。已寫入金縢，令名無窮矣。」《蒲志》出庸手，恐遺此公。因讀《月山叢談》，錄之以存其人。〔註17〕

又如《王恭靖公逸事》：

徐莊裕（問）《讀書續記》所載名臣六十四人中清古一條云：「王璟，字廷采，山東沂州人。左都御史，為巡撫，坐忤權要免官。後起為吏部侍郎、左都御史。正德末，士大夫當權堅亂政之後，多營私殖，政以賄成。公門下不受私謁，澹然如布衣時，家無僮僕之奉、田園之適，惟讀書課子孫而已。去之日，言官惜而留之。公嘉靖中諡恭靖。近見新修《山東通志》削去公及李襄敏公秉、秦襄毅公弦名不載，因詳著於此。李公諡諸書皆作襄敏。葉秉敬《諡法考》作襄毅。

按：恭靖公一字東皋，成化進士，以清節著聞。擢南臺御史，改北，巡視保定諸郡。進光祿寺卿、僉都御史，總理兩淮鹽法。浙東大饑，被命賑濟，所全活四十萬人。巡撫保定，乞罷皇莊以蘇民困，孝宗嘉納之。正德丙寅，入協理院，事忤逆瑾，矯旨罷。瑾誅，起撫山西。時流賊入河東，設險防禦，多所斬獲。召為吏部侍郎、左都御史，掌院事，風裁清峻，朝廷倚重之。嘉靖初，進太子太保，乞歸，卒。

公未遇時，肄業琅琊山寺，夜半有巨手自窗入，類人掌而有毛。公取朱筆書一山字於上，哀號乞免，且言：「公貴人，異日當至都憲。」公復援筆書一山字於下，怪乃得出。

公為諸生，與友人胡某同讀書別業。夏夜，胡每苦熱，公輒言涼，因易地而寢，胡覺清風徐來，都忘炎暑。忽聞有人語曰：「此非王都憲，乃胡教官耳。」叱之不見，遺二蓮葉於榻前。

公赴省試，在途為雨阻三日。逆旅主人子婦為狐所祟，忽三日不至，問之曰：「王公在此，故不敢耳。」比公歸，主人以告，求為除之。公書「王璟在此」四字，令置壁上。狐遂絕跡。

公諸生時，夜讀書，有嫌家持槍隔窗刺之，公走避得免，月下窺知為某，閱三十餘年，未嘗告人。公後顯貴，其人以俵馬差累，

〔註17〕《池北偶談》卷九「談藝五」，第214頁。

求救於公，公略無難色。但笑曰：「某日夜若刺我死，誰當救汝，此後慎勿害人。」其人感泣謝罪。其厚德如此。〔註18〕

故事的敘述曲折有致，文筆平淡清雋，具有《聊齋誌異》式的浪漫情致和曲折筆調。

還有一些記載在山東任職的外來官吏。《張待問》〔註19〕記載宋代在漁洋家鄉任職的清官的事蹟：

予邑新城，本長山縣地，元始為縣。閱《長山志‧名宦》，宋止知縣翟大順一人，丞簿則有明以前無考。適閱《東軒筆錄》，得張待問一人，知志之闕漏多矣。張待問為淄川長山縣主簿。縣有盧伯達者，與曹侍中利用通姻，復憑世癭，大為邑患，縣令憚其勢，莫敢與較。張一日承令乏，適伯達以訟至庭，即數其累犯杖之。未幾，伯達之侄士倫來為本路轉運使，人皆為張危之，或勸令自免去。張曰：盧公賢者，肯銜隙以害公正之吏乎，了不嬰意。一日，士倫巡案至邑，召張語之曰：君健吏也，吾叔賴君懲之，今變節為善士矣。為發薦章而去。待問固不愧名宦，乃士倫亦鄉之賢大夫也。錄之以補志乘之闕。（范文正公幼隨母改適長山朱氏，《筆錄》訛作睢陽，宜正之。）

另有一則記敘明末來漁洋家鄉任職的清官能吏：

史能仁宇嚴居，河南鹿邑人，舉人。明末崇禎己卯、庚辰間，為濟南新城令，慈以惠民，嚴以弭盜，敬禮紳士，彈壓吏胥，懸魚捕蝗，善政不可更僕。庚辰大饑，百姓逃亡，而田野間徧生羊肚菜，甘美可食，四鄉又有甘露之祥。公賦詩示士民云：「上天降甘露，滿地生羊肚。饑餐羊肚菜，渴欽甘露乳。涕淚告吾民，慎勿去鄉土。」以調繁改知淄川縣，未久，內擢兵部主事以去。鼎革後，再來新城，百姓秉炬迎之，二十餘里不絕，迄今七十餘年，未入名宦，乃一大缺陷事。右一詩，朱竹垞選入《明詩綜》。〔註20〕

另有一些記敘當代文人的作品。如《邢太僕》記敘：

吾鄉太僕邢公子願侗，以書法文章名神宗朝，然其行誼甚高。初知南宮縣，同年渭南南公憲仲，工書居益之父。為棗強令，會御

〔註18〕《池北偶談》卷八「談藝四」，第180～181頁。
〔註19〕《池北偶談》卷六「談藝二」，第122頁。
〔註20〕《分甘餘話》卷四，中華書局，1989年，第93頁。

史按真定，皆在郡候察，而南公病歿，後事一無所備。先生直入白
御史曰：「南棗強死，無為經紀後事者，某願請旬日之假，馳往治
喪，畢事後，赴郡聽察。幸甚！」御史素重公名，許之，竟為停察
事，聽往治喪。至今南氏子孫感公高誼不忘。御史亦賢者，惜逸其
姓字。〔註21〕

頗為生動地記敘了當時文人的言行。而《滄溟蔡姬》描繪清官家屬的故事：

李滄溟先生，身後最為寥落。其寵姬蔡，萬曆癸卯，年七十餘
矣，在濟南西郊，賣胡餅自給，叔祖季木考功見之，為賦詩云：「白
雪高埋一代文，蔡姬典盡舊羅裙。」云云。邢太僕子願有與孫月峯
巡撫書云：「竊見李滄溟先生攀龍，葆真履素，取則先民，鎔古鑄
今，蔚為代寶。而今五畝之宅，已非文靖之舊；襄陽之里，空標孟
亭之名。佌每詢訪人士，皆云李駒淪喪，有子繼亡，止遺孱孫，又
復無母，才離襁褓，寄命婆嫗，僦居窮巷，託跡浮萍，並日無粗糲
之食，經年勘漿汁之饋。伏願明公，下記所司，略損公帑，為贖數
椽之敝屋，小復白雪之舊居，月或給米一石，布若干疋，藉以長養
壯發，綿延後昆。一線猶龍之緒，實被如天之福。斯文一脈，其疇
逆心。」觀二事，滄溟清節可知矣。〔註22〕

著名詩人、清官李攀龍因兩袖清風而身後蕭條，令讀者肅然起敬。而這位
蔡姬的甘貧自立的動人事蹟，使我們聯想起前蘇聯的著名電影《戰地浪漫曲》
中有「戰地皇后」美譽的年輕美貌的女兵柳芭在戰勝德國法西斯後退役，任營
長的愛人早已犧牲，她中年色衰，獨自掙扎，靠街上賣餅為生的榮辱不驚、自
尊自立的動人故事。在這個短篇中，漁洋引了別人的詩文，作為自己記敘的補
充或增色，這是他的文言小說的一個顯著特點。

還有多則記敘漁洋上輩的清風亮節，如《方伯公遺事》：

先祖方伯公年九十餘，讀書排纂不輟，雖盛夏，衣冠危坐，未
嘗見其科跣。常揭一聯於廳事云：「紹祖宗一脈真傳，克勤克儉；教
子孫兩行正路，惟讀惟耕。」齋中一聯云：「容人所不能容，忍人所
不可忍。」癸巳歲，作自祭文，有云：「不敢喪心，不求滿意，能甘
澹泊，能忍閒氣，九十年來，於心無愧，可偕眾而同遊，可含笑而

〔註21〕《池北偶談》卷七「談藝三」，第116～7頁。
〔註22〕《池北偶談卷》十二「談藝二」，第272頁。

長逝。」蓋實綠雲。公年雖大耋，時時夜夢侍先曾祖司徒府君，或
跪受撲責，如過庭時云。〔註23〕

《方伯公答人詩》：

> 方伯公素不喜修煉之說，恒揭寧靜澹泊四字於壁，讀書眠食
> 外，惟瞑坐調息而已。嘗有答侯晉陽大參一絕句云：「問予何事容顏
> 好，曾受高人秘法傳。打疊身心無一事，饑來吃飯倦時眠。」公歿
> 時，不肖年二十矣，回憶公一言一行，真羲皇以上人也。按「饑來
> 吃飯倦時眠」，乃《傳燈綠》義海禪師語，王陽明與人論學，亦曾引
> 之。〔註24〕

《方伯公知人》：

> 二伯祖方伯中宇公（象坤）年十八領解，為嘉靖甲子。明年乙丑
> 戊進士。歷仕山西左布政使，卒官，貧至無以殮，撫按以下為釀金
> 治後事，乃得歸。清正名臣也。公藻鑒尤精，為河南提學時，萬曆
> 壬午鄉試，榜將發，直指問公曰：解頭當屬何人？公曰：祀之周九
> 皋，否則汝陽李宗延耳。已而周果領解，李次之。李公仕至戶部尚
> 書。〔註25〕

王漁洋帶著自豪的心情，用平易動人的筆調追敘其先祖和上輩的道德文
章，甚為感人。

王漁洋的筆記小說形式和寫作方法多樣。以上諸篇或平鋪直敘，或浪漫曲
折，多為純粹記人的紀實之作，另有多則描寫人物言行的生動故事與評論其詩
作相結合，則是另一種寫法，如《高司寇詩》：

> 淄川高念東侍郎，少時與兄解元繩東瑋同舉省試，公車北上，
> 謁鄒平尚書華東張公延登。公言：「君輩少年登第，不啻登仙。老夫
> 少年，意氣亦爾，今老矣，回憶五十年中，功名官職，都如嚼蠟。
> 更數十年，君閱歷當自知之。」公辛巳以南總憲考滿過家，薨於里
> 第。司寇及兄，癸未、丙戌先後成進士。司寇入翰林，十年至佐銓，
> 已，乃以事左遷。又十餘年，再貳司寇，憶尚書之語，慨然賦詩云：
> 「軺車北指五雲邊，緒論追陪豈偶然？晚節功名如嚼蠟，少年科第

〔註23〕《池北偶談》卷七「談藝三」，第113～4頁。
〔註24〕《池北偶談》卷七「談藝三」，第114頁。
〔註25〕《池北偶談》卷七「談藝三」，第115頁。

似登仙。曠懷久矣推先輩，微語還堪悟後賢。畢竟山中煨芋好，十
年宰相亦堪憐！」〔註26〕

前半描寫人物的言行則先聲奪人，後半再以評論其詩作為結。《丁野鶴詩》也
用此法：

徐東癡言，少時於章丘逆旅，見一客，挎褶急裝，據案大嚼，
旁若無人。見徐年少，呼就語曰：「吾東武丁野鶴也。頃有詩數百篇，
苦無人知，子為我定之。」因擲一巨編示徐，尚記其一律云：「陶令
兒郎諸葛妻，妻能炊黍子烝藜；一家命薄皆躭隱，十載形勞合靜棲。
野徑看雲雙屐蠟，石田耕雨半犁泥；誰須更洗臨流耳，戛戛幽禽盡
日啼。」野鶴晚遊京師，與王文安鐸諸公倡和，其詩亢厲，無此風
致矣。〔註27〕

以上兩則描寫的高、丁兩人都是著名的作家、詩人，前者乃《聊齋誌異》
的序言作者；後者是著名的《續金瓶梅》的作者，這兩位，下篇《古今演變研
究》第九章《王漁洋對歷代山東詩人作家的評論》還要論及，此處不贅。

〔註26〕《池北偶談》卷十一「談藝一」，第 261 頁。
〔註27〕《池北偶談》卷十二「談藝二」，第 270 頁。

王漁洋懷念明朝的
詩文和《秋柳詩》《秦淮雜詩》

　　王士禛（1634～1711），字子真，一字貽上、豫孫，號阮亭，又號漁洋山人，人稱王漁洋，諡文簡。因避諱（雍正名胤禛），自雍正時期起，改稱王士禎。山東新城（今山東桓臺縣）人，常自稱濟南人。清初傑出詩人、文學家和文壇領袖。

　　康熙時繼錢謙益而主盟詩壇。早在他虛齡二十八歲初謁錢謙益時，錢一見其詩，不僅欣然為之作序，又贈長詩，更稱讚他「與君代興」，期許他為未來的文壇宗師。吳偉業讚揚這位未及三十歲的詩人說：「貽上在廣陵，晝了公事，夜接詞人。」說他在揚州任職期間，從政、撰詩、與眾多文人交遊三不誤。

　　王漁洋論詩創神韻說，詩為一代宗匠。其詩歌和理論影響清初至中期百餘年。李雲度《國朝先正事略》評論說：「國家文治軼（yì，超過）前古，挖（jié，頌揚）雅揚風（提倡和頌揚詩文創作），鉅公接踵出（文學大家接連出現）。而一代正宗，必以新城王公稱首。公以詩鳴海內五十餘年，士大夫識與不識，皆尊之為泰山北斗。當開國時，人皆厭（討厭、厭惡）明代王、李（前後七子的領袖王世貞、李夢陽和李攀龍）之膚郭（kuò，通「廓」）（詩的內容膚淺空洞），鍾、譚（竟陵詩派的領袖鍾惺和譚元春）之纖仄（詩的格局細小狹窄）。公以大雅之才，起而振之，獨標神韻，籠蓋百家，其聲望足以奔走天下。論者謂本朝有公，如宋之東坡、元之道園（元代著名詩人虞集的別號）、明之青丘（明代著名詩人高啟），屹然為一代大宗，未有能易（改換、替代）之者也。」

　　王漁洋早年詩作清麗澄淡，中年以後轉為清遠且又蒼勁。擅長各體，尤工七絕。博學好古，能鑒別書、畫、鼎彝之屬，精金石篆刻，書法高秀似晉人。

喜撰筆記，有《池北偶談》、《古夫于亭雜錄》《分甘餘話》和《香祖筆記》等多種名著。又有《漁洋詩話》《帶經堂詩話》等詩論名著。

　　王漁洋的詩歌是神韻派的典範，具有清閒淡遠、優游縹緲的風格。不少人錯以為他只是一個遠離現實的風雅詩人。實際上他不乏寄託歷史蒼桑、暗寓懷念前明的作品，而且影響深遠而巨大。

王漁洋的山東故鄉及前輩與清軍的血海深仇

　　漁洋的一些遊歷詩和山水詩具有有歷史滄桑和家國之恨的深意。王漁洋雖然遭逢家破國亡尚在幼年時期，青年時期又在清朝康熙的盛世，仕途順利，官居高位，他的詩歌創作和政治才華都受到最高統治者康熙的高度信任、讚賞和重用，但他對清朝佔領中原的不義戰爭和清軍對漢族人民的慘酷殺戮、凌辱的暴行則始終堅持以仁為本，以民為本的處世和識史的原則立場，鮮明地顯示了自己直視歷史真相和正義，批判清軍劣跡的鮮明立場，並在自己的作品中給以藝術的有力表現。錢仲聯先生說錢謙益看重王漁洋，就是因為他當時寫的詩「有些現實意義，故推崇之；也有點反清情緒，見《漁洋精華錄》最早幾首詩及《蠶租行》等。還有《秋柳》四首，懷念故國」〔註 1〕。

　　王漁洋的這個思想傾向與清軍在明末蹂躪山東犯下的滔天罪行和王漁洋的生母遭難頗有關係。

　　自崇禎二年（1629）至明亡（1644）的十五年中，清兵鐵騎數次入侵河北和山東，尤其是崇禎五年（1632）清軍攻破山東登、萊二州城池十餘座，太守朱萬年以下軍民被慘殺三萬餘人。崇禎十二年（1639），清軍歷戰五個月，轉戰二千里，先後敗明軍五十七陣，攻陷直隸、山東七十餘城，俘獲人畜四十六萬、掠奪黃金白銀九十八萬餘兩，擊殺兩名總督及守備以上官員一百餘人，生擒明親王、郡王及監軍太監等人。清軍屠殺姦淫百姓，無惡不作，京郊一帶赤地千里，「一望荊榛，四郊瓦礫」，「民亡之十九」（《明史·盧象昇傳》），一派淒慘景象。清兵攻陷山東，屠城十幾座，擄掠男女壯丁三十餘萬，驟馬財物無算，僅省城濟南即有死屍十三萬具，全城房屋財物焚掠一空。所過之地殘破不堪，田野村莊，一片荒涼，至清朝定鼎後還久久未復。

　　《漁洋文略》五《節烈家傳》記載他目睹母親孫宜人在兵亂中自縊的慘烈景象：「張氏，士和（漁洋從兄即堂兄）妻，新城人。壬午（1642）十二月初一日，

〔註 1〕錢仲聯《錢仲聯講論清詩》，蘇州大學出版社，2004 年，第 4 頁。

城陷，自經東閣中（濟南淪陷後在東閣中自殺），以發覆面（將頭髮蓋住面孔）。初（起先），先宜人（漁洋已故母親孫宜人。先母、已故的母親；宜人是明清兩代五品官妻、母的封號）與張對縊。先宜人繩絕不死，時夜中，喉咯咯有聲，但言渴甚。士禛方八歲，無所得水，乃以手掬（用兩手捧）魚盎（魚盆）冰進之，以書冊覆體上。又明日兵退，得無死，視張則久絕矣。」年方虛齡八歲的王漁洋，親眼目睹堂嫂半夜上弔而死的恐怖和淒慘景象，他的母親與他的堂嫂面對面一起上弔，堂嫂死了，他的母親因為繩子斷了，得以不死，她半夜時喉嚨發出咯咯的聲音，只是說口渴，但沒有水，8歲的孩子用雙手挖魚缸裏的冰給母親放入口中，將書本覆蓋在母親身上，代替被子避寒。

這些官員女眷為什麼要自殺？清軍凌辱後再孽殺女子的罪惡累累，惡聲遠播，逼使她們用自殺的方法來「預防」。漁洋母親自殺是發生在清軍在歷史上最殘酷的諸城「壬午兵燹（xiǎn 兵火、戰火）」之時。諸城官兵百姓奮勇抗敵，戰後清軍屠城，全城被殺、傷、擄掠者達十之有六。英勇抗敵的諸城花園陳氏陣亡多人，陳埠之孫陳漢的妻子和獨女容姐也被清兵擄走。城破的傍晚時分，城堞七零八落，大門倒塌，昔日的鬧市變成了一片荒涼，到處是燒塌的房架和斷壁殘垣。城裏城外，城上城下，到處屍橫街巷，血流成溪。韃子來回巡查數遍，見無活人，方才撤兵城外。這時全城一片空寂，景狀慘不忍睹。從此城陷入敵手，韃子兵在諸城駐紮長達三個月有餘，每日出城打劫搶掠，所到之處燒殺姦淫，搶劫財物，雞犬不寧，民不聊生。

韃子破城後，部分敵軍到城北的巴山、相州一帶大肆殺掠，其慘狀令人膽顫心驚，苦了這一方的黎民百姓。韃子又竄到枳溝一帶的普慶村打劫搶掠，屠殺百姓。張侗家是普慶大戶，遭劫更甚，張佳母親藏於草垛內，被韃子搜出姦後殺害。次年春天，戰後的諸城，人煙稀少，裏裏外外野草叢生，十分荒涼，城門堵塞，敞開的大門前有軍士把守，人已死光，故而無百姓進出。

這樣的畫面，令人髮指，王漁洋的聽聞很多，又見到母親自殺未遂的慘狀，一生不能忘懷。

清朝定鼎華夏之後，當時的士人分三部分，一部分人高舉「天下興亡匹夫有責」的義旗，組織救亡圖存的民兵隊伍，在大江南北憤怒反抗。一部分人或以死殉國，或隱居岩穴幽谷，以示抗議。還有一部分人雖然順應現實，做了清朝的良民甚或參加清朝科舉而為官，但是他們的心底是深知清軍的滔天罪惡的，有的詩人就在作品中予以反映。王士禛就是這樣的詩人。

《秋柳》四首及其重大影響

王漁洋初入詩壇不久，年僅二十四歲所作的《秋柳》四首，即隱含對明亡的憑弔之意。錢仲聯先生說：「漁洋《秋柳》寫傷感，而非寫秋柳，旨在寄託。」〔註2〕當時的詩人和讀者讀懂了這個深意，故而此詩名聞遐邇，倡和者竟達千餘家，極一時之盛；在嘉慶以後，《秋柳詩箋》竟先後出現三部之多。

漁洋《蠶尾續文集》卷二《菜根堂詩集序》自記此詩影響說：「一時和者數十人。又三年，予至廣陵，則四詩流傳已久，大江南北和者益眾。於是《秋柳》詩為藝苑口實（成為藝壇文壇的談話資料、重要話題）矣。」

又於《阮亭詩選》卷四《丁酉詩》自序：「一時和者幾遍海內，為近今詞流美譚（詩人們的美談）。然蕉萃（同「憔悴」）搖落（凋殘，零落），殆咸（幾乎全都成了）詩讖（chèn，謂所作詩無意中預示了後來發生的事）。今居廣陵（揚州），回憶曩事（往事），才如旦暮（猶如早晚之間，形容時間短暫），為之慨然歎息。」漁洋作詩四年後，感慨世事和人事，非常傷感。

惠棟注引陳允衡《國雅》評云：「和者甚多，以原倡為白雪，凡次韻詩，多強合之。……書家云：偶然欲書，大抵詠物，亦從偶然得之乃妙。彼極力刻畫者，皆俗筆也。」又說：「元倡如初寫《黃庭》〔註3〕，恰到好處。諸名士和作，皆不能及。」評論家認為王漁洋的原作是「白雪」即高雅的詩作，而且是偶然的即突然的，意想不到的，靈感突然降臨時寫出的詩歌。和詩的人，則極力刻畫，都是勉強應和的俗筆，都遠不及漁洋的原作。

當時和詩者之作，今尚可見八家：其兄王士祿、清初著名文學家和詞人陳維崧、朱彝尊、曹溶、汪懋麟，另有前朝遺民三人：徐夜、冒襄、顧炎武。

王士禛的《秋柳》詩共四首，公元 1657 年（清順治十四年）秋作於濟南大明

〔註2〕 錢仲聯《錢仲聯講論清詩》，第 34 頁。
〔註3〕 《黃庭經》是中國道教重要的經典，它包括《黃庭外景經》和《黃庭內景經》，統稱《黃庭經》。傳說是西晉（265～317）時天師道著名的女道士魏華存創作的。《黃庭經》為道教修持內丹的重要經典之一，在中國道教史上有極其重要的地位，直接促成了中國道教上清派的產生。魏華存（251～334）女，字賢安，任城（今山東濟寧市）人，西晉司徒文康公魏舒之女。幼而好道，常服氣辟穀，攝生修靜，志慕神仙。24 歲適（嫁於）南陽掾劉文，生二子劉璞、劉瑕。其心期幽隱，更求神書秘籍，齋於別寢，謹修道法。西晉建興五年（318）夏天，來到南嶽衡山集賢峰下紫虛閣修道，凡 16 年，東晉咸和九年（334），在黃庭觀側的一塊大石頭上白日飛昇，其石尚在，稱「飛昇石」。她還擅長書法，黃庭觀牆壁上刻有其親筆所書《上清黃庭內景經》。

湖上。漁洋《蠶尾續文集》卷二《菜根堂詩集序》自記此詩的創作經過說：「順治丁酉（1657）秋，予客濟南。時正秋賦，諸名士雲集明湖。一日，會飲水面亭，亭下楊柳千餘株，披拂水際，綽約近人。葉始微黃，乍染秋色，若有搖落之態。予悵然有感，賦詩四章，一時和者數十人。又三年，予至廣陵，則四詩流傳已久，大江南北和者益眾。於是《秋柳》詩為藝苑口實矣。」

又於《阮亭詩選》卷四《丁酉詩》自序：「丁酉春，濟南諸州邑苦旱，其夏秋又苦雨潦（同澇）。余端居多憂，篇什稍減。八月在明湖（大明湖），與諸公文讌（同宴，宴飲）於北渚之亭，時秋水始波，涼吹初起，亭下楊柳漸就黃落，偶有蘭成〔註4〕枯樹〔註5〕之感，賦詩四章，一時和者幾遍海內，為近今詞流美譚。然蕉萃搖落，殆咸詩讖。今居廣陵，回憶曩事，才如旦暮，為之慨然歎息。」這裡清楚地說明，《秋柳》詩是在大明湖水面亭所作。據考證，所謂「水面亭」，全名應該是「天心水面亭」，位在當今大明湖南岸稼軒祠附近，早已毀佚，今已無存。

王漁洋自序說：順治十四年（1657）春天，濟南一帶旱災肆虐，夏秋又雨水過多成了水災。我安然棲息，非常憂慮，詩歌創作的數量略為減少了。八月在大明湖北岸的臨水亭中與眾多文人舉辦賦詩論文的宴會。當時湖水剛開始蕩起秋日的波浪，涼風初起吹拂，亭下的楊柳樹葉逐漸變黃飄落，偶然產生了庾信創作的《枯樹賦》一樣的人生多難和亡國之痛的感觸，寫下了四首詩歌。

年僅二十四歲的詩人王漁洋，身在山東濟南，正與朋友歡會，而思緒卻飛到了江南南京。南京又稱金陵，六朝時則稱為建康。

南京是六朝古都，即東晉、三國時的吳國和南朝的宋齊梁陳。這六朝先後亡國，最終是由北方的隋朝消滅了陳朝，統一了全國。五代時期，南京又成為南唐的京城，當時稱為江寧，僅39年即被宋朝消滅。朱元璋建立明朝，定都應天府（南京），傳至第二個皇帝，即其孫朱允炆，燕王朱棣反叛，攻下南京，自稱皇帝，然後遷都到北京。明朝第十六位皇帝崇禎（明思宗朱由檢）在北京煤山自殺後，南方的官員和軍隊擁立福王，在南京重新建立明朝政權，史稱南

〔註4〕 庾（yǔ）信（513年～581年），字子山，小字蘭成。南陽新野（今河南新野）人，南北朝時期文學家、詩人。

〔註5〕 枯樹，指《枯樹賦》，是庾信羈留北方時抒寫對江南（南朝）故鄉的思念並感傷自己身世的作品，全篇盪氣迴腸，亡國之痛、鄉關之思、羈旅之恨和人事維艱、人生多難的情懷盡在其中，勁健蒼涼，憂深憤激。

明，迅即滅亡。南京是著名的亡國之都，以此為首都的各個朝代全部被敵攻克而亡國。王漁洋此詩悼念的是南明。

　　福王朱由崧（1607～1646），明朝第十七位皇帝，南明首位君主。他是明神宗朱翊鈞（明朝第十三位皇帝，年號萬曆）之孫，明光宗朱常洛（明朝第十四位皇帝，年號泰昌）之姪，福忠王朱常洵庶長子，生母姚氏。福王的封地在洛陽，1641 年（崇禎十四年）正月，李自成軍攻陷洛陽。福王朱常洵逃出洛陽後，被李自成軍捕獲而殺。其子朱由崧成功脫逃，1643 年（崇禎十六年）五月，襲封福王。1644 年（崇禎十七年，順治元年）四月，逃亡在淮安的福王被擁立為帝。五月十五日，朱由崧即皇帝位於南京紫禁城武英殿，以次年為弘光元年。其國號依舊為「明」，史稱「南明」。因年號弘光，後世稱為弘光帝。朱由崧向來以「失德」著稱，後人稱其為腐朽王朝的最昏庸的帝王，重用姦臣馬士英等，這批君臣唯知享樂，不問政事，沉湎酒色，荒淫透頂。但也有人認為，細檢史籍，可知竟傳聞難據，推其緣由，多由東林黨人對福藩一系的成見所致。而其本來的經歷顯現的卻是並非昏庸且頗有個性的政治家形象。如曾任弘光朝給事中李清《三垣筆記》《南渡錄》及《甲申日記》對荒淫縱慾之事，且加辯誣，指出弘光帝是頗有治國思想，氣度恢宏，勤於政事，欲有作為的政治家。此外朱由崧還為明惠帝以及於靖難之變中殉難的臣子予以平反，所以其政治得失尚有爭議。

　　他在位僅八個月。弘光元年（順治二年，1645），五月初八，清軍自瓜洲渡江，五月初十，朱由崧逃亡蕪湖，後被清軍抓獲押往北京，翌年被處死。時年四十歲。

　　清軍入主中原，明朝宗室及文武大臣大多逃亡南方，弘光政權之後，還有隆武政權〔註6〕、魯王監國〔註7〕、紹武政權〔註8〕、永曆政權〔註9〕及明鄭時期〔註10〕。

〔註 6〕弘光元年（1645）六月，唐王朱聿鍵在鄭芝龍等人的擁立下，於福州監國稱帝，即明紹宗，是南明第二任皇帝，次年兵敗，被清軍擒殺。

〔註 7〕朱聿鍵監國後四十天，魯王朱以海監國於紹興。

〔註 8〕隆武帝之弟唐王朱聿鐭援引「兄終弟及」自立於廣州，改元紹武。紹武帝僅 41 天即被清軍俘虜絕食而死。

〔註 9〕1646 年十一月十八日朱由榔稱帝，以次年為永曆元年，1662 年 6 月 1 日（永曆十六年四月十五日）朱由榔被吳三桂絞殺於昆明。

〔註 10〕鄭成功於永曆十六年（1662），收復臺灣，自立政權，至永曆三十七年（1683）十二月其孫鄭克塽降清止，在臺灣一直使用晚明永曆年號。

《秋柳》寫的是南京，聯繫富於詩意的六朝，其哀悼的是南明弘光政權。

在《秋柳》問世的時候，其哀悼明亡的主旨，不能明說，和詩者心照不宣，也不能明說。《秋柳四首》哀悼明亡主旨的是後來由屈夏（1668～1739）《漁洋秋柳詩箋注》明確提出的。他認為「白下」、「洛陽」、「帝子」、「公孫」都是憑弔明朝之詞。

王漁洋聲震詩壇、名聞遐邇的《秋柳四首》全文為：

秋柳（並序）

昔江南王子，感落葉以興悲、金城司馬，攀長條而隕涕。僕本恨人，性多感慨。情寄楊柳，同《小雅》之僕夫，致託悲秋，望湘皋之遠者。偶成四什，以示同人，為我和之，丁酉秋日，北渚亭書。

這段序言說：從前江南王子（蕭綱，後接位，為南朝梁簡文帝），他寫過《秋興賦》；「洞庭之葉初下，塞外之草前衰。」看到落葉就傷感地寫了這首賦。金城司馬，是東晉桓溫，曾官大司馬。《世說新語‧語言》：「桓溫北征，經金城，見年輕時所種之柳皆已十圍，慨然曰：『樹猶如此，人何以堪！』攀枝執條，泫然流淚。」東晉大司馬桓溫以柳自比而發出了歲月如箭的感歎。這裡還是隱寓了北方落後民族的強敵佔據祖國大好河山的悲哀。

漁洋少年才俊，自小在優裕的生活和學習環境中成長，成年後婚姻美滿，又於兩年前二十二歲時高中進士，年少得志，為何還要自稱：「僕本恨人，性多感慨」？恨人是失意抱恨的人，他抱恨何事？感慨何事？此中因由，當時友朋皆有同感也，大家心照不宣，但結合其家世，在溫柔敦厚的詩句之後，讀者深能體會其中隱含著的家國之恨，是顯然的。

尤其是名震遐邇的《秋柳》四首和《秦淮雜詩》，前詩以濟南大明湖起興，實寫白下亡國之恨：

秋來何處最銷魂？俗謂人的精靈為魂。因過度刺激而神思茫然，彷彿魂將離體。多用以形容極度悲傷愁苦時的情狀。

殘照西風白下門。「秋來」二句：以問答形式寫南京秋柳最使人感傷。李白《憶秦娥》有「何許最關人，烏蹄白門柳」之句，為詩意所本。白下：白下城，故址在今南京市西北，此處代指南京。李白《憶秦娥》詞：「樂遊原上清秋節，咸陽古道音塵絕。音塵絕，西風殘照，漢家陵闕。」這裡借用來說：在蕭索的西風中，夕陽照耀著明故宮。哀歎明朝的滅亡。

他日（往昔）差池（cīchí，參差不齊）春燕影，

只今憔悴晚煙痕。「他日」二句：寫春日燕子在柳絲中穿翔，秋來柳枝在晚風中搖盪。差池：參差不齊《詩經·邶風·燕燕》：「燕燕于飛，差池其羽。」

愁生陌上（田間）黃驄曲，黃驄曲：《樂府雜錄》：「《黃驄疊》，唐太宗定中原所乘馬，征遼馬斃，上歎息，命樂工撰此曲。」《唐書·禮樂志》：「太宗破竇建德，乘馬名黃驄驃，及證高麗，死於道。頗哀惜之，命樂工制《黃驄疊》曲。」

夢遠江南烏夜村。「愁生」二句：寫流離喪亂之感。烏夜村：古樂府《楊叛兒》：「楊柳可藏烏。」徐燮注：范成大《吳郡志》：「烏夜村。晉穆帝後，何準女。寓居縣南，產後於此。將產之夕，有群烏烏夜驚於聚落。爾後，烏更鳴，眾共異之。及明大赦。」徐燮注：《輿志》：「海鹽南三里有烏夜村，晉何準所居也。一夕，群烏啼噪，準適生女。他日復夜啼，乃穆帝立女為後之日。」

莫聽臨風三弄笛，《世說新語·任誕》：「王子猷（tài）出都，尚在渚下，舊聞桓子野善吹笛，而不相識。遇桓於岸上過，王在船中。客有識之者，云：『是恒子野。』王便令人與想問云：『聞君善吹笛，試為我一奏。』桓時已貴顯，素聞王名，即便回，下車，踞胡床，為作三調。弄畢，便上次車去，客主不交一言。」

玉關哀怨總難論。玉關哀怨，王之渙《出塞》詩：「羌笛何須怨楊柳，春風不度玉門關。」《樂府橫吹曲》有《折楊柳》，笛曲。「莫聽」二句：也用有關楊柳的典故，以寫別離、飄泊之事。

全詩的大意是：

蕭殺的秋天來到了，哪裏是最為傷心之地？就是那西風吹拂、殘陽籠罩的南京城啊。

往昔春日燕子在柳絲中高下穿翔，而今秋來憔悴的柳枝在晚風中搖盪。

荒蕪的田間土路上飄蕩著哀悼戰馬戰死的《黃驄曲》，令人頓生哀愁。夢中則不禁遠念善產美女的江南村野。

清代伊應鼎評論說：古之白下，六朝興亡之地。殘照西風，是何景象？他日（以往，昔日）差池（差勁，不行），只今憔悴，蓋亦樂極哀來之喻。陌上黃驄，愁隨征馬；江南夢遠，永無歸期。睹此柳色，真不啻（chì）聽臨風之弄笛，而腸斷於玉關之不得生入也。

伊應鼎的評論說：古代的南京，是六朝興起和衰亡之地。可是西風和殘餘的夕陽，是什麼景象啊？是一片衰落的景象。往昔在歌舞升平中頹廢度日，現今只剩憔悴的柳枝，比喻樂極哀來的結局。田間似乎飄蕩著戰馬戰死的《黃驄曲》，憂愁緊隨著出征的戰馬；遙遠的夢中江南，永遠回不了啦。看到衰綠的

柳色，真不異於在秋風中聽聞笛曲《折楊柳》，為不能活著回到玉門關內而極度悲痛。

娟娟涼露欲為霜，娟娟，美好、美麗的樣子。用以描繪陰冷的涼露和冰冷的霜，給以新鮮的對比，手法大膽。涼露和霜，點明了深秋的季節。

萬縷千條拂玉塘。第二句用萬縷千條，營造了綿綿不絕的場景，用「拂」字增強動感，柳的嫵媚和多情，呼之欲出。

浦（水面）裏青荷中婦（后妃）鏡，梁江從簡《採荷諷》：「欲待荷作柱，荷弱不勝梁。欲待荷作鏡，荷暗本無光。」何良俊《世說補》：「江從簡少時有文情，作《採荷諷》以刺何敬容。」何敬容，南朝梁文學家。字國禮。盧江（治今安徽盧江西南）人。弱冠選尚齊武帝女長城公主，拜駙馬都尉。仕梁，累遷尚書令、侍中、太子詹事、吳郡太守、宰相等職。任時，為政清明。何敬容曾提醒梁太宗（梁簡文帝蕭綱）：「（侯）景翻覆叛臣，終當亂國。」後蕭綱果然為侯景所害。

江干（水邊）黃竹女兒箱。《古樂府·黃竹子歌》：「江干黃竹子，堪作女兒箱。一船使兩槳，得娘還故鄉。」這兩句用六個名詞連綴而成。

空憐板渚隋堤水，《隋書》：「煬帝自板渚引河遠達於淮、海，謂之御河。河畔植柳樹，名隋堤。」王伯厚《困學紀聞》：「板渚在孟州（今河南省焦作市）氾（si）水河南滎陽市。」司馬光《資治通鑒》「自板渚引河入汴，又自大梁之東引汴水如泗，達於淮。又發淮南民十餘萬，開邗（hán）溝，自山陽至揚子入江。渠廣四十步，渠旁皆築御道，樹以柳。」

不見琅琊大道王。《樂府·琅琊王歌》：「琅琊復琅琊，琅琊大道王。陽春二三月，單衫繡兩褲襠。」琅琊王，琅琊國最高統治者，最早始於西漢皇族劉澤，不久被廢。東漢劉京為琅琊王，三國兩晉至隋唐又有多位琅琊王，最為有名的當屬東晉元帝司馬睿，他在王導的建議和輔助下成為東晉的開國皇帝。大道，遵循仁德的統治方法。

若過洛陽風景地，

含情重問永豐坊。范攄《雲溪友議》：「白居易有妓樊素善歌，小蠻善舞。年既高邁，而小蠻方豐豔，因楊柳枝以託意云：『一樹春風千萬枝，嫩於金色軟於絲。永豐西角荒園裏，盡日無人屬阿誰？』」屈復《秋柳詩》注：「永豐坊在洛陽。」

全詩大意為：美麗的露水將要結為霜了，千萬條柳絲在微風中吹拂著美麗的白石砌圍著的水塘。水中綠色的荷葉猶如后妃照臉的鏡子，江邊的黃竹可以製作女子用的箱籠。至今空留著隋煬帝挖掘的運河，看不到曾任琅琊王而仁德

建國的東晉開國皇帝司馬睿。誰能重到洛陽風景佳勝之地，含情重找永豐坊，看到的只是一片荒地罷了。

　　伊應鼎評論清晰地評析了全詩的意旨：「露欲為霜」，歎遭逢之寥落。「千條萬縷」，喻愁緒之紛如（比喻愁緒的濃鬱繁雜）。「拂玉塘」者，對孤影而自憐也。「中婦鏡」、「女兒箱」，憶昔日之穠（豔麗、華麗）華。「浦裏荷」、「江干竹」，是目前之冷落。「隋堤水」空存，「琅琊王」不見，昔時此間何等風景，今日乃如永豐荒園，盡日無人，乃之何哉？第七句「若」字，當作「誰」字解，此詩可與《板橋雜記》參看。

　　　　　東風作絮糝（sǎn，黏）春衣，

　　　　　太息蕭條景物非。汪琬評云：「嚴給事沆稱，『東風作絮糝春衣』一首，如朔鴻關笛，易引羈愁，讀之良然。」杜甫《送韓十四江東省覲》：「太息人間萬事非。」

　　　　　扶荔宮中花事盡，《三齋要略》：「扶荔宮愛上林苑中，漢武帝元鼎六年破南越，起以植所得奇花異草。」

　　　　　靈和殿裏昔人希。《南史‧張緒傳》：「劉悛（quān）之為益州刺史，獻蜀柳數株，枝條甚長，狀若絲縷武帝以植於太昌靈和殿前。嘗賞玩諮嗟曰：『此楊柳風流可愛，似張緒當年時。』」

　　　　　相逢南雁皆愁侶，

　　　　　好語西烏莫夜飛。徐夒曰：「《樂府》有《西烏夜飛曲》。」

　　　　　往日風流問枚叔，枚叔，《西京雜記》：「梁孝王遊於忘憂之館，集遊士各使為賦，枚乘為《柳賦》。乘，字叔。」

　　　　　梁園回首素心違。梁園，漢梁孝王所營園圃，故址在今河南省開封市東南。當年梁孝王集諸名士飲宴賦詩於此。一名梁苑、兔園。

　　此詩大意是，春天的東風不斷吹來，像棉絮一樣黏在身上，我不僅歎息景物蕭條，人事全非。昔日的皇宮，花園中花樹零落，人跡稀少。向南飛翔的都是哀愁的大雁，好言勸告烏鳥不要向西夜飛。過去的風流往日一去不返，回憶起往日的繁華生活，真與本心相違。

　　清代嚴沆（hàng）讚譽此詩風調淒清，如朔鴻關笛，易引羈愁。讀之良然。

　　伊應鼎評論說：「飛絮糝衣」，往日之風流如許，時移事過，遽爾蕭條，誠堪太息也；三四正寫蕭條景況，蓋滄桑之感，云亡之痛兼之矣。「相逢南雁皆愁侶」，即杜詩「削跡共艱虞」之輩；「好語西烏莫夜飛」，即杜詩「西山寇盜

莫相侵」之意。「往日風流」二句，悵心知之零落如古人所云「此壚雖近，邈若山河」者也。此詩當與庾信《哀江南賦》並讀之。

南朝宋・劉義慶《世說新語・傷逝》：王濬沖為尚書令，著公服，乘軺車，經黃公酒壚下過，顧謂後車客：「吾昔與嵇叔夜、阮嗣宗共酣飲於此壚，竹林之遊，亦預其末。自嵇生夭、阮公亡以來，便為時所羈紲，今日視此雖近，邈若山河。」意思是知心的舊友都已凋零死亡，以前一起相聚飲酒之處，雖在眼邊的近處，而我與舊友已隔開千山萬水似的遙不可及了。王漁洋此詩比喻今日已與過去繁華時光，相隔極遠，無法重現了。

桃根桃葉正相連，《樂府》：「王子敬有愛妾名桃葉，其妹名桃根，子敬嘗臨渡歌以送之曰：『桃葉復桃葉，渡江不用楫（jí，短槳）。但渡無所苦，我自迎接女。』又云：『桃葉復桃葉，桃樹連桃根。相連兩樂事，獨使我殷勤。』」

眺盡平蕪（草木叢生的平曠原野）欲化煙。

秋色向人猶旖旎，旖旎（yǐ nǐ），本解釋為旌旗隨風飄揚的樣子，引申為柔和美麗，多用來描寫景物柔美、婀娜多姿的樣子。也比喻女子美麗。亦有一點點雄偉的意思。李白《陽春賦》：「何垂楊旖旎之愁人。」

春閨曾與致纏綿。暗用王昌齡《閨怨》「閨中少婦不知愁」絕句。

新愁帝子悲今日，魏文帝《柳賦序》：「昔建安五年，上與袁紹戰於官渡，時予始植斯柳，自彼迄今十五載矣。感物傷懷，乃作斯賦。」《楚辭・湘夫人》：「帝子降兮北渚，目眇眇兮愁予。嫋嫋兮秋風，洞庭波兮木葉下。」蓋此詩上句指「秋」，下句指「柳」。

舊事公孫憶往年。《漢書・眭弘傳》：「孝昭時上林苑中大柳樹斷枯臥地，有蟲食樹葉成文字曰：『公孫病已立。』」今按：《漢書・眭弘傳》載：「弘推《春秋》之意，以為僵柳復起，非人力所為，此當有從匹夫為天子者，故廢之家公孫氏當復興者也。時大將軍霍光秉政，奏弘妖言惑眾，弘伏誅。後五年孝宣帝興於民間，即位。」據此，公孫應指漢宣帝。

記否青門珠絡鼓，徐夔曰：《古樂府・楊叛兒歌》：「七寶珠絡鼓，教郎拍復拍。黃牛細犢兒，楊柳映松柏。」今按：青門，漢長安東南門名。

松柏相映夕陽邊。

伊應鼎評論說：「桃根桃葉正相連」，乃姊妹承恩之比；「眺盡平蕪欲化煙」者，即「藍田日暖玉生煙」〔註11〕之意；「秋色向人」句，即所謂「徐娘老去

<hr>

〔註11〕 李商隱《錦瑟》後半首說：「滄海月明珠有淚，藍田日暖玉生煙。此情可待成

尚風情」〔註12〕者;「春閨」句,即「君恩如水向東流」之歡也。「帝子」謂湘夫人,舜妃也,此句貼「秋」字;「公孫」謂漢宣帝也,此句貼「柳」字。湘夫人先為帝妃,後投湘水;漢宣帝先隱民間,後踐帝位,皆滄海桑田之喻。「珠絡鼓」,言昔日之歡娛歌舞;「松柏相映」,言當年之矢志歲寒,而歡今日之不然也。此詩殊有深閨麗質淪落風塵之歡。

翁方綱評論說:曹倦圃和云:「日斜樓角棲鳥起,霜落河橋駐馬看。」西樵云:「折來玉手曾三月,種向金城定幾年。」皆佳。「他日差池春燕影」,「春」字已著筆墨痕矣。第三首,有此一首之「東風」、「往日」,則愈見第一首之「他日」、「只今」斷乎不可者矣。

論詩者或認為王漁洋此詩僅因明末戰亂和明清易代之變所帶來的世事如夢、人生易變,詠柳寫心,呈現一片迷蒙幻滅之感,這種傷感與明清易代有一定的關聯。

清葉燮的詩學名著《原詩》指出:「詩之至處(最好、最高的境界),妙在含蓄無垠(yín,邊際),思致微渺,其寄託在可言不可言之間,其指歸(主旨,意向)在可解不可解之會(縫隙),言在此而意在彼,泯滅(消滅)端倪(事情的眉目,頭緒,邊際,跡象)而離形象,絕議論而窮思維,引人於溟漠恍惚之境,所以為至也。」(《原詩·內篇下》)《秋柳》詩在一定程度上達到了這個藝術高度。

做《秋柳四首》三年後,王漁洋涖任揚州時,江東的遺民詩人都接受他,一致將他看作為自己人。

抗清志士和明末三大思想家之一顧炎武的《秋柳》和詩

當時詩人僅存的和作有:徐夜《和阮亭秋柳四首》(存三首)、《再題阮亭秋柳詩卷》(《隱君詩集》卷二)、王士祿《秋柳次季弟貽上韻二首》(《十笏草堂詩》)、顧炎武《賦得秋柳》(《亭林詩集》卷三)、曹溶《秋柳》(《靜惕堂詩集》卷三)、朱彝尊《同曹侍郎遙和王司李士禛秋柳之作》(《曝書亭集》卷四)、冒襄《和阮亭秋柳詩原韻》四首(《巢民詩集》)、陳維崧《秋柳四首和王貽上韻》四首(《湖海樓集》)、汪懋麟《秋柳和王阮亭先生韻》(《百尺梧桐閣集》)。

和詩者最值得重視的無疑是顧炎武,他的和詩《賦得秋柳》,人們都認為

追憶?只是當時已惘然。」唐戴叔倫以「藍田日暖,良玉生煙」,形容可望而不可即的詩景(見司空圖《與極浦書》)。

〔註12〕徐娘指南朝梁元帝的后妃徐昭佩。《南史》:「徐娘雖老,猶尚多情。」後因以稱尚有風韻的中、老年婦女。

是哀南明君臣之作。當時是他離開江南的第一年，初涖魯境，即和少年詩人的原唱；且與這位少年詩人、新朝新貴論交，並保持情誼達十數年之久。

王漁洋也數次記載他的這位友人。如「感時懷舊，輯平生故人詩」的《感舊集》卷五「顧絳」條，收顧炎武詩七首。又於《居易錄》撰顧炎武小傳：「友人顧炎武，字寧人，別號亭林。按：顧野王讀書處名顧亭林，在華亭。又，潘次耕寄所刻顧亭林《日知錄》三十二卷。顧，潘之師也。」稱顧炎武為友人。而顧之學生曾寄他所刻印的乃師名著。顧炎武本人生前也曾寄贈過這部名著，王漁洋《池北偶談》卷一十五「談藝五」《勞山說》曰：「勞山，在萊州府即墨縣境中。崑山顧寧人炎武序《勞山圖志》曰……楊太史觀光《致知小語》曰……。二說未知孰是？以理揆之，顧說為長（自注：顧近寄所著《日知錄》，內辨勞山三則，又與前說不同）。」

顧炎武的《日知錄》初刊於康熙九年（1670），八卷，乃亭林躬自刻於淮上，是年五十八歲。顧炎武來山東後，與當地多人結交為友，這些人多為漁洋的熟友，尤其是具有民族氣節、終身隱居的徐夜，是漁洋的親戚兼密友。他們兩人結交的其他地方的共同朋友也不少，其中最著名的是施愚山。漁洋與愚山兩人有書信往還，施愚山還有詩歌、文章提及顧炎武，或相贈。尤其是《顧寧人關中書至》有句云：「抗志遺民在，論交直道難。」施愚山雖在清廷為官，但詩中不諱言顧的反清立場。

顧炎武分明通過漁洋的原詩的迷離悱惻，讀出了詩中隱含的故國之思、傷亂之感和家國不幸的憤恨，正因為此，他的和作《賦得秋柳》說：

昔日金枝間白花，金枝玉葉，帝王之子孫。這裡用來比喻南明桂王永曆。

而今搖落向天涯。現在桂王流落在雲南，成為天涯淪落人。

條空不繫長征馬，軟弱細瘦的樹幹，繫不住戰馬。比喻桂王缺乏輔助的

人，無法與敵人征戰。條空，枝條上葉子稀少，比喻眾多臣子或叛或降。

葉少難藏覓宿鴉。因枝葉稀疏，尋覓睡覺之處的烏鴉找不到地方。比喻桂

王手下輔助的人少，所以處境困難。

老去桓公重出塞，想到桓溫北伐，而感傷明朝恢復遙遙無期，希望渺茫。

罷官陶令乍歸家。想到陶淵明有志氣而肯放棄官職，痛責南明眾多臣子

向滿清韃虜俯首屈節。

先皇玉座靈和殿，哀歎已故的崇禎皇帝的皇帝寶座和宮殿已經落入敵手。

「靈和殿」典故的出處：《南史》：宋武帝植蜀柳數株於靈和殿前。李商隱詩：「腸

斷靈和殿，先皇玉座空。」宋武帝劉裕建立南朝的第一個朝代宋朝，他曾勇敢北伐並大獲全勝。可是子孫不爭氣，宋朝最終滅亡了，所以李商隱的詩句作此感歎。

淚灑西風夕陽斜。我們只能在夕陽西風中，掉淚傷心而已。

這首詩前半首構思了一種景色，以景寓情，寫出南明桂王小朝廷眾叛親離，勢單力薄，無力恢復明朝。第五、六句，以古人做比較，進一步抒發眾叛親離的憤怒。最後兩句表達自己身單力薄，無可效力，只能悲傷痛哭。這種自遣，並不是說自己不肯出力，而是作為一介書生，無權無勢，又缺乏軍國大才，而痛苦感傷。這也是一種自謙，顧炎武一直為反清復明而奔走，現在雖然大勢已去，依舊堅持努力。

顧炎武根據王漁洋原詩中的故國之思，抒發自己念念於反清復明而「老驥伏櫪，志在千里；烈士暮年，壯心不已」的豪情壯志，批評眾多明朝官吏投降敵寇，詩意慷慨悲涼。

冒襄的和詩

另一位令人注目的和詩者當然是作為著名的明末四公子之一、秦淮八豔之一董小宛的情人和著名遺老詩人的冒襄（1611～1693，字辟疆，號巢民），他的和作與原唱一樣深情纏綿，但表現的是一種前朝遺民生不逢時、無力回天的無奈和悲哀，與顧炎武的《賦得秋柳》旨同而趣異。他的和詩是《和阮亭〈秋柳〉詩原韻》四首，現選一首，以見面目。

南浦（南面的水邊。後常用稱送別之地）西風合斷魂，當年離開南京時西風吹拂，心裏痛苦萬分。

數枝清影立朱門。匆匆離別時映入眼簾的是站立在豪富人家門前月亮清朗光影籠罩著的幾棵佳木。

可知春去渾無跡，春天的告辭是不知不覺的，

忽地霜來漸有痕。突然降臨的冰霜則逐漸一片一片地顯目在眼前。

家世淒涼靈武殿，明朝是在金陵（南京）建立的，可惜現在滅亡了。靈武殿的典故是：安史之亂時，唐玄宗慌忙出逃，太子李亨和建寧王李炎及數百人由奉天北上以避兵鋒。7月9日，李亨到靈武（今寧夏靈武，縣級市）。眼見靈武殿宇御帳如同宮闈，諸王公主房院齊備，各種山珍海味齊全。才一掃心中的陰霾。7月12日，在眾臣勸說下，李亨即帝位於靈州，尊玄宗為太上皇，並登上靈武南門，以稱帝事告布於天下。即唐肅宗。郭子儀率軍平定安史之亂後，唐肅宗恢復了唐朝天下。比喻朱元璋消滅蒙元，在金陵建立明朝，朱氏天下傳到崇禎皇帝，明朝滅亡。

腰肢憔悴莫愁村。莫愁是古樂府中傳說的女子，有一種說法是因丈夫長期戍邊而獨守空房的石頭城（金陵、南京的別稱）怨婦。南京有莫愁湖。此句說金陵是痛苦的莫愁的居住地。

曲中舊侶如相憶，當年在秦淮河妓院遊玩和聽曲的同伴如果一起回憶昔日光景的話。

急管（節奏急速的管樂）哀箏與細論。在緊張而悲哀的音樂聲的伴奏下我們再細細暢敘。

紅閨紫塞晝飛霜，紅閨，紅樓，少女居處。

顧影羞窺白玉塘。

近日心情惟短笛，

當年花絮已空箱。

夢殘舞榭還歌榭，

淚落岐王與薛王。

回首三春攀折苦，想到北方人民盼望恢復失地的熱切願望。

錯教根植善和坊。可惜南明皇朝沉溺酒色，沒有恢復明朝的大志，終於滅亡。據唐范攄《雲溪友議》卷五，「善和坊」是唐代揚州名妓李端端的居處，後借指士人冶遊賦詩之地。

《秦淮雜詩》

因南明建都南京，他有多首描寫南京附近景物的詩歌都表達了興亡之哀痛。其中最著名的是《秦淮雜詩》十四首，作於順治十八年辛丑（1661）。當時作者年方二十八歲，風華正茂之時。他在揚州推官任上，以事至吳郡，歸途順遊南京，借南京城南秦淮之遊，反映南明福王朝滅亡前後君王及臣民上下的事實，抒盛衰興亡之感。神韻悠揚，風致淡蕩，體現漁洋詩的本色。

秦淮雜詩（十四首）

年來腸斷秣陵（指南京）舟，

夢繞秦淮水上樓。

十日雨絲風片裏，雨絲風片，微風細雨。借用湯顯祖《牡丹亭》的名句「雨絲風片，煙波畫船」。

濃春煙景似殘秋。

結綺臨春盡已墟，瓊枝璧月怨何如。

惟餘一片青溪水，猶傍南朝江令居。

桃葉桃根最有情，琅琊風調舊知名。

即看渡口花空發，更有何人打槳迎？

三月秦淮新漲遲，千株楊柳盡垂絲。

可憐一樣西川種，不似靈和殿裏時。

三四句，惠（惠棟，下同）注引《國雅》評云：諷此，便已想見張緒。

潮落秦淮春復秋，莫愁好作石城遊。

年來愁與春潮滿，不信湖名尚莫愁。

三四句，惠補注引《國雅》評云：眼前話，一時說不到，可稱神品。此即六朝樂府也。

伊（伊應鼎，下同）評：首句，言自秦淮以來，不知春秋幾度，人代變遷。如潮起落，風景自不殊也；次句，是追想莫愁昔日嘗遊於此，而今不可見矣，對此茫茫，百端交集，故第三句云「年來愁與春潮滿」也；末句，遂借莫愁湖三字，弄筆作姿，極流連低回之致，與前《山蠶詞》「曾說蠶叢」二語相仿。此等句法，可開後人無限聰明，然不善學之，恐亦易落惡道也。

青溪水木最清華，王謝烏衣六代誇。

不奈更尋江總宅，寒煙已失段侯家。

當年賜第有輝光，開國中山異姓王。明代開國功臣徐達，明太祖朱彝尊賜給他大功坊，死後追封中山王。

莫問萬春園舊事，朱門草沒大功坊。萬春，南朝建康的東門，名萬春門。

三四句，謂入清以後，中山王府已一片荒寂。

新歌細字寫冰紈（潔白的絲絹），小部（戲班）君王帶笑看。

千載秦淮嗚咽水，不應仍恨孔都官。

一二句，作者自注：「弘光時，阮司馬（阮大鋮）以吳綾作朱絲闌，書《燕子箋》諸劇進宮中。」君王指南明福王朱由崧。明亡後，朱由崧在南京被擁立為弘光帝後，不思復國，終日沉迷酒色。《燕子箋》是阮大鋮創作的著名崑曲劇本。阮大鋮自己導演此劇，指導演員排練。兩句記敘阮大鋮曲意奉承弘光，進獻《燕子箋》，弘光只知享樂，譏諷南明必然滅亡的下場。

孔都官，是南朝陳後主（叔寶）的都官尚書孔范，是陳後主的寵信。陳後主恣意荒淫，終致亡國。伊應鼎評：「此譏明末南京時事。明末阮大鋮，與陳

後主時之孔都官事正相仿，皆因便嬖荒淫亡國。但孔都官代遠年湮，恨當少息，而阮司馬近事可哀，故云不應仍恨古人也。」意思是不應老是怨恨孔范，如今阮大鋮難道不又是一個孔范嗎？也可理解為不應該怨恨孔范式的人物，是陳後主和弘光之類的皇帝，沉湎享樂，是十足的亡國之君。

> 舊院（明末南京歌妓聚居之所）風流數頓楊，
>
> 梨園（指戲班）往事淚沾裳。頓，頓文，字小文，琵琶頓老之孫女，金陵
>
> 名妓，善鼓琴。楊，楊玉香，金陵名妓，善琵琶。
>
> 樽（古代的盛酒器具）前白髮談天寶，
>
> 零落人間脫十娘。

第三句借用唐代著名詩人元稹的著名詩歌《行宮》：「寥落古行宮，宮花寂寞紅。白頭宮女在，閒坐說玄宗。」天寶年間是唐玄宗為帝時，唐朝最繁榮強盛的時期。在唐明皇去世多年後，唐明皇時期處於少女時代的宮女，現在已成白髮蒼蒼的老年人了，她們向小輩宮女回憶和閒談天寶時代的逸聞軼事。以此比喻晚明的脫十娘，王士禛《池北偶談》記載：「金陵舊院，有頓、脫諸姓，皆元人後沒入教坊者。順治末，予在江寧，聞脫十娘者，年八十餘，尚在，萬曆中北里之尤也。」

> 傅壽清歌沙嫩簫，
>
> 紅牙紫玉夜相邀。
>
> 而今明月空如水，
>
> 不見青溪長板橋。

三四句（注）《白門集》注：傅壽，字靈修，舊院妓，能絃索，喜登場演劇。沙，名宛在，字嫩兒。桃葉女郎，見《蝶香集》。

> 新月高高夜漏分，棗花簾子水沉薰。
>
> 石橋巷口諸年少，解唱當年白練裙。

三四句（注）《白門集》注：傅壽，字靈修，舊院妓，能絃索，喜登場演劇。沙，名宛在，字嫩兒。桃葉女郎，見《蝶香集》。

> 玉窗清曉拂多羅，處處憑欄更踏歌。
>
> 盡日凝妝明鏡裏，水晶簾影映橫波。

三四句，惠補注引《國雅》評云：豔極，亦靜極。

> 北里新詞那易聞，欲乘秋水問湘君。
>
> 傳來好句《紅鸚鵡》，今日青溪有范雲。

（注）雲，字雙玉，有《紅鸚鵡》詩最佳。

　　　十里清淮水蔚藍，板橋（長板橋，秦淮河的一處景點）斜日柳毵毵（sān，柳絲下垂的樣子）。

　　　棲鴉流水空蕭瑟，不見題詩紀阿男。

　　三四句，作者自注：阿男《秋柳》句云：「棲鴉流水點秋光。」詩人伯紫之妹也。

　　王士禛《漁洋詩話》解釋這兩句說：「余辛丑（1660）客秦淮，作《雜詩》，內一篇『十里清淮』云云。阿男，名映淮，詩人伯紫之妹也。幼有詩『棲鴉流水點秋光』。後適莒州杜氏，以節聞。伯紫與余書云：『公詩即史，顧以青鐙白髮之嫠婦，竟與莫愁桃葉同列，後人其謂之何？』余謝之。後入為議郎，乃力主覆疏旌其閭，笑曰：聊以懺少年綺（qǐ）語（美妙的語句，亦指華而不實之辭）之過。」「棲鴉流水點秋光」，是紀映淮《秦淮柳枝詩》首句。

　　紀映淮（1617～1691？），字冒綠，小字阿男，江南上元（今江蘇南京）人，明末清初女詩人。紀映鍾之妹，莒（jǔ）州杜李室（杜李的妻子），其夫抗清被戮，映淮守寡以終（所以王漁洋說她「以節聞」），著有《真冷堂詞》。

　　王漁洋對這位抗清之士的遺孀，讚美她的節氣，激賞她詩的佳句「棲鴉流水點秋光」，寫了這首詩以與之唱和。詩中充滿了對紀映淮的讚賞，但這個組詩中還寫到莫愁與桃葉等，在當時理學近登峰造極的年代，這雖不能說輕佻，畢竟也有失莊重，更何況紀映淮乃名門之後，又嫠居在家。故而紀映淮兄長紀映鍾以信責備王士禛，王士禛接信，深為自己的一時孟浪而後悔，瞿然以書謝過，後為紀映淮請詔於朝廷，令莒州知州督導，建木枋旌於杜府門前，以彰紀映淮節烈。以上為《漁洋詩話》中王士禛自己記載的。這件事還有下文，百度百科介紹：木坊落成次夕，紀映淮借得耕牛數頭，將坊拉傾，以示國亡家破之恨，隨之闔家離城。相傳，紀映淮棄家離走時，自書白紙對聯於府門：「義士灑血照日月，節婦食淚贍孤親。」知州得悉，惟恐獲「反清復明」之罪，立即謊擬報文：「杜紀氏，居嫠不貞，木坊始立而自傾。紀氏無顏見街坊父老，棄宅而逃，不知所往……」隨後，一些拍馬文人謊編俚曲、故事，誹謗紀映淮，謬種流傳。直到清同治十二年（1873），莒知州彭九齡撰文，略敘其事，惜其未敢提及毀坊之事。至民國《重修莒志》，紀映淮方入「列女」傳。

　　此詩在藝術上有頗高成就，伊應鼎評：此因紀阿男「棲鴉流水」之詩，睹景而懷其人也。一詩之妙處，只在「蕭瑟」二字，通首俱是「蕭瑟」二字之神。

以此二字，傳阿男之詩之神，即以此二字並傳阿男之神也。

秦淮雜詩總評

惠注：鈍翁《白門詩集序》：「貽上再至白門，館於布衣丁繼之氏。丁故家秦淮，距邀笛步不數弓。貽上心喜，遂往來賦詩其間。丁年七十有八，為人少習聲伎，與歙縣潘景升，福清林茂之遊最稔，數出入南曲中，及見馬湘蘭，沙宛在之屬，故能為貽上縷述曲中遺事，娓娓不倦。貽上心益喜，輒掇拾其語入《秦淮雜詩》中，詩益流麗悱惻，可詠可誦。噫，亦異矣哉！」

惠補注引《國雅》評云：唐人《水調》，《竹枝》等歌，悉從漢魏六朝樂府陶冶而出，故高者風神獨絕，而古意內含，直可一唱三歎。米元章書不使一實筆，庶幾得之。《秦淮雜詩》偶而遊戲，已參上乘，一切叫噪之病盡除，有心者讀之，如聞雍門之瑟矣。

王漁洋其他懷念前明的著名詩歌和傳記

順治十六年歲暮自京回鄉，途中有《夜經古城作》等詩描繪山東境內路途所見之佳景。

《夜經古城作》：「我行牛山下，寒墟帶平楚。不見齊王宮，空城半禾黍。疏星耿不明，白楊夜深語。」惠棟注引《國雅》：「『惟見碧水流，曾無黃石公』。此意少解者。」此詩借景發揮，反映山東經過明末清初之際，清兵數次犯境和攻略，慘遭燒殺劫掠的景象近二十年後尚未消除，故而「空城半禾黍（借指野草）」，可惜沒有黃石公再世，調教出張良這樣的治國平天下的奇才，造成今日的悲慘局面：人煙稀少，天地荒蕪，空無人跡的城池有一半地皮長滿了野草，天上疏落的幾顆星星發出暗淡的微光，只有白楊在夜深的風吹之下，發出沉重的歎息。心中的矛頭指向殺戮成性的滿清政權，而用意隱晦，所以《國雅》說「此意少解者。」

他在揚州任職期間，在《淮安新城有感》之二后半說：「四鎮蟲沙（應該抗清的四個重要將領，都成了死於戰亂的人）成底事（成就了何事，即一事無成），五王（南明的五個皇帝）龍種竟無歸。行人淚墮官橋柳，披拂長條已十圍。」四鎮，即江北四鎮，是明末清初南明政權的淮安、揚州、廬州、泗州等四個重要軍區。其主要將領為黃得功、劉良佐、高傑和劉澤清。此詩批評明末擁有重兵的四鎮將領不敢抵抗清軍，還公然懷念和悼念南明的五個皇帝，表達對明朝滅亡的痛惜。

《梅花嶺懷古》直接憑弔抗清英雄史可法，末兩句說：「蕭瑟西風松柏樹，春來猶發向南枝。」在蕭瑟的西風中，常青的松柏依然傲然屹立，春天到來後新發的枝椏向南伸展，意味著心裏嚮往著南明皇朝。王漁洋作為剛踏上仕途的青年官員，處於鄭成功水軍攻迫南京，朝廷嚴查有關人士的嚴峻時刻，王漁洋寫作這樣的詩歌是有膽略的。

《雨後觀音門（南京北城門之一，臨長江）渡江》上半首寫渡江所見晚景，後半首觸景生情，詠懷古蹟，抒寫對南朝興亡的感慨。

> 飽掛輕帆趁暮晴，寒江依約（隱約、不分明的樣子）落潮平。
>
> 吳山帶雨參差沒（隱沒），楚（南京以西一帶）火（楚地的漁火）沿流次第生。
>
> 名士尚傳麾扇渡，踏歌終怨石頭城。麾扇渡，地名，在秦淮河上。此句的典故見《晉書·顧榮傳》：廣陵相陳敏謀反，佔據建業（今南京）。顧榮起兵征討，與陳敏軍夾河對陣。顧榮用羽扇麾之（指揮），陳敏軍潰敗。後來就因此而將此地取名麾扇渡。踏歌，唱歌時以足踏地為節拍。石頭城，南京的別號。
>
> 南朝無限傷心史，惆悵秦淮玉笛聲。

三、四兩句寫雨後江山的入晚動態，繪畫也不能及。

南朝共有宋齊梁陳四個短命皇朝，以其傷心史，比喻南明的短命而亡。

《曉雨重登燕子磯絕頂作》作於鄭成功進軍南京兵敗以後一年（順治十七年，1660），明朝亡國之局已無法挽回。此詩描述登燕子磯所見的寥闊江景，並借東晉事蹟抒寫了對南明覆亡的感歎。

> 岷濤（指長江）萬里望中（眼中）收，振策（拄杖）危磯最上頭。
>
> 吳楚（泛指長江中下游）青蒼分極浦（極遠的水邊），江山平遠入新秋。郭熙《林泉高致》：「自近山望遠，謂之平遠。」
>
> 永嘉南渡（指東晉南渡）人皆盡，建業（南京的當時稱呼）西風水自流。
>
> 灑淚重悲天塹險，浴鳧飛燕滿汀（tīng）州（水中陸地）。

天塹，指長江。灑淚重悲，是悲傷南明重蹈陳朝被北方隋朝滅亡的覆轍。

另有一些描繪別地的詩歌名作，也表達了同樣的主題。

如《定軍山諸葛公墓下作》詩作於南明最後滅亡後才十年，雖為弔古之作，字裏行間，對「志士恥帝秦，祭器猶存魯」表示同情，暗寓對明亡的悼惜之意。沈德潛評為：「激昂憑弔，如有神助。」

　　明亡後，愛國的遺民詩人，數以百計，其作品又有不同的風格特色，如顧炎武詩質實渾厚，嗣響杜甫，以「讀書破萬卷，下筆如有神」見長的是一種。漁洋誠如錢穆所言，將平時博覽的群書所得的歷史、人文、地理知識和掌故，編織與詩作之中，也以「讀書破萬卷，下筆如有神」見長，但風格不同，體現了平淡、高遠、悠長的藝術特點，是其所倡導的神韻說詩學觀的傑出體現。

　　關於明代山東人士的抗清的記載有多則，其中《周將軍》歌頌抗清將領的英勇故事：「前明崇禎十五年（1642），本朝大兵入畿輔（京城周圍附近的地區）、山東，次年始北歸。封疆大帥無敢一矢加（施加）遺（wèi，給予）（不敢向敵人哪怕射出一支箭）。周將軍遇吉，時調防天津。大兵至，巡撫馮元揚令出戰，周以五百騎伏楊柳青，大兵至，邀擊之，自辰（上午7時～9時）鏖戰及酉（下午5～7時時），其夜大兵徙營北去。聞滿洲諸公言：『壬癸（1642～1643）入關之役，往來數千里，如入無人之境，惟見此一戰耳。』」〔註13〕周遇吉在天津郊區楊柳青只率領5白騎兵就可與清軍大戰一整天，清兵入夜退走。可見明軍將領只要大膽抵抗，是可以防禦清兵的，只是從北京周圍附近的地區直到山東，鎮守各地的封疆大帥畏敵如虎，無人抗敵。

　　明朝抗清名將周遇吉（1600～1644），明末錦州衛人，原籍為今江蘇睢寧縣風虎山。他於1642年11月在楊柳青曾經與清軍大戰三天三夜。當時，清兵七萬餘眾從山東劫掠大量物資和青壯年人口經楊柳青北返關外，整個山東、河北兩省各地明軍或望風而逃，或撤兵讓路。當時已接聖旨由楊柳青調往山西任總兵的周遇吉本已帶兵開拔，但他聽說清兵要過境楊柳青，遂率騎兵返回楊柳青，利用地形痛擊清軍，清軍死傷數千，創造了在明清交戰史上罕見的明軍以少勝多的戰例。後周遇吉在山西也屢立戰功，崑曲大戲《寧武關》和京劇《寧武關》都描寫了周遇吉的戎馬一生，戲詞中曾多次提到周遇吉在楊柳青大敗清軍的輝煌戰績。

　　《王烈女》歌頌不甘入侵清兵的凌辱，不屈而死的事蹟：「張秋（山東陽穀縣張秋鎮）王烈女名嬌，諸生（秀才）王碧侯女，風姿絕世，而駘宕不羈（不受拘束，行為豁達）。崇禎辛巳（1641）冬，張秋被兵（遭受兵災），將抱烈女，女大罵而死，血凝河冰，經春不化。」〔註14〕

〔註13〕《池北偶談》卷七「談藪三」，第156～7頁。
〔註14〕《池北偶談》卷五「談藪一」，第98～99頁。

另有《徐東癡》記載漁洋的親友徐夜於明亡後以氣節自任的事蹟:「吾邑徐隱君（隱士）夜,字東癡,又字嵇庵,年二十九,棄諸生。隱居東皋鄭潢河上,掘門土室,絕跡城市,有朱桃椎、杜子春之風〔註15〕。」

朱桃椎,隋末唐初成都人。他在隋朝末年曾經官至「國子監祭酒」,即朝廷最高學府國子監掌控大學之法與教學考試的高官。朱桃椎淡泊名利,隋朝滅亡後長期歸隱山林,以織草鞋為生。

杜子春（約前30~約58）,河南緱氏（今河南偃師南）人,西漢末從劉歆受《周禮》。經過西漢末年到東漢建立的連年戰亂,劉歆弟子先後亡故,只有子春至明帝永平初（公元58年）尚存,年近九十,家於南山。東漢儒者鄭眾、賈逵並從受業。自此,《周禮》之學始傳。

他將徐夜與這兩人相比,讚譽他忠於明朝,甘當隱士和孜孜於學術的精神。

王漁洋曾以尊敬的口氣生動描寫康熙九年（1670）冬詩人閻爾梅在京師,過訪王漁洋之兄西樵邸舍時,他目睹的抗清志士閻爾梅的風采:

> 康熙庚戌冬,沛縣閻爾梅（古古）在京師,先考功兄招同吳江（江蘇省吳江縣,今為蘇州市吳江區）顧萬祺（庶其）飲,予在座。閻老而狂,好使酒罵坐。酒闌,愚兄弟叩（請教）其所作,閻朗誦數篇。顧以前輩事閻,執禮甚恭,至是（到這時候）起贊曰:「先生詩不減杜少陵矣!」閻勃然怒,直視顧曰:「小子何知!何物杜甫輒以況我耶!」顧面色如土,躊躇而已。（《居易錄》卷十三）

按閻爾梅（1603~1679）,江蘇沛縣人。字用卿,號古古,因生而耳長大,白過於面,又號白耷（dā,大耳朵）山人。明崇禎三年舉人,著名詩文家,為復社鉅子。

閻爾梅在清軍入關後,甲申、乙酉（1644~1645）間,到南方參加弘光政權,曾做過史可法的幕僚,為史可法畫策。他極力勸說史可法進軍山東、河北等地,以圖恢復,史不能用。明亡後,他繼續堅持抗清活動,手刃愛妾,平毀先人墳墓後,散財結客——散盡萬貫家財,用以結交豪傑之士,奔走國事,立志復明。他曾兩次被清軍抓獲,意志不屈,尋機逃脫後流亡各地。十多年間,遊歷了楚、秦、晉、蜀等九省。清初剃髮,號蹈東和尚。晚年時,眼見復明無望,才回到了故鄉。詩有奇氣,聲調沉雄。有《白耷山人集》。

王漁洋兄弟熱情款待抗清英雄閻爾梅,並恭敬請教他的詩歌作品,其中

〔註15〕《池北偶談》卷六「談藪二」,第125~126頁。

隱含著他們認同和尊重其抗清事業的意思在。

　　王漁洋作為政壇新進，後又成為朝廷重臣、文壇領袖，他熱情結識前明遺民、抗清英雄，其《秋柳》和《秦淮雜詩》等名作，帶頭表現了懷念和追悼前朝的滄桑感，對抒發鼎革之痛的遺民詩起了有力的支持和推動作用。除了眾多的和詩者之外，他的此類名詩對洪昇《長生殿》和孔尚任的《桃花扇》這樣反思和總結明朝亡國教訓，表現歷史滄桑的巨著也起了啟發、支持、鼓舞作用和提供借鑒的作用。